Atando as Pontas da Vida

CONSELHO EDITORIAL

Beatriz Mugayar Kühl – Gustavo Piqueira
João Angelo Oliva Neto – José de Paula Ramos Jr.
Lincoln Secco – Luís Bueno – Luiz Tatit
Marcelino Freire – Marco Lucchesi
Marcus Vinicius Mazzari – Marisa Midori Deaecto
Paulo Franchetti – Solange Fiúza
Vagner Camilo – Wander Melo Miranda

ARIOVALDO VIDAL

Atando as Pontas da Vida

ENSAIOS

Ateliê Editorial

Copyright © 2020 Ariovaldo Vidal

Direitos reservados e protegidos pela Lei 9.610 de 19.02.1998.
É proibida a reprodução total ou parcial sem autorização,
por escrito, da editora.

Dados Internacionais de Catalogação na Publicação (CIP)
(Câmara Brasileira do Livro, SP, Brasil)

Vidal, Ariovaldo
   Atando as Pontas da Vida: Ensaios / Ariovaldo Vidal. –
Cotia, SP: Ateliê Editorial, 2020.

   Bibliografia
   ISBN 978-65-5580-021-0

   1. Ensaios brasileiros I. Título.

20-46583   CDD-869.4

Índices para catálogo sistemático:
1. Ensaios: Literatura brasileira   869.4

Cibele Maria Dias – Bibliotecária – CRB-8/9427

Direitos reservados à
ATELIÊ EDITORIAL
Estrada da Aldeia de Carapicuíba, 897
06709-300 – Granja Viana – Cotia – SP
Tel.: (11) 4702-5915
www.atelie.com.br | contato@atelie.com.br
facebook.com/atelieeditorial | blog.atelie.com.br
instagram.com/atelie_editorial

Printed in Brazil   2020
Foi feito o depósito legal

De frutos, de flores, de folhas.
MANUEL BANDEIRA

*Essas coisas me situam
e também me dão saída;
ao vê-las me vejo nelas,
me completam, convividas.*
JOÃO CABRAL

SUMÁRIO

Nota Explicativa 11

PROSA BRASILEIRA

Atando as Pontas da Vida 15
Leitura Comparativa 29
Um Conto Exemplar 55
O Lirismo de Marques Rebelo 71
Dois Romances do Cacau 85
Sobre "Campo Geral" 113
Leitura de "Os Irmãos Dagobé" 119
Uma Festa Absurda e Brasileira 133
A Prosa de Luiz Vilela 147
Luiz Vilela, Conto e Lirismo 155
Um Ensaio na Sala de Aula 173

EXCURSO FK

Duas Narrativas de Kafka 201
Sobre um Conto de Kafka 211

Mínima Memória

Descoberta do Teatro 229
Um Coração Simples 247

Sobre os Textos 255
Bibliografia 257

NOTA EXPLICATIVA

Esta coletânea começa com alguns ensaios escritos há muitos anos, que nasceram da sala de aula (seu autor na condição de aluno de pós-graduação), motivados pelas descobertas vindas das leituras e das próprias aulas; e se completa com os ensaios escritos também a partir da sala de aula (agora na condição de professor), com a participação viva e decisiva dos alunos. O ponto de chegada é a leitura recente dedicada a um dos ensaios de Antonio Candido, o que encerra a primeira seção, composta por ensaios sobre prosa brasileira, especialmente aquela produzida a partir de 1930. Depois, num movimento de inflexão, caminha de volta ao início com um par de ensaios sobre Kafka, completando a curvatura com duas páginas de memória – uma, dos anos de graduação, dedicada ao teatro amador; a outra, uma crônica de família.

Como ensaios, estão sujeitos a toda sorte de contradições e perigos – do lance supostamente certeiro e arguto à ingenuidade da visão; dos dados incompletos ou precários à imagem feliz ou reveladora. No geral, mesmo os mais antigos ficaram com as marcas de escrita e visão que traziam desde o início, e que lhes dão a fisionomia que têm. Um traço dessa fisionomia está no fato de terem nascido em sala de aula, o que explica a repetição muitas vezes de fontes e citações, e relativiza a data de redação, pois alguns existiam em forma de notas de aula havia um bom tempo. As duas páginas de memória ao final imprimem ao conjunto certa heterogeneidade, mas que é também das intenções do livro. Ainda agora resta a dúvida se os dois capítulos terão algum interesse para além de seu autor; se os publica, entretanto, é como forma de homenagem às figuras que os habitam.

Para formular uma nota de método (ressalvada a diversidade da coletânea), o que une estes ensaios é o interesse e prazer em ler as obras detidamente, lição vista nas aulas reveladoras de Davi Arrigucci Jr., ainda nos anos de graduação. Há neles uma atitude de leitura que busca apreender o intervalo que vai do registro ficcional ao registro crítico, ou seja, do tecido denso da imagem ao recorte da frase conceitual, movida pelo desejo de reter a matéria que se perde, o que talvez dê à leitura um gesto de ficção. Essa atitude crítica, entretanto, procura estar sempre ancorada na materialidade da construção verbal, visando compreender aspectos que, de um modo ou de outro, configuram a estrutura da obra, seguindo a feição própria de cada uma, em busca das "tensões de significado", conforme a expressão de Candido.

Registre-se, por fim, um agradecimento às/aos colegas que de algum modo estão presentes nesses textos; entre eles, dois que nos deixaram recentemente – Modesto Carone e Zenir Campos Reis.

A.V.

PROSA BRASILEIRA

ATANDO AS PONTAS DA VIDA

Um Mundo de Imagens

A lúcida organização de *Angústia* (1936), de Graciliano Ramos, está sobretudo por trás daquilo que aparentemente é o mais alucinado: as metáforas e figuras de toda ordem, das quais o personagem lança mão a fim de construir o tecido de sua consciência[1]. Assim, as imagens obsessivas que frequentam o romance, por várias razões, ligam-se entre si; e se rastrearmos uma delas, vendo não só sua presença como seus disfarces, chegaremos a uma espécie de cadeia de imagens que, estando correta a interpretação, será metáfora do destino do personagem.

Ocorre que uma percepção como a de Luís da Silva está, por assim dizer, à flor da pele, e por isso ele tem um poder de relacionar imagens bem maior que o do homem comum. À medida que, mergulhado na subjetividade, vasculha presente e passado, encontra em cada cena ou imagem retida nas retinas um poder de sugestão que a realidade opaca do dia a dia frequentemente apaga,

---

1. Graciliano Ramos, *Angústia*, 16. ed., Rio de Janeiro, Record, 1976.

e que no entanto, bem vistas as coisas, é senda da vida. Para esse homem, tudo é símbolo.

As imagens que Luís da Silva recolhe da realidade gravam-se como fotos na sua consciência. Posteriormente, o personagem liga foto com foto de forma aparentemente despropositada, mas no fundo guardando grande correlação uma com a outra. No início do livro, por exemplo, Luís da Silva observa a chuva caindo no quintal e pensa em Marina (p. 14). Depois se perde em cenas do passado, até lembrar-se de um quintal com três mulheres e repleto de roseiras. O pensamento não deu salto algum: moveu-se sinuosamente de cena em cena, até voltar ao quintal ao lado do seu. Ali também havia roseiras. "Foi entre essas plantas que, no começo do ano passado, avistei Marina pela primeira vez, suada, os cabelos pegando fogo" (p. 16).

Lá pelo meio do livro, deitado na cama (p. 99), o narrador diz: "Acendia outro cigarro e continuava com a vista presa na brasa, que se aproximava e se afastava em movimentos bruscos [...]. Aquela espécie de fogo-corredor me fascinava. Se Marina voltasse...". A cena está carregada de erotismo, com a proximidade do quarto de D. Rosália. Mas a contiguidade entre Marina e a brasa do cigarro é visual. Luís da Silva conheceu Marina como uma rosa se movendo entre rosas, um ponto vermelho se movendo vivo, a brasa do cigarro. O romance de Luís da Silva é uma rede de imagens que apanhou o personagem, e da qual não consegue escapar.

O Fundo do Poço

No início do livro, Luís da Silva passeia pelas ruas de Maceió e pelos anos da infância, buscando um pouco de equilíbrio antes de começar o relato das coisas que nos quer contar. Nessas idas e vindas do bonde e do pensamento, o personagem refere uma cena da infância passada na fazenda do avô, sugestiva por diversas razões:

> As cobras tomavam banho com a gente, mas dentro da água não mordiam. [...] Quando eu ainda não sabia nadar, meu pai me levava para ali, segurava-me um braço e atirava-me num lugar fundo. Puxava-me para cima e deixava-me respirar um instante. Em seguida repetia a tortura (pp. 14-15).

O garoto Luís da Silva aprende a nadar e a viver através de exercícios de "tortura" impostos pelo pai, que implicavam seu quase afogamento. Nessa educação torturante, há dois elementos que dela participam e que causam ao garoto sofrimento e perigo: a água e as cobras. Não é difícil associar esses dois elementos à natureza feminina. Água e serpentes frequentam o romance do início ao fim, associadas de alguma forma à mulher que retorce e imerge o destino do narrador: Marina.

O Poço Que É Mar

Uma das cenas mais intrigantes do romance é a comparação inusitada que Luís da Silva estabelece entre o corpo de Marina e a lembrança de uma antiga aula de geografia. A cena é importante para o curso dos acontecimentos, pois ocorre quando se abre entre os dois a intimidade amorosa, e que terminará num quase acerto de casamento. Com o olhar semicerrado, Luís da Silva observa os movimentos de Marina:

> [...] mostrando-se pela frente e pela retaguarda. Eu respirava com dificuldade e pensava nas lições de geografia de Seu Antônio Justino: "– Primeiro desaparece o casco, depois os mastros". Era o contrário que se dava agora: quando Marina se afastava, desaparecia em primeiro lugar a parte superior do corpo [...] (pp. 55-56).

A notação feita imediatamente antes da lição de Mestre Antônio Justino é: "Eu respirava com dificuldade". Assim, o narrador vê Marina, sente dificuldade em respirar e pensa num navio que desaparece. O corpo de Marina é uma espécie de perigo de naufrágio.

Lançando um olhar sobre o mar de imagens que é a consciência (o romance) de Luís da Silva, vemos que emerge aqui e ali a mesma relação de imagens que faz parte da cena descrita. A primeira constatação a esse respeito está no nome da personagem: Marina. Parece que a amiga de Luís da Silva é uma criatura saída do mar, que contém alguma coisa da natureza marinha; tanto assim que quando Luís da Silva joga com o nome de Marina, uma das palavras que aparecem é "mar", outra é "arma", e outra ainda "amar" (p. 8).

Perseguindo a ideia marítima que se associa à personagem feminina, encontraríamos outras referências, umas mais claras, outras menos óbvias. É importante observar, entretanto, que a imagem de Marina está associada ao grande elemento da água, cuja ideia de mar é apenas uma das aparições possíveis. Rio, poço, poça, lagoa, chuva, lama são outras tantas formas da presença líquida em que a natureza feminina encontrará equivalência, cujas relações de sentido serão dadas pelo contexto do romance.

A Serpente do Quintal

Na entrevista que se realiza no quintal da casa, Luís da Silva tem outra visão estranha de Marina. Naquele momento, em que o olhar se extasiava com a presença da vizinha, ele não se lembrava do poço da infância onde nadavam cobras. Entretanto, o narrador descreve a cena desta forma:

Tive a impressão extravagante de que o ar havia tomado de repente a consistência mole e pegajosa de goma-arábica. Nesse ambiente gelatinoso Marina se movia, nadava, desesperadamente bonita, o peitinho redondo subindo e descendo. [...] Veio-me o pensamento maluco de que tinham dividido Marina. [...] A parte inferior mexia-se como um rabo de lagartixa cortado. Mas eu não reparava na parte inferior, que tanto me perturbara: recebia as faíscas dos olhos azuis [...] (pp. 57-58).

A relação simbólica entre as cobras da primeira cena e a mulher desta segunda confirma-se em alguns aspectos da descrição. Assim, Marina aparece nadando como as cobras do poço; também como as serpentes, a personagem passa por um processo de multiplicação à medida que seu corpo sofre, para a percepção de Luís da Silva, um desmembramento. A comparação que estabelece (a do rabo da lagartixa) está próxima da primeira comparação tanto no nível semântico, quanto imagético. Uma última observação refere-se ao ponto de atração para Luís da Silva. A princípio, o olhar é dirigido às partes sensuais da moça; depois, porém, passa a ser magnetizado pelas faíscas que os olhos de Marina desferem.

A Imagem se Completa

No terceiro momento da sequência, quando Marina se afasta do quintal depois da primeira cena amorosa entre ambos e que termina num inconvincente acordo de casamento por parte da moça, Luís da Silva define sua situação de forma exemplar para a leitura que vimos fazendo: "– É uma dos diabos. Eu queria dar a ela alguma independência. Acabou-se. Gosto da pequena, amarro uma pedra no pescoço e mergulho" (p. 60).

Se a forma como se refere ao futuro casamento é jocosa e tem algo de lugar-comum, para nós é mais do que isso, pois conhecendo sua história sabemos que a imagem não só se liga ao passado da infância, que parece acompanhá-lo subterraneamente, mas também a acontecimentos que em breve tomarão forma trágica.

A Sorte Sonhada

Quando estiver tratando do casamento com D. Adélia, aparecerá Marina que estivera no quarto se arrumando. A notação do narrador não poderia ser mais concisa: "Marina apareceu, enroscando-se como uma cobra de cipó [...]" (p. 67).

A identificação entre serpente e mulher, já prenunciada na entrevista do fundo do quintal, reaparece agora de maneira ostensiva, pois não se trata apenas de analogias físicas, mas sobretudo de uma atitude, expressa pelo verbo "enroscar-se". Outro índice importante no trecho é a relação de dependência da expressão "cobra de cipó", como se Marina fosse ao mesmo tempo cobra e corda.

No tempo em que acerta o casamento com Marina, Luís da Silva conhece e recebe visitas de Julião Tavares, personagem em tudo diferente do narrador. Logo depois de deixar a casa da noiva, ao dirigir-se para o serviço, o narrador observa: "A primeira pessoa conhecida que encontrei na rua foi Julião Tavares. Senti um estremecimento desagradável [...]" (p. 68). Entretanto, Luís da Silva vai para a repartição e vive momentos de grande alegria, momentos doces: "Na repartição as horas correram doces e rápidas". Vai para o café: "O café estava cheio de caras amáveis". E então vê passar o bilhete da sorte, do cego.

De posse de uma felicidade sonhada, a do bilhete premiado, o personagem devaneia: pensa num colchão de paina (metáfora da felicidade conjugal com Marina) e num bangalô no alto do Farol, um bangalô com vista para a lagoa, onde o narrador sentar-se-ia à tarde com a esposa, apreciando a paisagem.

Outra Forma de Queda

Na sequência seguinte, quando Luís da Silva compra um anel e um relógio para a noiva, ele vai para casa e ao chegar à Rua do Macena vê Marina e Julião conversando à janela. "Foi a decepção maior que já experimentei" (p. 72). Desiludido com a leviandade da noiva, o narrador começa a percorrer a cidade, sem rumo definido: vai ao jornal, cinema, café e à Rua da Lama, onde vivem as prostitutas do lugar.

O movimento de queda parece acompanhar o narrador desde os afogamentos da infância até as depressões da maturidade. Depois de ter sonhado viver com Marina (ricos) no ponto mais alto da cidade, naqueles momentos de intensa felicidade, vê Julião Tavares e a noiva conversando e sofre sua maior decepção. Sintomaticamente ele cai, pois vai à toa pelas ruas, ao mais baixo socialmente (a miséria da Rua da Lama) e ao mais degradado do amor (a prostituição).

O fato de Luís da Silva ter procurado a mulher e estabelecido com ela uma relação de compra de sentimentos é um traço irônico, paródico, da cena de Marina e Julião Tavares. Inconscientemente, a princípio, Luís da Silva procura a mulher; mais tarde, porém, depois das explicações inconvincentes de Marina, deixará claro o que sentira com a cena da janela: "– Escolher marido por dinheiro. Que miséria! Não há pior espécie de prostituição" (p. 83).

A Mesma Forma de Queda

Quando Marina vai ao teatro ao lado de Julião Tavares, vestida de causar inveja a D. Mercedes, ela consegue realizar seus dois pequenos sonhos: superar a viúva em elegância e andar ao lado de um homem vestido de *smoking* (primeira sugestão de vestuário que havia feito a Luís da Silva). Saindo à rua e entrando no carro, Marina é observada pelos vizinhos e, dessa forma, ascende socialmente. Ato contínuo, Luís da Silva se desespera e pela segunda vez sai à toa pelas ruas. O inverno havia chegado e a chuva começava a cair.

Sai à toa pelas ruas e se deixa ficar num banco de jardim, como no tempo de mendicância. Vai para o subúrbio e encontra inúmeros tipos de pobres e vagabundos. Assim, enquanto Marina sobe socialmente, pela segunda vez ele desce. Só que reconhece irremediavelmente que já não é um dos frequentadores de botequim com quem convive naquele momento. Ainda que pobre, o seu drama é outro.

Esse movimento para baixo, experimentado nessa passagem do romance, aparece também num fato específico: no último dia quer ir ao teatro e não tem dinheiro; resolve então usar o dinheiro de Vitória. Antes disso, tenta imitar a rigidez de Julião Tavares no *smoking* – afeito à queda, o corpo não obedece e volta a curvar-se: "A cabeça pende, como se procurasse dinheiro na calçada [...]" (p. 113). Como se procurasse? Luís da Silva efetivamente procura dinheiro: desce ao fundo do quintal enlameado, pisa numa poça e enterra a mão e a consciência num pequeno poço de moedas.

O Pensamento Sinuoso

Ao certificar-se de que Marina estava grávida, Luís da Silva decide finalmente matar Julião: "Era evidente que Julião Tavares devia morrer. Não procurei investigar as razões desta necessidade [...]. Julião Tavares devia morrer" (p. 133). Quando sai do banheiro com essa resolução, já é tarde e não vai à repartição. É o primeiro indício da quebra de ordem radical que ocorrerá mais tarde.

Mas será que o personagem não busca razões de ordem alguma para o assassinato? É curioso que até aqui o pensamento de

Luís da Silva tenha dado largas voltas em torno da ideia do crime, de forma sinuosa. Decidido a matar, o pensamento age sinuosamente outra vez, mas agora a volta é cada vez mais estreita e recai com maior frequência na ideia de morte. É a passagem das páginas 134-136, uma longa digressão ao passado, em que o narrador conta toda a história da cascavel no pescoço do avô. Matar Julião Tavares significa deter-se cada vez mais no passado. Significa que o pensamento aperta cada vez mais, que enlaça inseparavelmente a sua consciência a um tempo morto.

Assim, o pensamento do personagem faz círculos como os de uma cobra, numa espécie de movimento serpentino. Parece mesmo que a essa altura o narrador está tomado pela natureza das serpentes. Quando Seu Ivo traz a corda do crime, ele não fala de outra coisa senão dos movimentos de sua consciência:

> Entrei a caminhar de uma parede a outra, mas como numa das viagens batia com a biqueira do sapato no cano de água, desisti do exercício e pus-me a andar em torno da mesa, descrevendo círculos que pouco a pouco se reduziam (p. 138).

Logo em seguida confirmará essa impressão, ao referir-se à corda-cobra sobre a mesa:

> Pareceu-me que uma das ideias estava ali em cima da mesa, simulando laçadas e espirais. [...] comparável a uma cabeça chata feita de curvas caprichosas que se torciam como tripas. Pensei em circunvoluções cerebrais [...] (p. 138).

Fora dos Trilhos

A penúltima grande sequência do romance refere-se ao assassinato de Julião Tavares:

Fui até o fim da linha de bonde e parei, como se me tivesse faltado a corda de repente. Aquelas duas extremidades de trilhos roubaram-me os movimentos e deram-me impressão desagradável [...]. Teria andado léguas se os trilhos avançassem para o interior, mover-me-ia regularmente, como um bonde [...]. De repente os trilhos desaparecem e relaxa-se a corda do boneco (p. 176).

O crítico Rui Mourão já comentou o movimento correlato do bonde e da consciência de Luís da Silva nas páginas iniciais do romance: conforme o bonde desce para os subúrbios mais afastados, mais Luís da Silva mergulha em seu passado[2]. O bonde funciona assim como uma espécie de ioiô ao qual o narrador estivesse preso, indo e voltando o tempo todo do centro da cidade (o presente) em direção aos subúrbios (o passado).

Na sequência do crime essa imagem é retomada, só que de maneira crítica: até o fim da linha, o personagem vai e volta sem perder a regularidade maquinal de um títere; súbito, no fim da linha, falta corda. O personagem tem momentaneamente os movimentos subtraídos, sente muito cansaço e, no fim do trecho, desprende-se e perde o controle do tempo e das ações. Poderia se pensar também num braço emergindo e submergindo uma criança num poço; de repente o braço ligado à realidade fora do poço falta e, dentro dele, a criança já não tem qualquer controle.

A partir de agora Luís da Silva está entregue ao passado, ao seu mundo interior, perdendo quase as ligações com o presente. Se notarmos bem, cada vez mais a história vem deixando de ser narrada para ser, cada vez mais, revivida. O personagem vai aos poucos sendo engolido pela narração, e daí sumirem as referências ao ato de narrar à medida que o livro caminha.

---

2. Rui Mourão, *Estruturas*, 2. ed., Rio de Janeiro, Arquivo Editora, 1971, p. 92.

O Poço do Tempo

"Pouco a pouco tudo se transformava, a catinga da minha terra rodava aos solavancos nos trilhos da Nordeste. Escondia-me entre aquela vegetação de passageiros [...]" (pp. 172-173). Essa cena descrita quando o personagem sai à caça de Julião Tavares dá bem a ideia do que se passa com ele: para matar, revive seu passado e lá encontra um irmão em José Baía, no fundo, seu duplo. Mais do que isso: o mergulho no passado, ou melhor, a fusão de presente e passado transparece até mesmo no fato de agora não se referir a José Baía como fizera anteriormente; o matador sertanejo é uma presença, e Luís da Silva conversa com ele usando a segunda pessoa.

A imagem de Marina ligada à água e à serpente se insinua em vários momentos. Assim como o nome de Marina está ligado à água, outro nome próprio aparece com essa sugestão: o lugar fatal para Julião Tavares e Luís da Silva chama-se Bebedouro. Ao começar a perseguição na volta para a cidade, entre as árvores do caminho há poças formadas pela água do mangue; a temperatura vai baixando, a atmosfera está tomada por uma garoa que se adensa, e o perseguidor assopra, enxuga o rosto com a manga. Cansado.

Cada vez mais combalido, vai se envolvendo no nevoeiro (poeira de água) da atmosfera, e num suor inestancável: "[...] e fiquei ali arquejando, desmanchando-me em suor" (p. 188). Daí em diante o suor (a água) será sinônimo do delírio em que o personagem estará caindo: "Uma grande fraqueza abateu-me, suor abundante ensopou-me a camisa" (p. 184). "O suor corria-me pela cara, ensopava a toalha, não havia jeito de estancá-lo" (p. 198). O personagem vai sendo absorvido pela crescente umidade da noite.

O outro símbolo, a cobra, aparece de forma mais crítica que anteriormente, pois parece ter também absorvido de vez o personagem. A primeira notação já é a de que o narrador participa da natureza da serpente: "Julião Tavares estremeceria. Um concorrente. Não presumiria que o concorrente era um inimigo aperreado e cheio de veneno" (p. 178). Depois sobe à árvore para fixar o corpo de Julião, fica em silêncio agarrado aos galhos, escorrega pelo tronco e, finalmente, arrasta-se pelo chão: "Rastejei ao longo da cerca. [...] Rastejando como as cobras!" (p. 190).

E reaparece a imagem do poço metamorfoseado em buraco: "Tinha topado num buraco enorme, ia caindo nele, mas conseguira escapar agarrando-me às estacas de uma cerca e metendo as mãos na terra fofa" (p. 196). O quintal, lugar da relação amorosa que o arruína, também aparece assim: "Olhei a porta aberta. Vi apenas um buraco escuro [...]" (p. 197).

Quando termina o pesadelo da noite do crime, Luís da Silva diz: "Levantei-me, dirigi-me ao quarto, firmando-me às paredes, tombei na cama, pesado, como um morto" (p. 198). Por diversas vezes, o personagem tomba e ergue-se novamente, assim como no princípio desse segmento, em que se levanta para depois tombar novamente e cair à cama feito um morto.

Um Corpo que Cai

Depois de ter caído à cama como morto, Luís da Silva se levanta ainda e se prepara para o delírio final, a última queda: "Ia haver uma escuridão, uma desordem. Parecia-me que os acontecimentos subiam e desciam numa panela, fervendo" (p. 201). E todo o trecho que precede o último grande parágrafo trará essa anunciação do que está para acontecer – as torturas do poço da Pedra:

> Eu escorregava nesses silêncios, boiava nesses silêncios como numa água pesada. Mergulhava neles, subia, descia ao fundo, voltava à superfície, tentava segurar-me a um galho. Estava um galho por cima de mim, e era-me impossível alcançá-lo. Ia mergulhar outra vez, mergulhar para

sempre, fugir das bocas da treva que me queriam morder, dos braços da treva que me queriam agarrar (p. 209).

Relembra a queda de cavalo no rio, as coisas se afastam e se aproximam, novas "torturas" voltariam, a febre cresce e o corpo quer baixar à cama e, finalmente, as telhas sobem e descem. O parágrafo final, o mergulho final (no delírio, na loucura) começa com a abolição do tempo: já não há mais horas, o tempo estancou como lagoa, como o poço que barra o rio. E no fundo do poço, o tempo morto.

E mergulhado no delírio reaparecem todos os elementos do presente, passado e futuro, agora fora do tempo, que sobem e descem, mas não progridem. Reaparece a água (Marina), as cobras (Marina), água e cobras: "As cascavéis e as jararacas tomavam banho com a gente no poço da Pedra" (p. 214). E reaparece o cego e seu bilhete (16.384), e reaparece o símbolo da felicidade sonhada: o colchão de paina, que fecha o delírio como a última obsessão, a única obsessão, o único momento de felicidade (sonhada) de Luís da Silva.

Agora compreendemos o sentido da expressão de Otto Maria Carpeaux: "É um mundo fechado em si mesmo"[3]. A confissão, que em princípio deveria trazer serenidade ao espírito do personagem, acaba remergulhando-o em seu poço de loucura para que, a cada leitura que se reinicie, ele recaia num estado de convalescença, sinta calafrios, faça de Marina mar e ira e mergulhe novamente num poço de loucura, num destino cíclico que já estava prenunciado na cena da infância.

[1986]

---

3. Otto Maria Carpeaux, "Visão de Graciliano Ramos", Posfácio a *Angústia*, ed. cit., p. 227.

LEITURA COMPARATIVA

O Romance de William Faulkner

A prosa de William Faulkner talvez seja o exemplo acabado na literatura norte-americana do que Morris Croll chamou de "estilo solto". O crítico da prosa barroca distingue dois estilos basilares: o primeiro, que chama de *coupé*, é o da sintaxe entrecortada, das frases breves e assindéticas; o segundo, que nos interessa mais de perto, se faz por adição e não por cortes, através de longos torneios frasais, encadeados por conjunções coordenativas, soltas, que atam e desatam as frases, deixando-as caminharem para qualquer lado, e não raro intercaladas de parênteses[1].

É justamente o que se lê em Faulkner: pela extensão da obra, pela extensão de cada parágrafo, ou mesmo de cada período, percebe-se o procedimento estilístico espraiado, reiterativo, criando uma progressão ondulatória, em que a frase ou o período depois de muito caminhar sempre volta ao ponto de onde partiu ou pelo

---

1. Cf. Morris Croll, "O Estilo Barroco na Prosa", em Segismundo Spina & Morris W. Croll, *Introdução ao Maneirismo e à Prosa Barroca*, trad. Ivan Prado Teixeira, São Paulo, Ática, 1990, pp. 56 e ss.

qual passou. E no caso de que se fala – *Absalão, Absalão* –, isso se faz curiosamente até mesmo nos poucos diálogos que há no livro, em especial num dos últimos, quando Quentin Compson mantém uma conversa rápida com o fugitivo Henry Sutpen, na casa deste último, e no qual as perguntas e respostas se repetem circularmente[2].

Absalão, Absalão conta em nove capítulos a ascensão e queda do fazendeiro Thomas Sutpen e de sua família. Para se ter ideia um pouco melhor do enredo, talvez seja útil dizer que o fio narrativo da vida do personagem central é bastante semelhante ao de Paulo Honório, de *São Bernardo* (1934), de Graciliano Ramos: ambos são arrivistas, "pioneiros", a imagem do *self-made man*; os dois são violentos e vingam-se de sua condição buscando pertencer à classe que os explorava; casam-se com mulheres muito diferentes de seu temperamento, o que as leva à morte pela opressão ou desgosto; e no final, a propriedade volta à estaca zero. Mas as diferenças são igualmente gritantes: os personagens secundários, a abrangência épica do livro, a conversão do personagem, o estilo etc.

Nos oito capítulos maiores, que compõem quase por completo o romance de Faulkner, a mesma história é contada repetidamente, sendo que cada novo capítulo traz novos dados à trama, adensando os fatos tratados no anterior. Ou seja, o que ficou dito ocorrer com o estilo frasal, ocorre igualmente com a estrutura: também ela é reiterativa, feita de avanços que são ao mesmo tempo recuos, cujo movimento espiralado cria o espessamento narrativo.

2. Pela singularidade do estilo do autor, evitarei a citação de frases ou trechos do livro, o que destruiria o efeito de conjunto. O diálogo citado, na verdade curto, encontra-se às páginas 323-324 da edição brasileira de *Absalão, Absalão*, trad. Sônia Régis, São Paulo, Círculo do Livro [s.d.], pela qual serão feitas as demais referências; na edição do original, *Absalom, Absalom!*, Nova York, Random House, 1951, p. 373.

Cada novo capítulo implica mudança de perspectiva, com as decorrentes alterações de tempo e espaço. A voz narrativa não muda necessariamente: mais de um capítulo é narrado através de uma situação dialógica – ou entre Quentin e seu pai, ou Quentin e Miss Coldfield, ou Quentin e seu amigo Shreve. Mas se a voz narrativa é a mesma, alternam-se contudo os personagens focalizados, de modo que a perspectiva de cada um crie motivações para as atitudes que tomou; tal procedimento faz que ao final a história seja compactada pela tensão das diferentes perspectivas. O nono capítulo é o fecho do romance, no qual se destroem os últimos personagens da família.

O sentido de construção da obra é visível, apesar ou por causa de sua recorrência constante; basta observar, por exemplo, a circularidade que há entre duas cenas decisivas: a revelação de sua nulidade social ocorre para Thomas Sutpen a partir de uma frase agressiva, pois quando vai levar o recado para o senhor das terras em que trabalha seu pai, o garoto Sutpen é escorraçado pela frase que lhe grita o mordomo negro dos patrões. Ora, se é a partir dessa frase que ele se "constrói" socialmente, sua destruição ocorre também em função de uma frase proferida por ele a um branco pobre (como ele era), esta dirigida indiretamente a Walsh Jones, que o assassina. É interessante lembrar que, ao ouvir a frase ríspida do negro da casa-grande, o garoto Thomas Sutpen se refugia na floresta e pensa várias vezes em matar o patrão.

William Faulkner prende-se à linhagem de escritores do sul dos Estados Unidos, que preservou forte vinculação com a chamada prosa gótica inglesa. O impressionismo de linguagem, a frase requintada e cheia de meandros são os mesmos que vêm de Nathaniel Hawthorne, passa por Edgar Allan Poe, Henry James, e chega a nosso autor. É a prosa de uma sociedade fechada, resguardada pelo preconceito racial e religioso (ética protestante e escravidão), e cujo enclausuramento doentio se faz sentir na presença constante dos espaços fechados e/ou sufocantes, que tendem à "degeneração". A importância desses espaços opressivos pode ser notada, por exemplo, em Edgar Allan Poe, com a queda da casa de Usher, que guarda semelhança simbólica com o desfecho trágico do romance de Faulkner. Em todos eles, uma intrincada e doentia mistura de culpa, incesto e racismo.

Dessa forma, o estilo retorcido, que cria uma estrutura igualmente circunflexa, adensa os conflitos de personagens centrados sobre a própria interioridade. Mas se o romance é feito de "linhas contorcidas e elançadas", para falar ainda com Croll, é preciso avaliar que conteúdo de imagens e valores performam a matéria romanesca. A história do personagem ficcional Thomas Sutpen enreda-se na História norte-americana, que a envolve, criando a partir daí um movimento dual, que dá ao romance seu fôlego épico, fazendo-o respirar e não deixando assim cair por completo no círculo do mesmo. Faulkner evita esse problema à medida que engasta o conflito ficcional nas situações concretas da História, criando assim aquele duplo movimento: se por um lado é repetitivo, o fluxo da História faz que o fio narrativo se distenda no tempo.

A sincronia entre a narrativa de uma vida privada e a vida social do país tem um pressuposto muito claro de consciência histórica por parte dos personagens. Sente-se que o drama vivido por eles, feito de racismo e dependência econômica sobretudo, é também o que está subentendido ou visível nos momentos de cenas panorâmicas, em que está presente a coletividade; esse sentido histórico vem do fato de se saberem "personagens" de mudanças que afetam toda a sociedade.

Ao comparar a obra inicial de Machado de Assis com o romance francês, mesmo o menor, Roberto Schwarz fala da diferença entre os dois também como diferença dessa consciência de classe, pouco encorpada nos personagens brasileiros, enquanto para o romance europeu é um pressuposto social[3]. É o que se dá com o romance de Faulkner, em que a situação histórica (em mudança) é vivida pelos personagens que nela se engajam e, através da qual, se decidem suas vidas. Note-se, a esse respeito, as belas páginas do romance nas quais o narrador (no sétimo capítulo, ao tratar da juventude de Sutpen) descreve a situação escravagista do Haiti, o que fomenta a revolta na qual Sutpen se projeta (pp. 216 e ss.). Isso cria um procedimento também semelhante ao Realismo europeu – outra diferença comentada por Schwarz[4] –, ao fazer que o drama dos personagens centrais se desdobre em todas as direções, de tal modo que também os secundários tenham seu destino sujeito às mesmas determinações, o que acaba por dar ao romance um extraordinário movimento de amplitude.

O caráter decisivo dos acontecimentos históricos apoia-se num fundo mítico diante do qual a trajetória dos personagens se duplica, dando ao romance a base de sua força poética. Entre as muitas imagens simbólicas está, por exemplo, o fogo que ao final destrói a casa dos Sutpen, com ressonâncias bíblicas, como forma de condenação e purificação. Esse fundo arquetípico tende a universalizar as relações dos personagens, não enquanto reprodução das figuras míticas; ou seja, referências bíblicas como a do título, ou mesmo a menção a arquétipos de várias culturas, não chegam a criar no romance um plano alegórico, em que fosse preferível a leitura "paródica" desses arquétipos.

3. Cf. Roberto Schwarz, *Ao Vencedor as Batatas*, São Paulo, Duas Cidades, 1977, pp. 116-117.
4. Cf. *Ao Vencedor as Batatas*, ed. cit., p. 37.

Entretanto, o realismo da obra fica de tal forma intensificado nas relações concretas que dá aos personagens um sentimento trágico do destino: é o caso de Mr. Coldfield, que se recusa a descer de seu quarto, depois de iniciada a guerra; ou de Rosa Coldfield, que depois de ultrajada pela proposta de Thomas Sutpen, abandona a Vila correndo, tranca-se em casa e começa a escrever poemas libertários; ou mesmo do desencontro entre ela e o sobrinho, quando este a visita antes de se retirar para a universidade. Um último exemplo dessa universalidade "trágica", com todas as imagens que ela gera, ocorre, por exemplo, na bela cena da caça ao arquiteto francês (pp. 223-224), que tenta fugir do mando de Sutpen, abandonando a construção de sua casa, devido ao ambiente hostil em que vivia. O desamparo do personagem aparece no momento em que ergue a mão à cabeça e sente a perda do chapéu, símbolo de sua cultura. O simples gesto se eleva, por aquele trabalho ondeante de estilo, a um breve e exemplar episódio de sua condição humana.

Absalão, Absalão vs. *Fogo Morto*

Por várias razões, é possível aproximar com proveito as obras de William Faulkner e José Lins do Rego, a começar do fato de ambos serem contemporâneos, tendo escrito as respectivas obras entre os anos de 30 e 60: *Fogo Morto* (1943), ponto alto da obra de José Lins, foi publicado poucos anos depois de *Absalão, Absalão* (1936). A preocupação com o painel da decadente sociedade escravocrata – pois ambos situam a obra entre o fim da escravidão e o início do século – é o mais forte ponto em comum dos autores, estudado num recente ensaio brasileiro[5].

5. Trata-se do bom livro de Heloísa Toller Gomes, *O Poder Rural na Ficção*, São Paulo, Ática, 1981. A autora faz uma leitura comparativa dos persona-

Se comparado ao de Graciliano Ramos – seu par no romance brasileiro de 30 –, o estilo de José Lins do Rego é fluente, solto, e está para o do alagoano assim como o de Faulkner está para o de Hemingway. É um estilo receptivo, em que o narrador onisciente busca dar voz às consciências sufocadas por uma estrutura rígida de poder. Para isso, incorpora a linguagem popular – através do discurso direto ou indireto livre –, sem contudo ceder ao pitoresco, conseguindo antes um bom equilíbrio entre o coloquial e a norma.

Da mesma forma que no romance de William Faulkner, em *Fogo Morto* o jogo das perspectivas é constante: ora dos personagens principais, como mestre José Amaro e Capitão Vitorino Carneiro da Cunha; ora dos secundários, como D. Sinhá, comadre Adriana, D. Mariquinha, D. Amélia e o mascate italiano. Esse jogo e o estilo dão ao livro um realismo miúdo e vibrante, algo próximo do que Otto Maria Carpeaux chamou de "brasileiríssimo"[6].

Mas a suposta semelhança de estilo e perspectiva não se confirma quando vista por um olhar mais próximo. Para a diferença estilística, bastaria comparar os longos movimentos poéticos do pensamento em *Absalão, Absalão* com a presença maciça do diálogo em *Fogo Morto*, o que torna este um livro mais fácil que o primeiro. Mesmo porque o tom coloquial mostra uma situação psicológica mais próxima da representação do baixo: "Era um prato de feijão com batata-doce. Passarinho passou-o nos peitos"

gens enquanto "tipos sociais", demonstrando basicamente suas semelhanças dentro de quadros históricos análogos. É preciso reconhecer, contudo, que as situações históricas não são tão semelhantes, e menos ainda o são os romances que, como tais, não se prendem ao quadro de maneira determinista.

6. A expressão é utilizada no prefácio que o crítico escreveu para a primeira edição do romance, "O Brasileiríssimo José Lins do Rego"; cf. *Fogo Morto*, 21. ed., Rio de Janeiro, José Olympio, 1982, pp. XVI-XX; as citações de *Fogo Morto* serão feitas por essa edição.

(p. 58); "O que fariam os negros com um banana na casa-grande, ouvindo piano, lendo jornais, tratando da barba?" (p. 135). Essa breve diferença de estilo está em acordo com a diferença de perspectiva, que também não é tão semelhante e tem por seu lado implicações mais fundas, sendo preciso articulá-la com a visão superior do narrador em terceira pessoa, menos abrangente que o do outro livro.

Ao referir-se a *Fogo Morto*, Mário de Andrade mostra certa insatisfação com o romance, falando em personagens "sem drama nenhum", com os quais não "com-sofremos" – caso de mestre José Amaro –, preferindo antes os que "congregam drama dentro de si" – como Capitão Vitorino e cego Torquato[7]. Nesse sentido, poderíamos contrapor frontalmente os personagens "sem dramaticidade" de José Lins do Rego aos personagens "trágicos" de William Faulkner.

Mário de Andrade parece reclamar em nome da oposição psicológica de um comportamento ativo ou passivo; mas se fosse assim, a negatividade do comentário serviria antes de tudo aos personagens de seus próprios contos. Ocorre que a falta de dramaticidade, entendendo-se esta como ação, pode não ser um defeito; se for defeito no romance de José Lins, será não pela oposição psicológica, mas porque a ausência de dramaticidade significará debilidade narrativa, de articulação de planos e partes.

Há diferenças fundas que vêm à tona assim que comparamos o livro de José Lins do Rego com o de William Faulkner. Aí o exercício da comparação surge com seu sentido forte de investigação das diferenças e, portanto, das identidades. A resposta deverá ser buscada na matéria de que ambos lançam mão, a História, e no

---

7. Mário de Andrade, "Fogo Morto", na edição citada do romance, pp. 262-264.

modo como a ela se enlaça a vida de seus personagens. Para isso, iremos comparar duas passagens de cada obra.

Tanto *Absalão, Absalão* quanto *Fogo Morto* descrevem o processo histórico que – no Brasil e nos EUA – pôs fim ao regime e à economia escravagistas: lá com a Guerra da Secessão, de 1861 a 1865; aqui com a assinatura da Lei de 1888. Mas a qualidade das relações de poder é muito diferente nos romances, ainda que sejam basicamente os mesmos os componentes das duas cenas históricas; ou então será diferente o que cada romancista apreendeu do processo histórico. Do romance de William Faulkner interessa tomar uma cena, não da Guerra Civil americana, mas da rebelião dos escravos haitianos contra o fazendeiro de descendência francesa, pai de Eulalia Bon (pp. 216 e ss.).

Estão todos cercados na casa: Thomas Sutpen, o capataz, a jovem Eulalia, filha do fazendeiro, o próprio fazendeiro francês e duas criadas. Com os mosquetes carregados pelas mulheres, e com a bravura de Thomas Sutpen, os cinco se salvam, e Thomas e Eulalia saem da casa com o compromisso de noivado. É portanto nessa cena que o jovem Sutpen se projeta socialmente ao defender o patrão do ataque armado dos escravos. Referi-me em outro ponto a esta passagem, antecedida de belas páginas nas quais o estilo se insufla de um movimento histórico vivo, e acende metáforas por todo o texto a fim de encarnar o sofrimento e a revolta dos escravos haitianos. O tom épico se apoia num processo social em movimento vertiginoso e dá ao narrador, no mesmo passo, o horizonte de um sofrimento e revolta tão amplos quanto a exuberante natureza da América colonizada.

E no romance de José Lins do Rego? A mesma cena de revolta dos escravos está presente (pp. 153-155). Com a Abolição de 88, os negros da fazenda do Coronel Lula vão para a frente do engenho e começam a cantar e dançar – primeira diferença:

Lula não gostava dos negros. No dia da abolição os pobres foram para a frente do engenho, doidos de alegria. Teve medo. O feitor ganhara a catinga, e Lula trouxera para a sala os clavinotes armados [...] trancara Neném no quarto e de clavinote entre as pernas, ficara sentado no sofá, à espera de inimigo que lhe viesse ao encontro. A noite se foi, a madrugada apareceu.

Logo depois, surge um "cabra" com um grupo de negros para fazer justiça contra a violência praticada no engenho de Seu Lula, tratamento que aos olhos da própria família e de todo o povoado era "sem razão", coisa de "desalmado". Contudo, o grupo de homens está atrás de Deodato, o feitor que praticava os castigos a mando do senhor – segunda diferença. Aos gritos, o Coronel Lula responde que "fossem para o inferno"; e os negros se afastam "de cabeça baixa". Como não bastasse o esfriamento da tensão, um grupo de ex-escravos do engenho está de volta; depois do ataque epilético do marido, D. Amélia fica só, na sala, e ouve o barulho dos homens: "Sem dúvida tinham voltado os negros para atacar o Santa Fé". Na verdade, era Macário ("o negro de confiança") que voltara com outros três "para olhar pelas coisas". D. Amélia então "sentiu-se rodeada de amigos".

O que é revolta social no romance norte-americano, no brasileiro transforma-se em relação de favor e, consequentemente, de submissão. Na verdade, não há no romance de José Lins uma noção forte de processo histórico feito de lutas e tensões: a prática do paternalismo se desdobra em todos os níveis. A vida partidária, por exemplo, surge calcada na prática da boa-vizinhança, da amizade, dos favores pessoais etc. O Capitão Tomás, sogro de Seu Lula, havia sido o exemplo acabado do paternalismo: dava mel para os pobres da vizinhança, "não vivia surrando as suas peças de escravatura" e, como chefe político, "era o homem de mando na vila" (quando o partido vencia) e "querido dos adversários" (quando perdia). Tomás Cabral aproxima-se do patriarca de um mundo "harmônico", mundo também de Seu Ribeiro, de *São Bernardo*. Lula de Holanda, por seu lado, elimina os favores da boa-vizinhança, e cuja "somiticaria irrita" o povoado; põe e dispõe de sua escravatura e mantém tal soberba em relação ao povo, que até o fim este desconfia de seu sincero fervor religioso. Ao receber o convite do colega José Paulino para a "presidência" da Câmara do Pilar, recusa-se porque, ainda que historicamente liberal (seu pai morrera pelo partido), "não ia com a República", e "apesar do 13 de Maio, apesar de ter sido roubado", não se "esquecia do Imperador", do regime de "gente de vergonha". Nada é visto como historicamente ilegítimo na atitude de Lula de Holanda: o pai de Neném é odiado por demonstrar luxo sem ser simpático aos vizinhos; observe-se a esse respeito a cena em que o velho Tomás manda trazer o piano para a filha, sendo cada vez mais admirado pelo povo.

A diferença que se mostra no nível dos fatos próximos ao movimento histórico (as cenas protagonizadas pelo personagem coletivo) tem determinações também no nível de atuação de cada personagem particular. Dizendo de outro modo, a tensão ou distensão histórica dos eventos traduz-se em acerto ou erro de atitude dos protagonistas individuais. Para perceber tal situação concretamente, será útil a comparação de dois personagens centrais, Thomas Sutpen e José Amaro, e seus diferentes níveis de consciência das forças que os cercam.

Disse (implicitamente) no início que o garoto Sutpen vivia com a família não somente numa situação de penúria, como também de quase animalidade pela falta de contato urbano. A família Sutpen se estabelece nas imediações de uma propriedade rural, para a qual o pai vai trabalhar. Sutpen, entre treze e catorze anos, começa a perceber a força das diferenças à sua volta: a de brancos e negros, a de ricos e pobres. Certo dia, vai à casa do senhor das terras levar um recado do pai; ao bater na porta da frente, é barrado e expulso pelo negro uniformizado:

> Contou ao meu avô como, antes que o negro uniformizado que viera atendê-lo tivesse terminado de dizer o que dissera, pareceu dissolver-se. Uma parte dele virou-se e arremessou-se para o passado, revendo os dois anos em que já estavam morando lá – algo parecido ao que acontece quando se atravessa correndo uma sala e se veem todos os objetos que ali estão e depois se volta a passar por ela, mas dessa vez se veem os objetos de um outro ângulo, e descobre-se que na verdade nunca tinham sido vistos antes [...] (p. 201)[8].

É um momento de revelação para o garoto, que se vê literalmente desnorteado. Sai correndo da propriedade e, ao invés de voltar para casa, foge para a floresta, lugar simbólico das trevas de seu espírito. Dentro do mesmo movimento estilístico de todo o livro, o pensamento do garoto Sutpen dá voltas para entender a nulidade que descobriu ser sua situação diante da propriedade para a qual trabalhava seu pai. E percebe, então, a miséria e o racismo nas cenas diárias do povoado em que vivia. O racismo será o tema central do romance, mais fundo do que qualquer outra diferença, como aparece no penúltimo capítulo em que Charles Bon e Henry Sutpen se defrontam por causa de Judith. Entretanto, ainda não é o problema com o qual se defronta o garoto de treze ou catorze anos: o seu problema por agora é a miséria. Assim, ao invés de revoltar-se contra o negro que o enxotou, percebe com clareza que a figura que realmente o humilhou é a do homem branco deitado na rede, que não lhe dirige o olhar quando ele aparece. Sendo um branco pobre, para esse homem ele está na

---

8. Na edição do original, pp. 229-230.

mesma situação dos negros; e o garoto chega à conclusão de que é o proprietário que ele tem de matar.

Num belo emprego da figura do duplo, um garoto afirma a decisão de morte, enquanto um outro diz que não adiantaria: o problema não é "ele"; o problema são "eles". E para combatê-los teria que se tornar um "deles". Sutpen volta para casa, pois "agora estava com fome", e na manhã seguinte "acordou antes de o dia nascer e partiu, da mesma forma como se deitara no catre: na ponta dos pés. Nunca mais viu ninguém da sua família" (p. 208)[9]. Assim começa a carreira obcecada de Sutpen, a busca que levará o jovem corajoso à riqueza, ao poder e à derrocada, quando as forças conservadoras do Sul forem insuficientes para manter a propriedade escravocrata. Desde a noite de sua revelação – "um clarão repentino" – até o fim, por onde ele passar o destino de Sutpen será o destino das forças sociais.

E em *Fogo Morto*? Lá também há um senhor que não dirige o olhar aos brancos pobres. Observe-se o ressentimento de José Amaro, quando vai ao engenho Santa Fé consertar os arreios do cabriolé de Seu Lula e não recebe atenção do homem rico, que passa perto do seleiro e "nem se demora para saber do trabalho [...] Ora, pobre é gente" (p. 27). Ou então em relação ao Coronel José Paulino, que gritara com ele "como se fosse um negro cativo"; tanto assim que não trabalha para ele mesmo sendo pago, ao passo que trabalha de graça para os que lhe são simpáticos.

Esse amor-próprio ferido de mestre José Amaro fala de uma situação social bastante diversa daquela comentada acima: o mestre é artesão, e o que ganha é pouco para mudar sua situação de dependência. Como seu pai que vivia de favor no engenho Santa Fé, ele também vive assim, cercado pelos senhores imponentes.

---

9. No original, p. 238.

Os dois fatos mais importantes na vida da família resumem-se a dois favores: o do pai, de quem uma peça foi dada pelo Barão de Goiana ao Imperador; e o do mestre, que fez meia dúzia de alpercatas para o cangaceiro Antônio Silvino. Com a tenda à beira da estrada, e tendo herdado do pai a profissão, sua vida é marcada pelo sedentarismo, propício à reflexão e, no seu caso, à angústia.

Um dia, mestre José Amaro é intimado pelo proprietário Lula de Holanda a abandonar a casa em que vive. Entretanto, pouca revolta o mestre experimenta contra o senhor ou senhores que tanto incomodam seu orgulho: aceita a decisão porque Seu Lula é o dono das terras e tem o direito de fazer o que bem entender (p. 197). Ao mesmo tempo, atribui a expulsão a Floripes, o negro que vive na casa do Capitão, fazendo serviços domésticos, sobretudo de puxador de terço: "Deve ser história deste negro Floripes. Ah, mas este cachorro me paga". E os dentes do mestre trincaram-se de ódio (p. 195). Até o fim do livro, ainda durante as sessões de tortura na cadeia do Pilar, o mestre só tem um pensamento – matar o negro: "Eu só quero é que Deus ainda me dê força para pegar numa faca" (p. 241). E como equívoco final de sua vida, Amaro pega pela última vez sua faca de seleiro para enterrá-la no próprio coração.

As situações do velho José Amaro e do jovem Thomas Sutpen são parecidas nos motivos que as compõem: um branco pobre humilhado, um senhor de terras poderoso, um negro intermediário defendendo os interesses do amo-patrão e um desejo de matar. Mas além de várias circunstâncias diferentes, a questão decisiva está na alternância dos pontos de vista, diante das mesmas figuras: enquanto o protagonista de Faulkner, ainda garoto, percebe as relações de poder, desviando a atenção de um para outro personagem, no romance de José Lins a questão se encaminha sob a forma de intrigas, mexericos, fuxicos etc. Não há no romance do brasileiro – por uma questão histórica que procurei ilustrar com a cena da revolta dos escravos – o movimento narrativo das cenas coletivas, em que se mostra a consciência histórica dos personagens. Por isso, não há igualmente a mesma dimensão de panorama épico que há no outro romance: tudo se resolve em divergências pessoais – ao menos os fatos que são decisivos para o enredo.

Talvez seja possível retomar agora o comentário de Mário de Andrade, pois é provável que se deva a essa falta de tensão histórica um traço do romance de José Lins: a exageração tipológica dos personagens. Geralmente, eles aparecem como tipos portadores de taras físicas ou morais, num procedimento caudatário do romance de Aluísio Azevedo e do Naturalismo de forma geral. Algo de externo ao personagem indicia o desconcerto interior: mestre Amaro, inchado e de olhos amarelos, transforma-se em lobisomem para o povo; Seu Lula, que vive numa casa "sinistra", tem ataques epiléticos que chocam a família; sem contar que o filho natimorto tinha "cabeça de monstro".

É esse o limite e a maior qualidade da obra de José Lins: por um lado, personagens que se destroem um tanto estaticamente; mas por outro, uma riqueza "psicológica" que faz o encanto do livro. Nesse sentido, é possível perceber um realismo carregado de paixão, um olhar muitas vezes pungente que parece prenunciar cenas, situações e tom dos contos de Guimarães Rosa[10]. Não há que negar beleza literária a frases ouvidas de passagem no roman-

---

10. Penso em duas ou três situações que podem merecer aquele adjetivo de Carpeaux, e que nos contos de Guimarães Rosa, de *Primeiras Estórias* por exemplo, poderiam ser chamadas igualmente de "brasileiríssimas": a figura de Vitorino, que lembra muito a do velho quixote de "– Tarantão, Meu Patrão..."; a presença dos loucos, como a filha de mestre Amaro e a filha de Sorôco; o povo na estação vendo Vitorino partir de trem, que lembra igualmente "Sorôco, Sua Mãe, Sua Filha" etc. Em ambos, há um interior do

ce, como aquela em que mestre Amaro, derreado pelo acúmulo de frustrações, diz ao vizinho Manuel de Úrsula (quando este se refere ao que se comenta sobre o mestre, ainda que o diga para ser solidário): "É bom parar, Seu Manuel, eu sou homem velho, isto me dói. É melhor parar" (p. 198).

Ainda sobre a qualidade da obra, penso que nessa riqueza de tipos José Lins será melhor do que Graciliano Ramos: mais diverso, múltiplo, sobretudo quanto a personagens secundários; e não será também estranho que o leitor prefira mais a ele que a Faulkner, por esse mesmo contraste de tipos – em Faulkner submetidos por igual à beleza da linguagem. Mas como literatura é linguagem, William Faulkner sobretudo aí é superior a José Lins. Enquanto neste a realidade é vista como um conjunto de tipos populares, às vezes próximos do estereótipo, em Faulkner o que há o tempo todo é reflexão; os personagens aparecem tocados pela força voluptuosa do pensamento, que os arrasta em direção à realidade, que volvem e revolvem nos mais sutis meandros, criando o efeito admirável de uma grande massa tomada por um movimento rápido, que para Croll é a essência do barroco.

Comparem-se, a propósito da diferença psicológica, duas mulheres dos romances: Judith Sutpen e Neném de Holanda. Ambas envelhecem solteiras e sufocadas pelo regime patriarcal do sul norte-americano e do nordeste brasileiro; seriam idênticas se lidas como tipos sociais de uma determinada estrutura de poder. Ocorre que a personagem é feita de palavra, e sua forma romanesca necessariamente afetará seu contorno psicológico; ainda que o "papel social" seja quase o mesmo, a intensidade com que agem resulta em diferenças fundas de estilo, de "papel literário". Mesmo

Brasil próximo do patético, e no escritor mineiro resvalando quase sempre para o mítico.

sendo tão silenciosa quanto Neném, Judith é portadora de uma força interior que a mostra determinada a tocar a propriedade na ausência do pai; e se não fala ou se queixa, seu silêncio é carregado de uma densidade que se esbate contra esse fundo arquetípico da mulher como a intermediária entre homens e deuses. Diferente de Neném, que se esvai de forma apagada e dócil, sem uma queixa, mas também sem mostrar qualquer determinação que lembre o peso trágico do destino da outra. E o mesmo se poderia dizer de Rosa Coldfield, que se revolta, quando é injuriada por Sutpen, e se tranca em casa para escrever poemas revoltados, exaltando os soldados ianques que destruíram o sistema escravagista do Sul. Mais do que isso, Rosa fala no romance, o que se deve a um foco narrativo móvel e múltiplo, de um narrador que apreende maior articulação de interesses.

O Romance de José Lins do Rego

Fogo Morto possui uma estrutura dialética muito clara, com cada parte centrada num personagem: mestre José Amaro, o pobre, a tese; Coronel Lula de Holanda, o rico, a antítese; e Capitão Vitorino Carneiro da Cunha, a síntese problemática "entre" os dois. Na primeira parte, centrada na figura do seleiro, a maior dramaticidade fica por conta do enlouquecimento de Marta, a filha única do mestre. O enlouquecimento é o motivo central na vida de sofrimentos do pai, ainda que sua mente fique o tempo todo ocupada com o ressentimento pela falta de respeito que os senhores de engenho têm por ele. Mas a cena que fecha a primeira parte (o homem solitário sob a árvore, experimentando um choro convulso pela forma patética como a filha foi levada embora) e algumas cenas domésticas da loucura de Marta mostram que o conflito familiar é realmente o nó central dessa parte.

O mesmo ocorre na segunda, em que se trata dos sofrimentos de Lula de Holanda, cuja descendência frustrada também é o motivo principal. Observe-se que seu sogro Tomás Cabral teve duas filhas: uma louca, como a filha do seleiro, e outra mal casada, na opinião do velho, devido à natureza do genro arredia ao trabalho braçal. O mesmo problema ocorre com Lula de Holanda, pois sua decadência está ligada à falta de filhos homens, resumindo-se à imagem apagada de Neném. Vale lembrar que D. Amélia, sua esposa, é rejeitada por ele a partir do insucesso do segundo parto, que seria o de um menino.

Isso tem claramente uma explicação: o jogo de poder das relações patriarcais pressupõe dois traços decisivos que são a propriedade e a descendência, esta última responsável por manter a propriedade de posse da família; por isso, dentro das tradições familiares fechadas e de mando, a figura do herdeiro e continuador da obra paterna é fundamental. Observe-se a desilusão do Capitão Tomás com o genro (fazendo as vezes de filho) quando é ofendido pelo fazendeiro cearense e lamenta a ausência de um filho real para desagravar o pai (p. 139); ou, ao contrário, o orgulho do Capitão Vitorino pelo filho Luís fazendo carreira militar na Marinha.

A terceira parte do livro centra-se exatamente em Vitorino Carneiro da Cunha, primo de ricos senhores de engenho, mas que vive em situação de remediado. Entretanto, já a figura do filho Luís (orgulho dos pais) demonstra uma espécie de bem-aventurança em relação aos protagonistas anteriores; sendo assim, Vitorino tenta ser a síntese das outras duas figuras, criando uma indefinição temática que prejudica a força do romance. José Lins do Rego sente-se obrigado a cruzar os destinos de José Amaro e Lula de Holanda, os dois derrotados, e o faz pelos fios das andanças quixotescas de Vitorino; mas o cruzamento não tem muita força e isso por duas razões: a) pela fragilidade dramática que une o seleiro Amaro e o Coronel Lula; e b) pelo propósito com que José Lins trata Vitorino. Primeiro, a fragilidade dramática. Depois da obra de Machado de Assis, poucos romances brasileiros serão mais articulados pela ideologia do favor do que este de José Lins do Rego. Do início ao fim, as relações de dependência pessoal preenchem o romance e, sem dúvida, criam a modulação afetiva do narrador. A terceira parte se abre com um grande nó dramático, unindo em torno de uma questão concreta o rico Lula de Holanda e o pobre José Amaro: o seleiro foi intimado pelo senhor a deixar sua casa, em função de algumas intrigas feitas por Floripes, o negro protegido do patrão, conforme comentei.

É certo que o favor está sujeito à arbitrariedade do capricho; mas para haver rendimento estético é preciso que o próprio capricho seja decisivo na história. E não parece ser esse o caso ali: em Lula de Holanda há uma mescla radicalizada de fanatismo religioso e obsessão obscura pelo incesto; enquanto o sogro havia sido o homem de mando, vivendo mais fora do que dentro da casa-grande, Lula de Holanda é doentiamente recluso, de tal forma que esse fechamento chega ao espaço sagrado do quarto dos santos. Uma sensibilidade que sufoca qualquer contato com o mundo exterior, criando o desinteresse que irá arruinar o engenho.

Por isso, Lula de Holanda não vive a expulsão do seleiro como decisiva, ainda mais porque a essa altura encontra-se praticamente alienado. Da mesma forma, mestre Amaro também não a vive como a questão que decide seu destino: primeiro, por ter a proteção dos jagunços e, a rigor, nem precisar sair de lá; depois, porque o peso das desgraças familiares é o componente que irá levá-lo ao suicídio (o enlouquecimento da filha; o abandono da mulher; a rejeição que sofre dos moradores próximos, com as histórias acerca de sua natureza demoníaca), culminando com a humilhação que sofre ao ser torturado pela guarda estadual; o problema que seria central se dilui ao compor-se com tanta negatividade. Fora isso, a questão do despejo não é ela própria decisiva na construção da ação dramática, pois as últimas páginas do romance são tensas pela arbitrariedade cometida pela polícia contra o povo – cena que é claramente uma arbitrariedade (agora do narrador) na condução do enredo.

Há um momento em que o conflito entre os dois homens se insinua num de seus aspectos centrais, mas que não é levado adiante no romance: trata-se da passagem em que mestre José Amaro é informado de que o fazendeiro Nô Borges, protetor do jagunço Antônio Silvino, mandou a este um recado para não favorecer o seleiro contra seu colega de engenho. O recado não chega por uma decisão episódica no romance (p. 211); isto é, um cangaceiro do bando de Silvino resolve não dar o recado ao chefe, em amizade a mestre Amaro. Ainda assim, o seleiro percebe a exata relação de forças que há na situação: o seu favorecimento submete-se a um favorecimento maior, diante do qual pouco vale. O mestre percebe isso, e toda idealização que fazia da figura do cangaceiro como protetor de pobres e oprimidos despenca, dando lugar a um movimento de lucidez (pp. 211-212). Contudo, a proteção do jagunço, que acaba se efetivando, reconstrói a figura idealizada; o romance não toma aquele caminho que daria maior tensão ao conflito do despejo, e perde a possibilidade de apanhar por dentro um aspecto central do conflito social. Mestre Amaro se mata na verdade pelo acúmulo de desgraças que é a sua vida, o que não anula sua força literária, mas compromete a articulação dramática.

Entre Lula de Holanda e José Amaro ergue-se a figura de Vitorino Carneiro da Cunha, o verdadeiro eixo dessa parte final.

Mas a falta de uma articulação mais funda entre o personagem e os fatos dramáticos do romance aparece já no episódio de encontro de Vitorino e o Tenente Maurício, militar obcecado pela captura do jagunço Antônio Silvino (pp. 202-204). O episódio é arbitrário e serve no fundo para dar início ao enaltecimento da figura de Vitorino, que nessa terceira parte deixa de ser visto de forma rebaixada, como vinha ocorrendo até então; tanto assim que os meninos já não sentem vontade de xingá-lo. A mesma recuperação de dignidade ocorre com o também marginalizado José Passarinho, que deixa de beber, torna-se uma pessoa útil e, sintomaticamente, fecha o romance ao lado de Vitorino, que até então o tratara com desprezo.

Não se deve negar a ele certo encanto que realmente possui; mas é preciso observar se Vitorino não é mais um "tipo" do que propriamente um personagem de romance; dizendo de outra forma, se até certo ponto não fica girando em falso, desvinculado de uma tensão mais inerente aos acontecimentos. Vitorino é elevado a uma condição de exemplaridade, através de um contraste recorrente em personagens bufões: o tolo que guarda uma grande sabedoria de vida.

José Lins do Rego escreveu sobre ele uma crônica em que, além de explicar-lhe a gênese, dá também pistas para a compreensão de seu papel na visão ideológica do autor: chama ao personagem de "grande", "valoroso", "um herói sem medo e sem mancha"[11]. A gênese literária de Vitorino (já que a da realidade foi dada por um "tipo" que o escritor conheceu quando criança) é claramente a figura do Quixote, fato desde o início apontado pela crítica. A admiração pelo livro de Cervantes é visível no autor:

---

11. José Lins do Rego, "Coisas de Romance", *Dias Idos e Vividos,* org. Ivan Junqueira, Rio de Janeiro, Nova Fronteira, 1981, pp. 75-76.

diz ele, noutra crônica, que "a miséria que Deus lhe deu não fora nada contra as maravilhas do seu sonho [...] queria o Quixote matar ou morrer pelos seus sonhos [...] tinha uma alma de leão e as ternuras de um cordeiro"[12].

A partir dessas afirmações, não é difícil perceber a importância que tem para o autor a figura de Vitorino; ele encarna uma sabedoria que está próxima de outra noção fundamental para a literatura: a noção da experiência. Reduzindo necessariamente a duas ou três palavras – próximas à profissão de fé de José Lins expressa nas crônicas citadas –, digamos que Vitorino encarna o sonho universal de justiça, a revolta da consciência contra a opressão, um desejo sempre novo de refazer a vida. E o romance extrai em alguns momentos certa poesia que se alça à universalidade: um desses momentos é a petição que Vitorino redige em nome de seus conhecidos, presos injustamente: ao invés de citar nomes, o que particularizaria o fato, o narrador generaliza, produzindo um belo efeito ao correr da leitura:

> E na sala do juiz, com a sua letra trêmula, devagar, parando de quando em vez, como se estivesse numa caminhada de léguas, escrevia o Capitão Vitorino as palavras que pediam liberdade para os pobres, para o compadre, para o cego, para o negro (p. 243).

Também noutro passo, para ilustrar com mais um exemplo, o efeito é pungente pelo que há de sofrimento na cena: o cego Torquato acabara de ser torturado pela polícia, que tentou arrancar dele informações sobre o bando de Antônio Silvino. Ao sair da cadeia, por interferência de Vitorino, ele vai à casa deste e é tratado com uma dedicação inusitada para um pedinte; a cena é fortemente patética e, se o leitor se afastar do seu raio de influên-

---

12. "O Quixote de Unamuno", *Dias Idos e Vividos*, ed. cit., pp. 134-135.

cia, a lerá com certa ironia, arma sempre eficaz em caso de dúvida. Mas é inegável que o autor consegue um efeito pungente, quando o cego agradece dizendo: "Capitão, eu nada tenho para dar. Sou um pobre cego apanhado como um cachorro [...] O senhor e a sua mulher fizeram de mim um grande deste mundo" (p. 254).

Entretanto, o romance não consegue manter essa universalidade que ambiciona; isso compromete a força de Vitorino, e dá ao narrador um ponto de vista que não tem a neutralidade suposta. A experiência se nutre fundamentalmente da esfera de motivações do sujeito, do homem que viveu e viu a vida tendo, portanto, um saber que mostra a melhor maneira de tratar a pedra no meio do caminho ou, quando menos, amenizar o sofrimento. Contudo, se a experiência deixa seu âmbito forte da vida de um personagem para atingir a categoria sempre complicada do tipo, termina por ganhar o qualificativo do "interesse": de uma classe ou de um grupo, com maior ou menor comprometimento.

Ainda que Vitorino seja a figura que carregue a exemplaridade da experiência, sua exemplaridade é inconvincente, na medida em que, tirando a compaixão pelo que há nele de sonhador e generoso, sobra um velho meio desmiolado, de um liberalismo inconsequente, tratado com condescendência pelos parentes e pelo narrador. É curioso como vive à deriva: quando surge a questão da expulsão de mestre José Amaro, vai à casa de Lula de Holanda defender na ponta da faca, como gosta de dizer, seu compadre daquela injustiça. Mas quando Antônio Silvino vai ao engenho Santa Fé justamente intimar Lula de Holanda a não mexer com o seleiro, ele corre até lá, agora para defender o fazendeiro daquela afronta, sem qualquer noção dos poderes em jogo.

Essa falta de noção não é gratuita na visão ideológica do narrador, e talvez rendesse muito num quadro social menos determinado economicamente; ali, o quixotismo de Vitorino vira liberalismo inócuo do narrador. A ideia que sustenta as três partes do romance é a de que o sofrimento está em todos os níveis, e a felicidade pode estar também. Observe-se: nas páginas finais, intensas de sofrimento, há uma cena aparentemente gratuita, relativa aos presos do vilarejo do Pilar; logo depois da tortura que sofrem alguns deles, pousa um pássaro na grade da prisão:

– É minha patativa – disse o preso de cabelos louros – ela vem todo dia cantar para gente. Eu boto xerém de milho todo o dia para a bichinha.
A patativa estalava na manhã feliz o seu canto de alegria para os infelizes da cadeia do Pilar (p. 249).

Há nesse e em outros momentos do livro uma sensação de reconforto cristão pelos desamparados, como havendo sempre algo de bom em meio às situações adversas.

Mais ilustrativa nesse sentido é a cena da primeira parte em que o sofrido mestre José Amaro acaba de ter sua filha enlouquecida, e o compadre Vitorino vem para buscá-la a fim de encaminhá-la ao sanatório. José Amaro mal consegue se levantar, deprimido e doente; lamenta-se da vida e, ao consolá-lo, Vitorino se refere a um acidente no engenho mais próspero da região, o da família de José Paulino, o primo rico e odiado: "Muito mais infeliz do que o senhor é o José Paulino que perdeu ontem a filha Mercês, de parto. É o homem mais rico desta terra e que jeito deu na filha? Passei ontem pelo Santa Rosa e tive pena do primo" (p. 116). A desgraça atinge igualmente pobres e ricos, assim como o nobre Vitorino recebe igualmente "os grandes e os pequenos da terra em sua casa". Entretanto, terminado o romance, o leitor sente que o que poderia haver de tensão e crítica se esvai nessa afirmação de generosidade, pois sem tratar fundamente as diferenças, acaba de fato por encobri-las.

Há um desejo explícito de José Lins em intervir na realidade ficcional – como forma de reajuste da realidade histórica – através de Vitorino, que se transforma numa espécie de *raisonneur* do escritor: "O capitão Vitorino é hoje o homem com quem conto. Muito podem os críticos contra o literato José Lins do Rego. Contra Vitorino Carneiro da Cunha serão como as moscas que lhe atormentavam a sua pobre montaria magra"[13]. Tal afirmação faz de *Fogo Morto* um romance intencionado, algo a meio caminho do romance de tese.

Ao comentar seu método de trabalho, William Faulkner disse certa vez, entre outras coisas importantes e curiosas, que o escritor não deve intervir na realidade, apenas observá-la: "e, quanto às pessoas, é preciso também observá-las. Mas sem nunca julgá-las. Observar o que elas fazem, sem nenhuma intolerância, buscando apenas aprender por que elas fizeram o que fizeram"[14]. É melhor escritor.

[1992]

13. "Coisas de Romance", *op. cit.*, p. 76.
14. *Apud* R. Magalhães Jr., *A Arte do Conto*, Rio de Janeiro, Edições Bloch, 1972, pp. 21-22.

UM CONTO EXEMPLAR

Por mais de uma razão, "Caso de Mentira", de Marques Rebelo, é um conto exemplar[1]. Desde sua estreia, com o livro *Oscarina* (1931), Rebelo debateu-se com a forma de sua narrativa, dando a essa questão o estatuto de um tema central de sua obra. Era para ele, sem dúvida, um problema decisivo, que perpassou seus contos e romances como algo dilacerado. Nesse livro de estreia, que chamou atenção da melhor crítica da época, a questão aparece tratada ora pelo próprio autor, ora pela crítica, sendo o início em sua obra de um diálogo entre o que havia feito e recusava, o que não fizera e buscava, em termos de estrutura e estilo, este caudatário da prosa realista brasileira, de Almeida e Machado, posta agora no registro cotidiano herdado do primeiro Modernismo.

Mas era sobretudo na construção do enredo, no desdobramento das personagens que sua obra mostrava uma liberdade responsável pelo que o escritor faria de melhor e, ao mesmo tempo, de menos acabado. Ao comentar os contos de *Oscarina*, Mário de Andrade já sentira o problema desde o conto de abertura, que dá

---

[1]. Marques Rebelo, *Contos Reunidos*, Rio de Janeiro, José Olympio, 1977, pp. 43-48.

nome ao volume; chamara-o de "obra-prima" – além de elogiar outros contos do conjunto –, mas dissera também:

> Conto, ou o que quer que seja. Talvez a única reserva que se possa fazer a esta página é acabar tão cedo. Na verdade se trata dum romance, e a impressão que a gente tem é que o autor se cansou de repente e acabou porque quis acabar[2].

E, de fato, os dezesseis contos do livro oscilam desde essa possível novela que dá nome ao volume até peças que são instantâneos da vida interior de personagens anônimas; de registros poéticos de uma tarde de sol à vida caricata de uma pequena classe média, tratada no registro da crônica humorística. E por isso o mencionado "Caso de Mentira" é um conto exemplar: fala desse contista às voltas com a construção que oscila entre uma forma tradicional e outra, aberta; ora afeito à poética do conto realista do XIX, ora imerso no quadro do conto moderno, posterior a Tchékhov[3]. Essa breve narrativa de que tratamos tem um caráter tão acabado, chegando quase à forma de uma poética da *short story*; para lê-la, é preciso encará-la com os procedimentos próprios a uma forma simples e, nesse sentido também, perceber sua construção de feição exemplar.

"Caso de Mentira" se abre com um parágrafo dividido em duas partes simétricas, sendo a primeira construída com verbos

---

2. Mário de Andrade, "Oscarina", *Táxi e Crônicas no Diário Nacional*, org. Telê Porto Ancona Lopes, São Paulo, Duas Cidades, 1976, p. 376.
3. Na verdade, o próprio Mário voltou ao assunto mais tarde, por ocasião do aparecimento de *A Estrela Sobe* (1939), quando formula uma distinção entre o "romance aberto e o fechado" para dar conta do problema na obra do autor, algo que já vinha de seus contos; cf. "A Estrela Sobe", *O Empalhador de Passarinho*, 3. ed., São Paulo, Martins, 1972, p. 126.

no pretérito imperfeito, criando uma situação de equilíbrio para a cena doméstica descrita: moravam o narrador e sua família "numa boa casa de dois pavimentos", em São Francisco Xavier, ainda que o pai por essa época não estivesse em condições de "arrastar, sem alguma dificuldade, o luxo de residência tão ampla e confortável". Ainda assim, faz questão de notar o narrador que "temos que perdoar a ele, entre outras fraquezas, esta da ostentação, já que a perfeição foi negada por Deus à alma das criaturas".

Nessas linhas, portanto, e na forma de um sumário narrativo, o narrador registra a condição razoável de sua família, com "poucas amizades", morando em boa casa de subúrbio no Rio, em que, a despeito do registro das imperfeições do pai (com uma ponta de ironia do filho?), a vida caminhava normalmente, sem que nada fosse motivo de drama e, portanto, de narrativa. Mas a segunda parte do parágrafo será justamente a quebra dessa situação de equilíbrio, com a entrada de um acontecimento decisivo para a vida pacata da família; os verbos passam para o pretérito perfeito e a narração se particulariza numa única ação, destacada do fluxo temporal: "Eis, senão quando", o irmão Aluísio, "o demônio em figura de gente", pratica uma travessura que deixa a todos temerosos das consequências: deita por terra "o rico vaso, um legítimo Satzuma", que o pai "frequentemente gabava" pela sua qualidade e, a mãe, por ter pertencido ao avô que era barão e morrera na Europa.

Assim, completa-se a construção inicial da narrativa, com uma abertura semelhante às histórias elementares, pois fica clara a construção dual do primeiro parágrafo: na primeira parte, o sumário resume o ritmo regular da casa paterna, ao passo que, na segunda, se instaura um nó dramático. Dizendo de outro modo, a primeira parte é dominada literalmente pela figura do pai e sua ostentação, enquanto a segunda, pela figura do irmão e sua diabrura.

Ao chegar do serviço, o pai fica sabendo do ocorrido, e faz soar sua voz tenebrosa pela casa, chamando pelo filho "endiabrado", o que causa arrependimento à mãe pela nomeação do autor da diabrura, bem como pavor à empregada; esta, a "preta Paulina" chamada de Lalá, e que "trouxera o nosso herói ao colo desde o seu primeiro dia, chorava e rezava no corredor, espiando". O temor de todos era inteiramente justificado pois, como diz o narrador, o pai "sabia ser violentíssimo", quando para isso lhe davam "fortes motivos".

Ocorre que o garoto, à beira da situação trágica diante do pai enfurecido, sai-se com uma história tão inesperada e viva na narração, cheia de lances rocambolescos e aventuras, que o pai, pego de surpresa pela segurança de Aluísio ao contar as façanhas, acaba caindo numa "tremenda gargalhada", e mandando o filho brincar, satisfeito com a imaginação fértil do garoto que lhe reservaria, com certeza, muito orgulho no futuro. "Você ainda há de dar coisa na vida!", sentencia o pai, repetindo exaustivamente aos parentes e conhecidos dali em diante a proeza de fantasia de Aluísio.

A cena termina, assim, com a absolvição do filho peralta – "muito imaginativo" e de "profunda sagacidade" –, cheia de humor e alívio pelo desenlace do nó, que se desata de forma imprevista. Na verdade, a surpresa está no fato de o episódio se resolver de forma contrária à expectativa armada pelo narrador. Ou seja, ocorre na cena do pai irado e, posteriormente, rindo de modo desbragado o procedimento da peripécia, como o descreveu Aristóteles e o faria um contista brasileiro de 30: uma reviravolta nos acontecimentos, contrária à expectativa da cena, criando uma espécie de cruzamento surpreendente.

A peripécia, nesse caso, liga-se de modo intrínseco ao relato que lemos, pois ocorre graças a um procedimento narrativo de Aluísio, que consegue convencer o pai, ouvinte de seu relato. Ao recontar a lenda do "caso do bandido" para agradar às visitas, o pai instaura uma narrativa que esconde a verdadeira história do "caso do vaso de faiança", como diz o narrador, compreendendo a extensão do feito do irmão; ou seja, o que seria a falta de Aluísio, aparece como a qualidade do filho, na versão do pai. Mas a menção à situação atual do irmão, que se tornou um advogado "incontestavelmente bem colocado, com uma bonita carreira na sua frente", sugere que a brincadeira infantil transformou-se – na idade adulta e no país dos bacharéis – em hipocrisia, embuste. E ao dizer que o irmão está longe da carreira que o pai profetizara é irônico também, sugerindo que não se tratava propriamente de um talento, e sim de oportunismo. Como recompensa pela história, Aluísio ganha liberdade para brincar durante semanas, dando vazão à sua natureza de garoto folgazão, até que o pai acaba pondo um freio na sua indisciplina, e manda o "vagabundo" tomar jeito.

Concluída a primeira volta dramática da ação, o conto poderia terminar. Entretanto, se o fizesse, mais (ou menos) do que um conto, a narrativa teria uma feição de crônica contando uma estripulia de infância, próxima, por exemplo, às de Fernando Sabino. Entretanto, o narrador agora entra como personagem central de seu relato, e o conto inicia uma segunda parte. Para que a narrativa ganhe a envergadura de um conto, é preciso que a primeira – que já faz parte do conto – ganhe a significação que terá com a presença da segunda; ocorre aqui uma construção paralelística, conforme a descreveu o formalismo russo[4].

---

4. Cf. Viktor Chklóvski, "A Construção da Novela e do Romance", *Teoria da Literatura: Formalistas Russos*, trad. Regina Zilberman *et al.*, Porto Alegre, Globo, 1971, pp. 216-220. O paralelismo explícito, em que uma história se explica pelo confronto com a outra, é tido justamente como forma elemen-

Assim, ocorre novamente um momento de equilíbrio na narrativa, descrito também agora de modo sumariado, iniciando-se uma segunda unidade dramática. E a segunda já se anuncia com maior gravidade, pois o narrador – apenas testemunha da primeira parte – agora entra em cena, o que leva a crer que a aventura do irmão peralta diz respeito, de modo decisivo, à sua condição:

> Mas, origens e transformações, tudo são injustiças neste mundo, rótulos de ouro e mercadorias baratas, tanto assim que falhei, redondamente, na primeira ocasião que tentei empregar o mesmo método do mano Aluísio.

A segunda parte do conto dá à primeira uma significação maior, na medida em que ela é também muito mais densa que a anterior, com a qual cria o sentido todo da história. A maior densidade está agora não só no fato de ser o narrador seu protagonista, como também no maior desenvolvimento que a segunda unidade dramática – o segundo episódio que se anuncia – terá. E isso porque o segundo episódio aventuresco de criança está marcado por uma complexidade maior de motivações.

Por essa razão, a parte em sumário narrativo, que introduz o episódio, agora é bem maior e mais complexa, articulando-se a mais de um motivo. Tudo nasce do desejo inconfessável do narrador em possuir uma peteca, com a qual sonhava mais do que com qualquer outro brinquedo; sendo assim, a aventura que irá narrar nasce não apenas de uma ação praticada por estripulia: é motivada por um desejo e, por extensão, por uma razão que se liga à interioridade do narrador. Essa implicação funda aparece dada claramente na frase que indicia o seu drama: "pura verdade é o que conto e a mim é quanto me basta".

tar de construção, o que não decide necessariamente sobre a qualidade da obra.

Como diz, nada o proibia de pedir a peteca aos pais, mas sua timidez não o levava a esse pedido, mostrando a introversão do garoto e a dificuldade em dar uma solução ao seu desejo. É interessante também que, assim como na primeira parte do conto havia uma identidade entre o pai severo e o filho traquinas (Aluísio), na expansão de temperamento de ambos, agora aparece a mãe em cena, nos passeios à cidade acompanhada do filho mais velho, mais "ajuizado", criando entre pais e filhos uma distinção clara de temperamentos. Diga-se que, enquanto Aluísio fazia diabruras para não ter de ir à cidade, o mais velho suportava, em sua timidez, os passeios com "secretos padecimentos", a que ele chamava de "tragédia".

O episódio da brincadeira de peteca, que por infelicidade resultará na quebra de uma moringa do pai – "da qual somente papai bebia a sua água" –, é precedido pela entrada em cena de uma personagem fora do círculo familiar – Seu Souza, um amigo do pai, proprietário de terrenos em Botafogo, e homem maçante, que a mãe só suportava porque colocava o marido "pouco abaixo das coisas celestes". A presença do amigo do pai é importante na história: inicialmente é uma espécie de portador do instrumento que fará a felicidade e infelicidade do garoto; assim, a peteca chega às mãos do narrador trazida pelo acaso, contra o desejo que teimava em se esconder, ocultar-se. Mas mais do que ser o instrumento do acaso, Seu Souza entra em relação direta com o narrador: como sua mãe, o narrador também antipatizava com a personagem e, graças a um acaso, muda de atitude bruscamente, mudança que implica um aprendizado existencial para ele, dando uma existência ao tempo, na medida em que o preenche de experiência. Como ele mesmo diz, "nessa tarde excepcional" – quando o sujeito aparece com o brinquedo – o narrador consegue compreender "o segredo difícil das simpatias". Assim, a segunda peripécia do conto será mais densa pela dimensão existencial das descobertas do tempo da infância.

Entretanto, a presença do homem é importante também por outro motivo: antecipa, de modo irônico, o desencanto com o pai. O último segmento, correspondendo propriamente ao episódio, repete o primeiro de forma invertida, dando ao conto aquela construção cruzada de que fala E. M. Forster, na forma de ampulheta[5]. Também agora se trata de uma peripécia, nos mesmos termos da anterior: o menino, por descuido, deixa a peteca bater na moringa que o pai utiliza quando chega suado e sedento do trabalho, e resolve, para se livrar de um possível castigo, imitar o irmão, contando um caso fantasioso para agradar ao pai. Como era "pouco imaginativo", porém, não conseguira "encaixar nenhuma passagem de extraordinário realce"; e pelo meio da história, o pai já o interrompia com um "tabefe na boca", chamando-o de mentiroso, e dizendo, "com dureza, que um homem que mentia não era um homem".

Essa segunda peripécia é também mais densa que a primeira: o irmão traquinas havia sido perdoado; a moringa de agora era "comuníssima", sem o valor do vaso anterior; e não havia antecedentes contra o filho ajuizado; pela expectativa criada, a solução da peripécia poderia ser intuída pelo leitor, o que daria em certa atenuação de efeito. Ocorre que ela é mais densa que a anterior, pois o que perde em inesperado, ganha em dimensão de sentido, dando à narrativa a envergadura do conto, entendido como concentração da vida num ato decisivo.

Assim – e para continuarmos nos termos da poética aristotélica, utilizando-a livremente –, do ponto de vista da construção

---

5. Cf. E.M. Forster, *Aspectos do Romance*, trad. Maria Helena Martins, Porto Alegre, Globo, 1969, p. 118.

a densidade maior em relação à primeira peripécia surge do fato de que essa traz consigo um dado fundamental da ação dramática, a que Aristóteles chamou de anagnórise (ou reconhecimento), esse movimento de ânimo, no âmbito da emoção, que marca a passagem do desconhecido ao conhecimento, através de uma discrepância como os laços de família destruídos por sentimentos hostis. Por certo, não se trata aqui da revelação nos termos em que a cultura de massa empregou e emprega o procedimento, em que a revelação traduz sempre, em chave apelativa, o drama do rei infortunado; mas sim da revelação – como acontecerá no conto moderno em momento privilegiado para a consciência – de uma condição existencial[6].

A noção de anagnórise pode ser estendida à teoria do conto, gênero próximo ao dramático pela compressão temporal e que, como o drama, caminha rápido para o desenlace; para vários de seus comentadores, o conto passa a ser entendido como gênero propício à revelação epifânica, entendendo-se esta como uma "súbita manifestação espiritual", conforme a definiu James Joyce, espécie de aparição que se traduz numa imagem poética; daí encerrar-se no desenlace do nó, logo após seu clímax, concentrando em seu efeito final toda carga dramática[7].

---

6. Cortázar dirá que a condição própria do conto – de abrir de par em par uma realidade muito mais ampla que o episódio de partida – fará que sua matéria "se converta no resumo implacável de uma certa condição humana, ou no símbolo candente de uma ordem social ou histórica". Julio Cortázar, "Alguns Aspectos do Conto", *Valise de Cronópio*, trad. Davi Arrigucci Jr. e João Alexandre Barbosa, 2. ed., São Paulo, Perspectiva, 1993, p. 153.

7. Umberto Eco, ao comentar o *Dublinenses*, diz que a epifania passa a ser na narrativa seu "clímax, resumo e juízo sintético", aparecendo como "momentos-chave, momentos-símbolo de uma dada situação", "denúncia de certo vazio e inutilidade da existência"; *apud* Olga de Sá, "O Termo e o Conceito de Epifa-

Assim, a cena infeliz do narrador não é uma simples peripécia; mas uma peripécia que, articulada ao reconhecimento de sua condição, implica um momento de revelação existencial; esta deixa de ser um fato externo, percebido por todos, para ser uma compreensão que se dá por meio de uma reflexão solitária do narrador. A narrativa passa a ser uma experiência de autoconhecimento, atestado até mesmo pelo fato de um narrador já adulto narrar um episódio perdido na infância.

O conto termina com o castigo do filho exemplar, que vê o irmão indiferente a seu sofrimento – "insensível à minha prisão, folgava, não parecendo sentir a falta do companheiro" –, deixando transparecer claramente um sentimento de inveja pelo talento do outro:

> Da janela do meu quarto, enquanto descansava as mãos doloridas de copiar, com boa letra e sem nenhum erro, as trinta páginas da minha geografia, que papai, pela manhã, antes de sair, inflexivelmente, me marcava, ficava vendo-o correr, subir às árvores, com desembaraço e agilidade. E invejava-o surdamente. Tinha dez anos.

A revelação que tem o narrador – ou subjaz ao *mito* narrado por ele – articula-se a alguns temas descritos por Antonio Candido, ao tratar da obra de Machado de Assis, influência decisiva para Marques Rebelo[8]. A relação conflituosa que se dá entre o narrador e seu irmão prenuncia todo o desdobramento desse tema em seu romance-diário *O Espelho Partido* (1959-68), com a rivali-

---

nia em Joyce", *A Escritura de Clarice Lispector*, Petrópolis, Vozes, 1979, p. 149. A importância do desfecho como limite está, entre outros, em Boris Eikhenbaum, "Sobre a Teoria da Prosa", *Teoria da Literatura: Formalistas Russos*, ed. cit., pp. 161-168, em que o teórico retoma as ideias de Edgar Allan Poe.

8. Refiro-me ao conhecido ensaio "Esquema de Machado de Assis", de *Vários Escritos* (1970), em que o autor trata de alguns temas da obra, a partir de seus críticos mais importantes, entre eles Augusto Meyer.

dade insuperável entre Eduardo (o narrador) e Emanuel (o irmão diplomata), tema e situação que o autor deve ter encontrado – enquanto leitor – na obra de Machado, bastando lembrar o romance *Esaú e Jacó* (1904). Nessa relação conflituosa, há um contraste ou oposição constante entre o narrador e seu duplo (advogado, diplomata, mentiroso, malandro, sedutor), que parece conhecer as regras do jogo social ou ter uma habilidade natural para jogá-las; e, por seu lado, o narrador – cuja obra confessional mostra estar sempre preocupado com a verdade ("pura verdade é o que conto e a mim é quanto me basta"), sempre dilacerado pela constatação do engano, do equívoco, da vocação que não tem língua, para usar a expressão do narrador de "Cantiga de Esponsais", em cuja obra Rebelo foi buscar ou alimentar seus temas. O resultado é uma consciência amarga e reflexiva, às voltas com o "sentido do ato", para usar a expressão do crítico, e que acaba por se reconhecer, também ele, um *gauche* na vida.

A compreensão que tem de si e sua condição é a de um destino falhado, sem vocação, que se completa com o desdobramento, nos livros de Rebelo, do desejo angustiado pela busca de uma grande obra, que parece até o fim escapar de seu intento, tema também obsedante e matéria constante de reflexão na série de *O Espelho Partido*. Nesse sentido, o conto que lemos faz papel para o narrador de sucedâneo da história traumática da infância e cumpre a condição da narrativa moderna, a de nascer de um fracasso.

Entretanto, para compreender o narrador e sua condição é preciso ver com maior detalhamento não apenas a relação entre os dois irmãos, mas também a relação entre os dois e o pai, pois o conto parece jogar toda ênfase na situação moral da casa paterna. E para isso, é preciso reler algumas implicações desse espaço social e, de modo mais particularizado, as cenas reveladoras.

Quando ocorre a primeira peripécia – que acaba bem, com a gargalhada do pai e a absolvição do filho –, o narrador já havia descrito o quadro social e mental da casa paterna, a vida numa família de classe média marcada decisivamente pela condição patriarcal e escravista da formação brasileira, com a falta de liberdade de todos diante da figura opressora do pai. O vaso era herança de um avô barão que morrera na Europa, e a empregada – a "preta Paulina, chamada de Lalá" – é tratada na chave do caricato. Ou seja, a origem patriarcal da casa e colonial do País explica as relações entre pais e filhos, incluindo aí a condição da mulher diante do marido, bem como a presença do "compadre".

A família do conto está situada num momento de mudança das relações domésticas, guardando ainda hábitos da formação patriarcal antiga, por um lado, e traços modernos, por outro, como por exemplo a desvinculação da autoridade entre os irmãos. O quadro literário do período mostra vários tipos ou feições de família, em função do desenvolvimento desigual das regiões do País; se pelo lado rural, aparece no romance de 30 a personalidade típica do contexto patriarcal e truculento, como o pai do narrador de *Infância* (1945), de Graciliano Ramos – o chicote em casa e a palmatória na escola –, aqui surge uma figura de herança patriarcal, mas num quadro já de urbanização, criando o contraste jocoso (tão explorado pelo Modernismo) entre o verniz do pai de família entusiasmado com a beleza do Satzuma – "isto é que é a verdadeira arte, meninos!" – e o tosco de sua figura, pronto a descer a mão nos filhos. Essa situação de passagem e desequilíbrios da família fechada em torno do chefe para outra de relações mais abertas está em toda a obra de Rebelo, bastando mencionar a oscilação do papel da mulher, em função das diferentes situações: compare-se nesse sentido a atitude da mãe no conto que estamos lendo – que não gostava de "sair sozinha", levando sempre o filho mais velho quando devia ir à cidade – com a de Leniza, heroína de *A Estrela Sobe* que, num quadro familiar mais frouxo pela situação econômica e um pouco posterior, de certo modo faz da cidade sua casa.

Aristóteles exigia da peripécia, por mais inesperado que fosse o desfecho, ater-se às leis da verossimilhança – sendo por isso sempre preferível o impossível que convença –; ora, nesse caso, o inesperado se ajusta ao arbítrio do pai, que não perdoa o filho por outro motivo que não seja o gozo da anedota. Assim, o que é peripécia no plano estrutural da ação dramática transforma-se no conto em arbitrariedade no plano das relações familiares. Ou seja, a absolvição do filho não se deve tanto às condições e à ação praticada, mas ao acaso de agradar ou não ao pai autoritário. Dependendo da arbitrariedade, das oscilações de humor, a peripécia acaba bem ou mal; não à toa que, depois de dar liberdade ao filho para brincar à vontade, soe estranho o xingamento de "vagabundo" a Aluísio, o mesmo filho que era o orgulho da crônica de família. E a malandragem do garoto completa o quadro, convivendo com a violência e insensibilidade para o sofrimento do outro, como quando corta o rabo da gata malhada de Lalá com o machado, reproduzindo, a seu modo, o autoritarismo paterno[9].

Quando é a vez do narrador passar pelo confessionário, mente e recebe o castigo mencionado. E nesse caso, a mentira torna-se a negação do valor supremo da classe média: "um homem que mente não é homem". Na verdade – e só a verdade importa ao

---

9. Alfredo Bosi vê no conto de Otto Lara Resende e outros contistas contemporâneos a mistura de educação e sadismo na formação tradicional da infância brasileira, contistas para os quais aponta Marques Rebelo como um dos precursores; cf. "Situação e Formas do Conto Brasileiro Contemporâneo", *O Conto Brasileiro Contemporâneo*, São Paulo, Cultrix, 1975, pp. 16-17.

narrador – ele não tem a intenção de mentir, nem mesmo de invejar o irmão; sua atitude se justifica unicamente pela atitude do pai, de quem espera receber o mesmo reconhecimento ou evitar as temíveis consequências. Ou seja, quer imitar o gesto que, aos olhos do próprio pai, era uma qualidade. Fazendo isso, o ato praticado e a reação paterna ganham a dimensão de uma cena de formação para o narrador e, no mesmo passo, as consequências desastrosas para sua sensibilidade. Nesse sentido, o conto reencena a situação do machadiano "Conto de Escola", de *Várias Histórias* (1896), em cujo espaço também se dá o aprendizado da "corrupção", pelo mesmo desejo de fugir aos castigos do pai e professor.

Assim, o narrador – ou a visão implicada que vai além dele – expõe às claras que a revelação (a consciência de sua condição) nasce de um ato arbitrário e autoritário do pai, do qual depende a verdade do narrador; ou seja, seu conflito (a falta de vocação, o destino falhado, o "*gauche* na vida" etc.) depende dessa cena autoritária, que o irmão dribla pela malandragem, e à qual ele paga o alto preço dos honestos e ingênuos. Desconsiderando a cena patriarcal (num suposto universalismo), a leitura anularia o conto, na medida em que deixaria de considerar o que o próprio narrador empenhou-se em determinar: o aprendizado da casa paterna, uma casa que mostra as marcas da formação do País, ainda ecoando o consórcio de cristianismo e escravidão.

O conto – em sua relação pai e filho, filho e irmão – antecede o conhecido "A Terceira Margem do Rio", de *Primeiras Estórias* (1962), de Guimarães Rosa, em que também ali a presença paterna se faz de forma autoritária, ainda que invertendo a atitude ao fazer-se antes pela opressão do silêncio – e mostrando a superioridade de seu autor; também ali, "os nexos de amor e culpa" aparecem articulados à arbitrariedade das relações de família[10]. Ao final do conto de Rebelo, o narrador confessa sua culpa – "as bagagens da vida", na expressão do outro narrador –, ao dizer que invejava o irmão, tendo ainda dez anos. E o sentimento de culpa, já no título do conto e pairando sobre toda a história, faz lembrar a frase extraordinária do atormentado narrador rosiano: "De que era que eu tinha tanta, tanta culpa?". Num caso e noutro, guardando-se as devidas dimensões, o conto de Rebelo e o de Rosa se inserem na linhagem do conto moderno e contemporâneo do Brasil, conto que, na expressão de Alfredo Bosi, tem sabido falar de "situações exemplares".

[2008]

---

10. Walnice Nogueira Galvão, "Do Lado de Cá", *Mitológica Rosiana*, São Paulo, Ática, 1978, p. 39.

O LIRISMO DE MARQUES REBELO

Depois de publicar *Oscarina* (1931) e *Três Caminhos* (1933), Marques Rebelo lança sua terceira e última coletânea de contos – *Stela me Abriu a Porta* (1942) – em edição da Livraria do Globo, de Porto Alegre. Nessa última incursão pelo gênero, os contos são breves (com uma única exceção) e em bom número: vinte e um[1]. O livro é um desdobramento de sua contística anterior, uma mesma composição de conjunto, em que aparecem seus traços decisivos, indo mais uma vez do conto de feição lírica ao registro da crônica cotidiana. Numa entrevista de 1936, Rebelo faz uma curiosa comparação entre a literatura e o atletismo, reclamando do descrédito que sofria o conto junto ao público, para o qual "um corredor de cem metros é um sujeito sem fôlego"[2]. Se nas duas obras anteriores o autor velocista demonstrava desejo de ir além dos cem metros, neste último livro os contos demonstram a vontade cada vez maior de Rebelo em trabalhar com narrativas

---

1. Na verdade, a primeira edição do livro trazia treze contos, sendo posteriormente acrescidos os demais na edição de seus *Contos Reunidos* (1977).
2. Newton Sampaio, *Uma Visão Literária dos Anos 30*, Curitiba, Fundação Cultural de Curitiba, 1979, p. 185.

curtas quanto à unidade, muitas delas curtíssimas. É, por isso, dos livros o que mais justifica o comentário de Almeida Fischer, que fala no autor como criador do moderno conto nacional, tomando por base seu conto sem ação, simples flagrante de vida[3].

A Porta, A Ponte

Também como nas coletâneas anteriores, o conto que abre o volume e lhe empresta o título é, sem dúvida, uma das peças centrais do conjunto[4]. Diferente, entretanto, de "Oscarina" e "Vejo a Lua no Céu", "Stela me Abriu a Porta" é uma *short story* ao modo breve que será tão recorrente no conto brasileiro posterior a Alcântara Machado, uma dessas histórias perdidas na grande cidade. Mas por não ser coisa de programa, pois o escritor já estava encerrando sua trajetória na narrativa breve, o conto retoma a tradição dos mestres do gênero – entre eles, seguramente Machado e Tchékhov.

Se reduzido a seu entrecho, o conto resume-se a um jovem casal que marca, numa pensão de subúrbio, um encontro amoroso em determinada noite; a caminho, porém, de consumar a relação, param numa ponte vendo o pequeno rio passar, tocados pelas lembranças paternas de Stela, a jovem costureira. Também aqui, a personagem feminina é o centro do conto, dando nome a ele, ainda que não lhe pertença a voz narrativa. É o mesmo procedimento que se dava com Oscarina, Dulce (do conto "Namorada"), Leniza de *A Estrela Sobe* e agora com Stela, todas referidas no título da obra e, portanto, centrais na narrativa.

---

3. *Apud* Paulo Mendes de Almeida, "Nota Explicativa" a *Oscarina*, São Paulo, Clube do Livro, 1973, p. 8.
4. Marques Rebelo, *Contos Reunidos*, Rio de Janeiro, José Olympio, 1977, pp. 147-152.

Estruturado em três segmentos, no primeiro deles o narrador vai até o "ateliê modestíssimo de Madame Graça" buscar uma encomenda da mãe (um vestido que mandara reformar) e lá, enquanto a patroa não chega, põe-se a conversar com a empregada que lhe abrira a porta, indicando o primeiro sentido para a expressão do título (a situação de acaso), antecipando também o desdobramento posterior (a aceitação amorosa do outro). Trata-se, na verdade, de um primeiro amor que ganhará a dimensão de experiência reveladora (o derradeiro sentido).

O conto deixa clara a condição social dos dois adolescentes como herança do passado colonial do País: o narrador, estudante, "nunca teve patrão"; a costureirinha, "espigada, dum moreno fechado, muito fina de corpo", largando os estudos antes dos quatorze anos para trabalhar e ajudar a mãe viúva, depois da morte inesperada do "padrinho"; ou seja, na história de Stela, a mesma situação de precariedade dos pobres, cuja vida se decide pelo acaso e adversidades. Depois da andança por vários empregos, nos quais era tratada com toda sorte de exploração, Stela encontra Madame Graça, que "nunca manda, pede", ainda que ali "trabalha-se demais, não há folga". A mãe não quis que ela fosse lavadeira: antes, que se dedicasse à costura; num conto tão despojado e simples, isso dá à jovem uma dimensão "arquetípica" pois, ainda que de modo rebaixado, liga-a às fiandeiras, às Moiras, já que participará – tanto quanto sua condição social permite – da tecedura do destino de seu jovem companheiro.

O conto se inicia com uma notação temporal importante, quando o narrador reconhece, pela primeira vez, a relação decisiva entre o amor e o tempo: "Havia alguns meses que nós nos conhecíamos e jamais o tempo passou tão rápido para mim". E, logo em seguida, outra notação decisiva, dessa vez trazendo a morte literalmente na figura do irmão, em tudo diferente do narrador:

"Meu irmão Alfredo, que morreu aos vinte anos, estupidamente, duma pneumonia dupla, era um rapazinho importante: não gostava de fazer recados, de carregar embrulhos, de comprar coisas para casa na cidade". E aqui, mais uma vez o leitor reconhece nessa relação simétrica e irônica a convivência tensa entre irmãos na obra de Rebelo.

O segundo segmento, central no conto, é narrado na forma de sumário, e conta não só os recorrentes passeios e encontros do casal já namorando – a segunda sugestão do título –, como também a história de Stela com seu pai. A cada dia o caminho é feito mais lentamente, numa suspensão de tempo e espaço, pois também as ruas são percorridas sem sentido direto, num movimento em contraponto com as cenas e os sumários narrativos. Aparece então, de modo claro, a identidade da garota, sonhadora e nostálgica, com seu pai aventureiro, que deixa para a filha como herança somente a nostalgia da aventura – é inegável a simbologia irônica do nome de Stela, ligado à estrela-guia dos navegantes –, de tal forma que o jovem namorado já pressente a perda futura de sua amada, que ele aceita resignado, em frases que reproduzem, no ritmo e na sintaxe, o ir e vir do chamado do mar:

> Eu olhava seu corpo, não respondi. Mas sentia que ela fugiria mesmo, um dia, para nunca mais. Não sei por que, nada fazia para prendê-la. Aceitava a ideia da fuga como um acontecimento que não podia deixar de ser. As mãos dela eram quentes, apertavam. Os seus olhos eram bem o chamado do mar, o chamado das ondas do mar, o chamado das ondas de um mar desconhecido, verde, fundamente verde, misterioso.

Assim, ao lado do "padrinho", engenheiro e homem de bom senso, está o pai em sua figura de mistério e aventura. Ao final do segmento, o narrador se pergunta, numa lembrança vaga e misteriosa, por que não impediu que ela fosse embora, sem saber a resposta que, seguramente, tem a ver com sua condição, assim como já pressupõe que, mais do que se perder no mar, a condição de Stela lhe reserva outro destino: "Está tão distante tudo isso, hoje, e o mesmo mistério perdura. Por onde andará Stela? Em que mares de homens se perdeu?". A pergunta final remete a outro motivo recorrente na obra do autor, pois mais tarde outra estrela se perderá entre os homens da cidade.

No último segmento, a narrativa volta ao procedimento da cena dramática, justamente na noite (véspera de Natal) em que os dois adolescentes resolvem consumar a relação amorosa. A situação social criada pelo conto – o filho de classe média explorando sexualmente a empregadinha mulata ou negra (direta ou indireta) da mãe – se desmascara quando o narrador recebe de modo ostensivo o choque entre o sublime e o baixo na figura do português que o atende: depois de defender a dignidade de Stela ("É uma moça direita. Séria"), o jovem recebe na cara, do português do "hotelzinho", a expressão sórdida da realidade à sua volta ("Destas vêm cá às dúzias"). A relação entre o sublime e o prosaico, o lirismo e a grosseria, desdobra a relação que há entre a delicadeza de Stela e a grosseria da herança escravista das patroas: Stela se contenta, ainda que explorada, em ser tratada de modo minimamente sociável.

Já de noite, o jovem e sua namorada aparecem, indo para o local contratado. Também agora há um belo trabalho poético do narrador, que dá o ambiente num misto de ansiedade e nostalgia pela perda que se aproxima: "A lua é paz, é pálida, e nós tão pálidos. As horas correm, o barulho do rio correndo tinha uma tristeza de morte". E os signos de morte preenchem a cena final, a começar pelos sinos dobrando e pelas duas velhinhas de preto e xale.

Há uma simetria clara na construção entre o namorado e o pai de Stela: antes de morrer, o pai vivia seis meses com Stela, uma plenitude de vida; antes de "morrer", os dois vão viver a plenitude amorosa. O conto se encerra com os dois sobre a ponte – negando a situação armada inicialmente –, num momento de plenitude contemplativa (o silêncio da lírica), vendo e ouvindo o rio passar, os sinos dobrando, as estrelas nas alturas, "esquecidos, perdidos, como restos de um naufrágio", sabendo, pelo que a imagem final tem de negatividade e morte, que a vida de inocência ficou para trás. A ponte fecha o conto, assim como a porta o havia aberto: ambas são signos de passagem e revelação. E o conto termina com o jovem casal sobre a ponte, vendo passar o rio (o tempo) desaguando no mar que levou embora o pai de Stela e para onde quer ir a jovem melancólica reencontrar-se com ele, com a origem. O pai chamava à canoa que tinha na infância – e depois à filha – de Stela: também no nome da filha outra condição de ambiguidade, pois Stela está ligada ao instrumento de transporte, de passagem. O desaparecimento do pai dá à jovem consciência do tempo e da morte (e sua aceitação estoica) que Stela ensina ao jovem companheiro ao ensinar-lhe, no mesmo passo, o amor e a perda, paixão e partida.

Com Stela, se esclarece a ambiguidade mencionada no início, ou seja, ser a personagem do título, sem conduzir ou ter acesso à voz narrativa, o que se deve à condição social periférica da personagem – e, por extensão, da mulher nesse contexto. Mas outro fato decisivo é que a presença no título indicia a importância que a personagem tem no destino do narrador ou protagonista. Stela possui uma esfericidade como personagem que não estava em Oscarina; há nela um tom nostálgico e elevado que não havia na primeira. Ainda assim, ambas ocupam a mesma condição social e são igualmente decisivas na história; ambas – e outras personagens femininas do autor – abrem a porta a seus parceiros.

O final do conto traz à lembrança o belo poema de Ricardo Reis que o próprio Rebelo escolheu para figurar na antologia escolar portuguesa que preparou, e se inicia com o verso "Vem sentar-te comigo, Lídia, à beira do rio"[5]. O poema de Reis, com seu estoicismo, é imagem que resume o conto e seu final pois, como diz um de seus versos, "Quer gozemos, quer não gozemos, passamos como o rio". Assim ficam os dois jovens "esquecidos", sem culpa e sem desejo.

Na orelha da primeira edição, há uma nota informando que Drummond teria sugerido a Rebelo que o conto se chamasse não "Stela me Abriu a Porta", mas simplesmente "A Porta". Pela imagem final, não ficaria ruim também se ele se chamasse "A Ponte".

Cenas Líricas, Às Vezes Cômicas

Mais uma vez, aqui se repete o procedimento (ou a impressão do leitor) do *inacabado* que acompanha a trajetória do autor desde o início; entretanto, mais do que em qualquer outra coletânea, aqui esse inacabado ganha uma feição moderna, dada na poética de Tchékhov e sua proposta de começar forte e terminar pianíssimo (como as águas do riacho), que caracteriza suas peças e contos[6]. O efeito, por isso mesmo, é o de acabamento, como se o pendor do escritor encontrasse o momento certo de acabar, sem que a ação dramática desse a volta completa no destino da personagem. Para um contraponto claro na obra do autor, bastará comparar a construção deste conto com a unidade fechada da curva dramática de "Caso de Mentira" (conto do primeiro livro), diversidade que fala certamente em favor do escritor. Assim, aquela concentração

---

5. Marques Rebelo (org.), *Antologia Escolar Portuguesa*, Rio de Janeiro, Fundação Nacional de Material Escolar, 1970, p. 54.
6. Cf. Sophia Angelides, *A.P. Tchékhov: Cartas para uma Poética*, São Paulo, Edusp, 1995, p. 192.

de fôlego do velocista – que Rebelo mencionava na entrevista –, mais do que se traduzir em concentração dramática, prefere a cena que se resolve em sugestão diáfana, margeando o silêncio; mais do que concentrado, por isso, quer ser intenso e lírico.

Ainda que *Stela* mostre os procedimentos todos que já estavam em *Oscarina* e *Três Caminhos*, parece acentuar-se aqui a presença tanto do lirismo, quanto da figura feminina (muitas vezes na condição de adolescente), dois aspectos que encaminham sua obra para *O Espelho Partido*. Seu conto é sempre de ação, nunca de análise interior, mas uma ação que às vezes se dilui e a ausência de dramaticidade externa pode ser compensada pela reverberação interna do fato, ou terminando simplesmente em sugestão poética. É procedimento antenado com o conto moderno, como disse, que tende a desenvolver, desdobrar o efeito: ou se distendendo na forma de lirismo e atmosfera lírica, ou desdobrando o efeito na forma de um lirismo dramático, justamente pela interiorização daquela ação.

O mesmo procedimento do conto comentado ocorre no livro com "Serrana" – menos intenso que o primeiro, é verdade, mas ainda assim belo conto. Nele também a mesma situação amorosa armada, ainda que por se passar na "serra", não haja a sugestão do erotismo que há na outra; ao contrário, o conto é o encontro do jovem da cidade, do Rio, que se recupera com os ares do campo (já o signo da morte) e a roceira adolescente, no frescor e viço da idade. Com as chuvas que prendem o narrador convalescente em casa, o tempo passa e dissolve em ausência o caso que poderia ter se consumado, pois a moça seguira o pai para outro sítio aonde fora ganhar a vida. Desse modo, "Serrana" faz par com "Stela", pois nele também a descoberta se dá com a perda precoce de uma paixão que não se efetiva. São contos que falam em situações-limite de descoberta e morte, todos ensinando lições de partir – para falar com Manuel Bandeira, presença forte no livro –, sem que a vida se tenha consumado[7]. O mesmo ocorre também com "A Morta", "Composição de Carnaval" e outros, em que a descoberta da paixão entre os jovens acaba-se de forma trágica pela morte inesperada, ou ausência, mas sempre recolhida em tranquilidade por esse narrador nostálgico.

Em outros, o idílio ocupa todo o breve conto, que se faz o registro da plenitude de jovens personagens começando a amar, com a narrativa preenchendo-se toda por essa cena lírica, com maior ou menor consistência. A observação do narrador de "Almas no Jardim" serve para o livro todo: "não há bancos incômodos para os casais de namorados".

Consistente e também dos melhores contos do livro é a narrativa de "Dois Pares Pequenos", em que a gazeta das crianças na floresta dá ensejo ao namoro da irmã mais velha com o desocupado garoto que frequenta o lugar. Esse conto ilustra com perfeição um comentário de Agrippino Grieco sobre as pequenas personagens, "as crianças sofredoras", o "Poil de Carotte humilhado e oprimido" que "em todas as famílias há sempre", comentário que serve tanto aos livros anteriores (sobretudo aos contos de *Três Caminhos*), quanto a este. No conto mencionado, aparecem as figuras de Pinga-Fogo e Madalena, que mais tarde ocuparão lugar importante no diário de Eduardo[8].

---

7. O lirismo de Bandeira aparece explicitamente na obra com o conto "Depoimento Simplório", em que o livro *A Cinza das Horas* surge como revelação para o garoto.
8. Pinga-Fogo é justamente um dos nomes com que Poil de Carotte, personagem de Jules Renard (1864-1910) e uma das obsessões de Marques Rebelo, foi batizado nas traduções ao português. O comentário de Agrippino Grieco está em *Evolução da Prosa Brasileira*, 2. ed., Rio de Janeiro, José Olympio, 1947, p. 236.

Nos contos mencionados até aqui e em outros mais, Marques Rebelo quase nunca perde duas de suas melhores qualidades, já mencionadas pela crítica: a primeira, um estilo elegante, sóbrio, sem adorno nem derramamentos, decorrente de sua formação de tradição clássica, e que faz a narrativa transpirar uma emoção franca, mas nunca carregada, uma elegância feita de coloquialismo e humor; e a segunda, a finura dos sentimentos.

Há mesmo uma delicadeza que se estende ao tratamento do narrador na obra aos objetos de estimação – e aos objetos em geral – como sinal, muitas vezes, de permanência do passado meio aristocrático e feliz da casa paterna e da infância. No conto "Um Morto", por exemplo, o narrador se recorda da única vez que conversou com um sujeito que, como acabara de saber, havia falecido precocemente. Numa noite, altas horas, sem xícaras para o café que encerraria uma longa e prazerosa conversa, uma tia resolve profanar a cristaleira da casa e usar aquelas que vinham intactas "da extinta nobreza monárquica", herança de outra tia e resquício do passado meio nobre da família, que reaparece em outros momentos da obra de Rebelo. Há um fio apenas separando a emoção do conto e o registro anedótico da crônica, na cumplicidade dos dois amigos; o banal da historieta só é superado por essa delicadeza que une o narrador à lembrança esquiva do outro.

São cenas líricas que tratam da descoberta do amor com a presença insidiosa da morte, mas são, ao mesmo tempo, uma declaração de amor à cidade em que o autor nasceu. E certamente muito de biográfico estará nesses contos, ou porque efetivamente o fato ocorreu, ou porque neles o escritor se projeta e confessa. Note-se o caso do último conto do livro, bom conto extemporâneo (1967) – "A Árvore" – em que fala da passagem do Rio das casas de subúrbio para o dos condomínios. O Seu Ananias que se sente mal com a violência contra a árvore que ele e um amigo condômino plantaram é o mesmo Rebelo que precisou ser acamado quando o prefeito da cidade mandou derrubar uma amendoeira centenária[9].

Assim, nesses contos de louvor (melhor dizer, de amor) à sua cidade natal, mas feito discretamente, aparecem as cenas líricas e algumas também cômicas, sempre com o olhar afetuoso do escritor. A memória afetiva é responsável pela força poética de alguns contos, e também pelo desnível – ou fraqueza mesmo – de outros, pois para ele esses últimos também são memória de tempos felizes.

Nos contos de "Cenas da Vida Carioca", um conjunto acrescido ao livro e cujo título remete às crônicas de *Cenas da Vida Brasileira* (1951), o leitor está diante de um Rebelo mais cronista que contista, com traço depurado ao descrever o don juan de ponto de ônibus, o malandro que se vira com mil expedientes, o dia a dia da família de subúrbio, em seus repetidos gestos, preocupações, manias e providências, tudo marcado pelo relógio do padeiro, dos vizinhos etc., em alguns casos utilizando mesmo os verbos no presente para confirmar aquele ar de crônica[10]. O interessante é pensar na posição do narrador diante desse pequeno mundo narrado: num momento – e dado o ar cômico que paira na sala – o leitor sente que seu cronista está vendo essa cidade interiorana com os mesmos olhos modernistas que viam a vida besta da cidadezinha qualquer; mas há uma nostalgia que subjaz a tudo, por esse nar-

9. Cf. a entrevista a Paulo Mendes Campos, em *Seleta de Marques Rebelo*, org. Ivan Cavalcanti Proença, Rio de Janeiro, José Olympio, 1974, p. 212; sobre a publicação do conto, ver Luciano Trigo, *Marques Rebelo: Mosaico de um Escritor*, Rio de Janeiro, Relume-Dumará, 1996, pp. 102-103.
10. Na verdade, o conjunto nasceu de fato como crônica; cf. Renato Cordeiro Gomes, Prefácio a *Melhores Crônicas de Marques Rebelo*, São Paulo, Global, 2004, p. 13.

rador que vê a *gente humilde* em suas casas simples com cadeiras nas calçadas, escrito em cima na fachada que é um lar, como na canção de Garoto, Chico e Vinicius. É discreto, mas aparece esse olhar, no tom respeitoso e de admiração pela harmonia que anula ou transforma em acidentes até mesmo as injustiças. Veja-se, a propósito, o final do conto de 1934:

> Às dez horas, depois de um copo de leite com biscoito de fubá, cuja receita é do tempo da vovó, recolhe-se ao berço a família feliz, para, no outro dia, com a graça de Deus, recomeçar a vida, com a mesma boa vontade de viver.

É nesse sentido que parece às vezes sua obra resvalar para uma tensão mínima, em que importa mais contar a alegria inconsciente e espontânea da vida de subúrbio, num tom de crônica, do que propriamente forçar a nota crítica. E isso se compreende se pensarmos nesse narrador que, como disse Alfredo Bosi em sua *História Concisa*, é um nostálgico de tempos mais simples[11].

No conto "Caprichosos da Tijuca", aparece um dos pontos centrais da literatura de 30 – seu desejo de aproximar o escritor ao homem do povo –, desejo que ali aparece literalmente com a ida do escritor até a quadra da escola de samba, em parte para ser homenageado (afinal, como diz o presidente carnavalesco, ele é "figura da inteligência"), em parte para contribuir com a agremiação – e o escritor envolto com seus personagens "aperta o mês mas deixa cem mil réis no Livro de Ouro" da escola. Tudo se resolve na chave de uma cordialidade recíproca que passa por cima das diferenças raciais e de classe, cordialidade de emocionar o coração das pedras. O conto ganha também ele a condição de uma cena

---

11. Alfredo Bosi, *História Concisa da Literatura Brasileira*, 3. ed., São Paulo, Cultrix, 1991, p. 463.

carioca, novamente aqui mais afeito ao registro entre poético e jocoso do cotidiano do que propriamente àquela densidade das peças mais fortes do escritor.

Entre essas cenas na forma de crônicas da vida carioca, há a de 1952, pequena narrativa de um conquistador de ponto de ônibus, que vai à caça de uma jovem bela e viçosa. E o trajeto de ônibus acompanhando a garota ao hospital em que está sua tia é feito de um estilo elegante e cortês, de um lirismo maduro nascido do sujeito que descobre a beleza interior da garota. Mas num final um tanto decepcionante, o conto termina com este "limitando-se a dizer" que ela era "um anjo". A graça não tem força e o leitor fica insatisfeito com a interrupção da narrativa, sem que as implicações para as personagens desse encontro fossem desdobradas – coisa que não ocorre no conto central e em outros do livro. Num caso como esse, claramente o desfecho não está à altura da narrativa; e o mesmo ocorre no caso de "Labirinto", cuja saída é também fraca. No conto "Quatro Momentos de um Idílio", por exemplo, é visível a falta de dramaticidade da narrativa, do rapaz que fica tentando se aproximar da garota que saiu da cidade e se tornou uma roceira arisca; o *idílio* explicaria essa ausência, mas não a falta de intensidade poética (se a leitura não estiver equivocada), ou seja, o ponto é saber se o conto é tão idílico assim. E um conto como "Episódio Coreográfico" realmente parece bastante fraco.

Talvez todas se justifiquem – como foi dito – por serem cenas idílicas de quadros felizes que ficaram intactos na memória ou, ao menos, que esta tenta a todo custo salvar do riacho do esquecimento, que já estava tematizado no primeiro conto. De qualquer forma, o livro parece superior a *Oscarina* e mostra claramente – até por ser a última obra curta de ficção adulta – seu autor caminhando em direção às notações líricas ou dramáticas, prosaicas ou poéticas, misturando o samba de morro com seus poetas de eleição, a emoção dos sentimentos da adolescência com a gravidade do homem adulto e angustiado, que volta incessantemente a cenas e personagens do passado para suportar o presente e poder compor seu testamento de vida – *O Espelho Partido* – que, ironicamente, ficará inacabado.

[2011]

DOIS ROMANCES DO CACAU

Se o início do romance brasileiro significou transformar o gênero num instrumento de descoberta e interpretação do País, a expressão voltará revigorada no segundo momento de nosso Modernismo. A presença intensa e extensa de escritores das mais variadas regiões dava a conhecer uma realidade estranha ao leitor, mas fascinante também pelas diferenças estilísticas trazidas por essas obras. Com Jorge Amado não foi diferente, pois seus livros publicados quase que anualmente no período traziam para o temário do novo romance brasileiro cenas, personagens e situações que logo dariam a ele o prestígio que não pararia de crescer pelas décadas seguintes, com a obra sendo devorada e devorando os diferentes meios de comunicação, diferentes linguagens, até se transformar (ao lado de Nelson Rodrigues) numa fonte inesgotável de sexo e receita para a TV.

Desses temas e motivos recorrentes de sua obra, a vida na zona cacaueira do sul da Bahia, que marcou decisivamente a economia e vida social do estado, acabou por se tornar o veio central de sua obra, ganhando a extensão do *ciclo*, caro ao período. Na década de 30, quando o escritor está às voltas com a criação de seu *romance proletário*, publica a primeira obra voltada inteiramente ao tema – *Cacau* (1933) –, cujo nome sintético fala da importância do fruto como metonímia central de todo o ciclo. E voltará ao tema uma década depois – ao publicar *Terras do Sem-fim* (1943) –, agora numa nova perspectiva, que resultaria em obra bastante distinta da anterior, ainda que nascendo dela. E não pararia por aí, não só desdobrando logo depois o novo romance numa segunda narrativa, como também dando uma nova configuração ao tema ao revisitá-lo nas décadas seguintes. As páginas a seguir são um comentário às duas primeiras obras do ciclo.

Cacau

O pequeno romance *Cacau*[1] – pouco mais que uma novela – conta a breve trajetória de José Cordeiro (conhecido por Sergipano), personagem central e também narrador da história. Filho do proprietário da grande fábrica da cidade decrépita (São Cristóvão, ex-capital do estado), ainda na infância o garoto vê a família empobrecer, quando o tio inescrupuloso leva seu sócio (e pai de José Cordeiro) à ruína e à morte. O garoto, que vivia no alto da cidade, lugar dos abastados e do antigo palácio do governo, conhecerá literalmente a descida social, indo viver na vila operária, no lado baixo da cidade, agora convivendo com os garotos pobres. Ao completar a maioridade, o jovem sergipano deixa sua cidade natal e vai em direção ao sul da Bahia atrás do sonho de enriquecer graças ao cultivo febril e à procura cada vez maior do mercado pelo fruto dourado. Chega então à Fazenda Fraternidade, do coronel Manuel Misael de Sousa Teles (conhecido por Mané Frajelo), nomes cuja ironia não demorará a se mostrar. Lá vive numa casa de trabalhadores "alugados", junto com Honório,

---

1. Jorge Amado, *Cacau*, 32. ed., Rio de Janeiro, Record, 1978.

um negro enorme e de mãos enormes; Colodino, o marceneiro que conserta as "barcaças" onde seca o cacau, violeiro e noivo de Magnólia, uma filha de colonos; e João Grilo, mulato magro com jeito de malandro.

A narrativa irá se resumir a um registro de cenas da vida na fazenda e no povoado próximo dali, chamado Pirangi, para onde vão os colonos no fim de semana tomar cachaça e dormir no prostíbulo da Rua da Lama. As cenas todas falam de uma exploração escravista perpetrada pelo coronel da fazenda, cenas que são em si mesmas o ponto forte do pequeno romance, como o caso da garota Zilda, de dez anos, filha de um colono, estuprada pelo filho bacharel do fazendeiro e que vai viver no prostíbulo até se matar por conta do desprezo do outro.

As cenas se sucedem, sem que haja propriamente uma curva ascendente que articule de modo dramático os episódios. Tomando livremente a conhecida oposição de Lukács, pode se dizer que no romance todo o conflito do quadro social é muito mais *descrito* que *narrado*. Mais para o fim, dois fatos serão decisivos ao desfecho do romance: o primeiro, a sedução de Magnólia por Osório, o filho bacharel de Mané Frajelo, e a consequente tentativa de matá-lo por parte de Colodino, que só consegue no entanto dar um talho no rosto do sujeito, sendo por isso obrigado a fugir para o Rio, onde trabalhará como operário. O segundo fato é o amor que nasce entre Sergipano e a filha do coronel, que ia passar férias na fazenda, escolhendo sempre um "alugado" para acompanhá--la nos passeios, protegê-la das cobras, carregar seus pertences etc. Quando Sergipano é designado, a moça se surpreende com a figura distinta dos demais colonos; começa o interesse entre os dois que acaba com a proposta da jovem Mária de fazerem o "irremediável", o que levaria o pai a cancelar seu noivado com o advogado "almofadinha" e dar umas terras a Sergipano, agora seu genro. Este acabara de receber notícias por carta do Rio, pelas quais Colodino lhe falava que as dúvidas que ambos tinham anteriormente estavam agora esclarecidas para ele: tornara-se um grevista e sabia que havia um caminho para mudar a realidade que os oprimia na fazenda de trabalho escravo. Assim, o narrador se recusa ao convite da bela, loira e rica Mária, abandonando a fazenda para ir pro Rio, de onde ele escreve agora seu romance, contando sua conversão e a descoberta da luta de classes que deu sentido e luz à sua vida.

A breve narrativa que inicia o *ciclo do cacau* é também uma tentativa do autor em criar o seu *romance proletário*, como aparece explícito na nota sempre citada que antecede o livro: "Tentei contar neste livro, com um mínimo de literatura para um máximo de honestidade, a vida dos trabalhadores das fazendas de cacau do sul da Bahia./ Será um romance proletário?".

A nota fala, no quadro do romance de 30, de um momento de renovação do gênero, cuja justificativa será mais uma vez em nome do realismo – o "máximo de honestidade" –, como já apontavam os teóricos do formalismo russo. Ou seja, é preciso uma forma nova para dizer a realidade brasileira tal qual ela é e, de fato, essa proposição irá nortear o ciclo todo do nosso romance de 30, antes de mais nada com o compromisso em ser fiel ao homem do povo. O outro termo da equação – o "mínimo de literatura" – é algo próximo ao "manto diáfano da fantasia", que apregoava Eça de Queiroz e, com ele, todo o Naturalismo luso-brasileiro.

Mas, exatamente, o que é esse *mínimo de literatura* que, pela formulação da nota, criaria o romance proletário? Comecemos pelo estilo, para tentar dizer algo de uma obra já tão comentada.

Engana-se quem pensa que encontrará pelo livro todo o baixo calão que criou o anedotário sobre o autor, ou mesmo uma linguagem tosca. Ao contrário, o romance é Narrado por um personagem escolarizado, na origem filho de industrial, e que domina seu estilo em (quase) todos os níveis, a começar do lirismo que rememora o ambiente da casa paterna e a figura admirável e um tanto inverossímil do pai:

> Nunca chegamos a ser muito ricos, pois meu pai, homem avesso a negócios, deixava escapar os melhores que apareciam. Fora educado na Europa e tivera hábitos de nômade. Esquadrinhara parte do mundo e amava os objetos velhos e artísticos, as coisas frágeis e as pessoas débeis, tudo que dava ideia ou de convalescença ou de fim próximo. Daí talvez a sua paixão por mamãe. Com a sua magreza pálida de macerada, ela parecia uma eterna convalescente. Papai beijava as suas mãos finas devagar, muito de leve, com medo talvez que aquelas mãos se partissem. E ficavam horas perdidas em longo silêncio de namorados que se compreendem e se bastam. Não me recordo de tê-los ouvido fazer projetos (p. 16).

E mesmo quando sai desse universo aconchegante, sua linguagem não perde a elegância de um realismo sóbrio, dando a nota concreta ao fato, sem "literatura" como dizia a outra nota, sem também esquecer que escreve um romance. Mas aí surgem dois problemas, de diferentes níveis. O primeiro, mais circunstancial, o desejo de ser "muito honesto" e com isso trazendo para o texto o palavrão nem sempre motivado, ainda que muito parcimonioso no todo da narrativa. Um caso que chega ao hilário é o nome da vila dos operários: como as casas fazem fundo umas com as outras, a vila é chamada de "Cu com Bunda". Mas será bem diferente o caso mais adiante – este, sim, motivado –, quando o narrador contar a desventura de Zilda, a garotinha mulata de dez anos estuprada e já vivendo no meretrício. Ela fica sabendo que Osório, o filho do coronel por quem ficou apaixonada, passará pelo vilarejo certo dia. Zilda compra um vestido novo com todas as suas economias e uma caixa de "ruge". Queria, com isso, que o sujeito dormisse com ela e não com outra. Ao vê-lo passar, chama-o:

– Osório...
– Quem é você?
– Zilda.
– Qual Zilda?
– Você me descabaçou na fazenda de seu pai.
– Como você está feia... Está um couro, puxa...
E foi dormir com Antonieta.
No outro dia Zilda bebeu veneno (p. 64).

Talvez aqui o palavrão ainda choque, ou melhor, ele deve chocar, havendo mesmo algo de hilário na ingenuidade da garotinha ao empregá-lo. Dizendo melhor, há algo de asqueroso na mistura grotesca de ingenuidade e vivência da garota, ainda criança e já velha. Talvez o que mais choque mesmo é saber que o palavrão serve no fundo para que a garota diga quem ela é, tudo o que ela é.

O outro aspecto do estilo – este, sim, um caso mais complicado – é a linguagem das camadas populares na obra. Nota-se claramente que ela muitas vezes se mostra desajeitada (ou descuidada), sem que o escritor tenha sabido resolver o problema da distância com relação ao homem espoliado. E aqui fica clara uma face ingênua da formulação que antecede o livro, pois para ser muito honesto com suas personagens, será preciso mais do que esse mínimo de literatura, condição necessária para dar vida a elas. De fato, muitas vezes o leitor tem a sensação de que o problema não está resolvido (ou melhor, bem trabalhado) no plano do estilo – seja nas formas verbais, seja na concordância nominal, ou ainda nas variantes morfológicas –, criando certo desconcerto na obra entre os dois planos de linguagem. Tomando a formulação de Antonio Candido sobre o problema dos níveis de estilo no nosso regionalismo – no ensaio em que compara Coelho Neto a Simões Lopes Neto –, poderíamos dizer que se Jorge Amado está distante do primeiro, por muitas razões, também não chegou à solução que o segundo deu ao problema – e certamente à que alguns de seus pares dariam –, mostrando uma distância insuperável nessa obra entre as duas linguagens. Isso leva à questão mais funda da distância (e desejo de superá-la) entre o intelectual e o homem do campo e outra classe[2].

Quanto à composição do romance, o problema leva a outro mais complicado que envolve o foco narrativo adotado e a construção da personagem. A escolha da primeira pessoa fala, num primeiro momento, daquela honestidade mencionada, havendo aí uma identificação entre a voz, a confissão e a honestidade. Mas a coisa não é bem assim, e a distância entre a linguagem do narrador e a de seus companheiros de luta e sofrimento já fala nesse sentido. Ocorre que a primeira pessoa é escolhida num processo de idealização da figura, pois era a voz mais propícia a dizer a "inteireza" da personagem. Dizendo de outro modo, com sua voz ficamos conhecendo não uma personagem qualquer, mas um narrador, capaz de compreender e penetrar o mundo à sua volta. Essa idealização se traduz numa espécie de sub-romantismo que acompanha a figura, ao destacá-la necessariamente do seu grupo. Vejamos: o narrador é branco e escolarizado, enquanto seus companheiros são negros ou mulatos e analfabetos; não contente com isso, o narrador faz questão de mencionar que tem "cabelos louros e encaracolados", como os de Mária, diga-se de passagem, filha do

---

2. Sobre esse tema em Jorge Amado e no romance do período, ver o ensaio de Luís Bueno, "Os Três Tempos do Romance de 30", *Teresa*, São Paulo, 2002, n. 3, pp. 254-283; especialmente sobre *Cacau*, ver o posfácio ao romance de José de Souza Martins, "O Marxismo nas Roças de Cacau", São Paulo, Companhia das Letras, 2010, pp. 155-169.

coronel, que os tem "loiríssimos e crespos". Isso se completa com o dado de ser destacado perante o grupo, ao ser conhecido como Sergipano. Qualquer resquício de dado biográfico aqui pouco importa, importando antes o fato de que isso cria no narrador a condição de *estrangeirice* (e mistério) que marca o arquétipo do herói nas narrativas romanescas. Por tudo, ele é um ser eleito, diferenciado dos demais, e que poderá conduzi-los quando chegar a hora...

Na verdade, ele saiu ao pai, figura também idealizada, pois ao relembrá-lo, José Cordeiro diz que o industrial

> [...] vivia inteiramente para nós e para o seu velho piano [...] conversava com os operários, ouvia as suas queixas, e sanava os seus males quanto possível [...] vivendo em boa harmonia ele e os [setecentos] operários;

para coroar tudo, a fábrica prosperava (p. 16). E mesmo seu nome traz um signo de positividade cristã, o que se afina com os nobres sentimentos do jovem operário que, empobrecido, vira trabalhador explorado pelo tio:

> [...] esquecera muito do pouco que aprendera na escola, mas em compensação sentia um certo orgulho de minha situação de operário. Não trocaria meu trabalho na fiação pelo lugar de patrão (p. 21).

O retrato se completa com a cena final e o gesto altivo de Sergipano: a cena, claramente pensada enquanto *encenação*, se dá como um triângulo no momento em que o narrador diz *não* ao convite de Mária. Afasta-se da fazenda, rumo ao Rio para encontrar-se com seus camaradas e, antes de tomar a curva do caminho e desaparecer, olha para trás e vê, de um lado, Mária e seus loiros cabelos batidos pelo vento; de outro, Honório, acenando com sua manopla. O sentido é claro, pois se nega a se vender à classe espoliadora, mas sabe que Honório (doente e de uma ingenuidade meio tosca) está condenado e que, portanto, é preciso também deixá-lo. Nega-se a ficar com a mocinha e, nesse momento, o romance, que poderia caminhar para uma historieta romântica, cumpre seu destino de proletário, ainda assim romântico.

Um outro aspecto problemático do livro, e já mencionado, está na ausência de um conflito narrado de maneira concentrada. Os casos sumariados ou narrados de passagem por Sergipano trazem a marca da exploração violenta a que todos estão sujeitos à sua volta, mas não resultam em algo que se poderia considerar uma totalidade minimamente intensiva; antes, se sucedem de modo um tanto *neutro*. O resultado é que as personagens não ganham nenhuma complexidade maior, ficando mesmo no nível de tipos sociais muito conhecidos, sem as implicações do *tipo* lukacsiano legado pelo realismo burguês, e que se faz na consideração de todas as mediações que marcam e dão vida à personagem no seu lugar histórico.

Ainda assim, não se deve tomar o pequeno romance na chave da pura negação, antes de mais nada pela fluência da narrativa, que já trazia a marca do grande contador de histórias que Jorge Amado se tornaria. E a ausência daquela densidade não retira da obra o que ela tem de vivaz, trabalhando uma matéria que se impõe pela força da denúncia. O *problema* posto no centro da obra é justamente o que lhe dá valor, pois como diz Luís Bueno, ao se referir à produção do autor na década de 30, sua "grandeza vem exatamente de mergulhar sem medo em todos os paradoxos que sua opção literária e ideológica implicava"[3]. Os desequilíbrios do pequeno romance, seu "inacabamento" e impasses justamente falam desse escritor à procura de uma forma nova para dizer sua

---

3. "Os Três Tempos do Romance de 30", *op. cit.*, p. 270.

matéria e sua visão. No ensaio que escreveu para a edição recente de *Cacau*, José de Souza Martins diz mesmo que "de vários modos, este livro de Jorge Amado, ainda que ficção, é uma das primeiras e significativas expressões de uma nova maneira de ver e compreender o Brasil"[4], ao pensá-lo no quadro dos intérpretes do País que marcaram aquela década.

Terras do Sem-fim

Uma década depois, Jorge Amado voltará aos campos minados de cacau. Desta feita com uma obra densa e de outro nível, provando o amadurecimento do escritor – *Terras do Sem-fim*[5]. Da primeira à segunda, correu a década de 30, em que os problemas mencionados em *Cacau* foram tratados nas demais obras do período, marcadas por uma forma inquieta em sua "transfusão de poesia e composição descontínua", conforme o comentário de Antonio Candido ao tratar da contribuição de Jorge Amado e alguns autores do período, não só para a renovação dos assuntos e superação de perspectiva do velho regionalismo, como também para "construir uma nova maneira de escrever"[6].

Entretanto, na década de 40 o escritor reaparece trilhando outro caminho, com seu novo romance, agora de feição mais "clássica", numa composição mais equilibrada, em que também os níveis de linguagem mostram ter superado os desconcertos da obra inicial do *ciclo*. Se perde em inquietação formal para os livros anteriores, este sem dúvida dá um salto amplo na obra do autor

---

4. "O Marxismo nas Roças de Cacau", *op. cit.*, p. 157.
5. Jorge Amado, *Terras do Sem-fim*, 50. ed., Rio de Janeiro, Record, 1983.
6. Antonio Candido, "A Nova Narrativa", *A Educação pela Noite e Outros Ensaios*, São Paulo, Ática, 1987, p. 205.

ao tratar do universo dos espoliados da zona da mata, ao mesmo tempo dando a entender que o escritor encontrara o caminho a trilhar doravante. Ao ser publicado, *Terras do Sem-fim* recebeu uma leitura de Antonio Candido que descreve por dentro a poética do autor, apontando aspectos decisivos dessa nova obra[7].

A história se passa no mesmo sul da Bahia, na mesma região de *Cacau*, com personagens e paisagens idênticas. A vinculação umbilical do romance com a primeira narrativa está dada no sexto capítulo da terceira parte, quando aparece o coronel Misael de Sousa sendo ludibriado por um colono que aprendeu as regras do jogo e lhe passa para trás. Diz o narrador que nem adiantaram ao coronel os conhecimentos do genro advogado – pelo jeito, Mária ficou mesmo com o "almofadinha".

Mas, agora, o autor abre mão de escrever um romance de combate, como havia feito no primeiro e em outros da década de 30, e se debruça sobre uma matéria vasta, espraiada num sopro épico que leva a um afastamento do autor e seu narrador. Ao invés de um Eu situado dentro da história, vivendo-a de modo *engajado*, afasta-se para a posição de uma terceira pessoa, sobrevoando toda a região do cacau, indo de Ilhéus e seu porto até o interior da mata, passando por vilarejos e fazendas. O afastamento dá a ele uma perspectiva histórica (apontada por Candido), em que busca ao mesmo tempo compreender a formação econômica, política e moral dos habitantes da região do cacau, bem como resgatar a memória que ficara viva na lembrança do escritor, desde a infância. O caráter memorialístico do livro aparece explícito na cena do julgamento do grande coronel da região, já próximo ao final do

---

7. Trata-se de "Poesia, Documento e História", posteriormente recolhido em *Brigada Ligeira*; edição consultada: *Brigada Ligeira e Outros Escritos*, São Paulo, Editora Unesp, 1992, pp. 45-60.

livro, quando o narrador revela que estava na sala acompanhado pelo pai, e sorteou os jurados a mando do meirinho, "um menino que anos depois iria escrever as histórias dessa terra" (p. 257), o que não deixa de ser um resquício da idealização vista no primeiro livro. Mas não passa despercebida também a datação do exílio no final do texto.

Entretanto, fora as frases mencionadas naquela passagem sobre o menino que se tornaria escritor, o romance não está imerso na atmosfera memorialística, nem o narrador se situa dentro da história. Mas a condição de resgate de um passado que é também seu dá a ele uma necessidade maior de compreender as figuras e situações que teimam em voltar à tona, compreensão que não abre mão do início ao fim de denunciar a violência da "terra adubada com sangue", para citar a frase algo retórica que abre e fecha o romance.

Resumindo em poucas linhas seu enredo, o romance conta a história da disputa pela mata do Sequeiro Grande, extensão de terra de grande fertilidade na região cacaueira e ainda indevassada pela cobiça dos coronéis. Na disputa, estão de um lado os irmãos Sinhô e Juca Badaró e, de outro, o coronel Horácio da Silveira. As duas fazendas são as mais poderosas e prósperas da região, congregando em torno de si um grande número de "cabras" e trabalhadores do eito. A disputa pela posse da terra passa, primeiro, pela existência de um "caxixe", falsa escritura que dá direito à mata. Enquanto ocorre a disputa nos meandros do fórum de Ilhéus, a contenda se decide mesmo é à base das tocaias, com jagunços e matadores "derrubando" os cabras do adversário. A vitória acaba ficando do lado do coronel Horácio que, depois de ter mandado assassinar Juca Badaró, vê a mudança do cenário político dar a ele todo poder para tomar definitivamente as terras cobiçadas.

Este é o núcleo dramático do romance, que o estrutura desde o primeiro capítulo e se desdobra até o final, articulando todos os planos de composição. Nesse sentido, o que faltara decisivamente ao primeiro livro da saga, agora ocupa toda a narrativa e decide o destino das personagens. Se no primeiro as cenas e episódios se restringiam à fazenda e vilarejo do lugar, sem nenhuma amplitude, agora o desejo do autor é estender-se largamente para dar conta de um extenso espaço social, em que tudo se articula.

O romance se estrutura em cinco partes de tamanho desigual quanto aos capítulos – "O Navio", "A Mata", "Gestação de Cidades", "A Luta" e "O Progresso". De fato, as três partes centrais formam a matéria nuclear do romance, as partes maiores, em que o narrador descreve a terra, caracteriza o homem e narra a luta. Mas o universo que se desdobrará aos olhos do leitor já se encontra no navio que abre a narrativa (signo de aventura e vidas à deriva), vindo da capital para Ilhéus e trazendo muitas das personagens que selarão seu destino na mata. Nele, já estão postos os grupos e sua relação: na terceira classe, homens espalhados pelo chão, sujos e rotos, em busca do ouro que o imaginário popular criou das terras do cacau, muitos deles já desiludidos, nostálgicos da vida deixada para trás, avisados por um velho morador daquelas paragens de que o cacau não deixava ninguém voltar. Na primeira classe, os homens que detêm poder e dinheiro nas terras, os coronéis e proprietários; entre eles, algumas personagens que escaparam da terceira e vivem uma espécie de clandestinidade nesse outro lado: o chantagista do pôquer, a meretriz, o gatuno. Esses últimos ficarão em Ilhéus, sendo que os demais já no capítulo seguinte conhecerão seu drama.

Estas as personagens, estes os espaços. Disse que o romance é formado por cinco partes, divididas em diferentes números de capítulos. Deixando de lado essa primeira parte, que se passa no navio, e a última, que é na verdade o breve epílogo da narrativa, as três partes do meio da obra configuram os espaços decisivos numa articulação precisa, não esquemática. As três partes falam de dois espaços decisivos na narrativa – a mata e as cidades. É preciso ver como se configura essa relação entre eles, as personagens e a ação dramática. Vou enumerar apenas as três partes centrais.

A abertura da primeira parte ("A Mata") se dá justamente diante do Sequeiro Grande, quando os homens amedrontados teimam em não entrar na mata, como uma espécie de lugar sagrado – e, de fato, no meio da floresta entre bichos, mora o curandeiro ancião do lugar, figura sagrada para os lavradores. Num leve quadro de tom elevado, o cenário aparece na sua dimensão de santuário. Quando um lavrador tenta recuar assustado pelo mistério à sua frente, o fazendeiro atinge-o com um tiro.

Mais do que o trabalho praticamente escravo dos "alugados", aparece em primeiro plano a violência que rege as relações entre os homens, especialmente patrões e empregados. Assim, entre estes situam-se como figuras decisivas os capangas que enriquecem na região, fazendo serviços de tocaia e assassinatos. Entretanto, se fosse apenas a presença de tipos sociais o romance teria naufragado. Ocorre que é justamente a mudança – pensando apenas no romance de 33 como parâmetro – do tratamento das personagens que dará ao livro uma dimensão humana que o faz escapar de uma "crônica" do Brasil da Primeira República. Agora, o escritor quer dar a complexidade moral que sustenta (ao lado das armas e assassinatos) aquele universo de poder. Dos coronéis aos trabalhadores do eito, todos são vistos por um olhar mais penetrante quanto a sua humanidade, todos bem mais esféricos do que as figuras ligeiras do primeiro livro (como também assinala Candido) – e é certo que a trajetória toda de seu romance nos anos 30 terá sido fundamental para esse aprendizado.

Quanto aos coronéis, vem à tona a figura um tanto hierática de Sinhô Badaró, viúvo e com uma filha, um homem calado e sereno, melancólico, que faz questão que a filha continue o hábito da mãe em ler toda noite um trecho da Bíblia para que ele saiba como tomar as decisões do dia seguinte. Sinhô Badaró fica às vezes perdido na contemplação de uma oleogravura na parede da sala, representando a imagem bucólica de uma paisagem europeia que contrasta certamente a terra negra e suja de sangue do cacau. E na melhor tradição do realismo, a oleogravura reaparecerá algumas vezes no caminho de Sinhô Badaró, ganhando uma significação maior em cada caso, tornando-se símbolo. Um momento de tensão interior da personagem se dá quando, instado pelo irmão Juca, Sinhô se vê obrigado a aceitar o assassinato de Firmo, pequeno proprietário que se interpõe entre os Badarós e a mata do Sequeiro Grande. Os olhos e o pensamento oscilam entre a gravura na parede, com seu mundo de sonho, e a realidade brutal que lhe exige a tomada de decisão. Ao argumentar com o irmão que se sente mal em mandar matar o homem, sua fala é ouvida na varanda da casa-grande por um dos matadores mais certeiros da região (o negro Damião) e que estava encarregado do serviço. É notável o trabalho do narrador ao estender – sempre através do discurso indireto livre – a complexidade do coronel a seu capanga. Ocorre que Sinhô era a alma de Damião e, ao ouvir a indecisão do outro em ter que mandar matar, este vai ao lugar da tocaia e fica perdido em dúvidas que dilaceram sua alma, ao descobrir que o ato que praticava poderia não ser praticado. Damião se vê jogado num poço que jamais suspeitara, enquanto espera a aproximação de Firmo para matá-lo. E a cena toda é um jogo entre as imagens da noite e das figuras que vêm à lembrança do matador, angustiado pela dúvida que se instalou na alma inocente e selvagem. Depois de pela primeira vez na vida errar o tiro, Damião começa uma peregrinação pelas estradas da mata; numa técnica recorrente ao realismo de 30, só de vez em quando o leitor receberá notícias de Damião e ficará sabendo que vaga pelos caminhos, mergulhado agora em sua loucura.

Mas se a técnica no tratamento dessas personagens é a dramatização indireta do pensamento, muitas vezes a força vem ao situar a figura no centro da cena de modo descarnado. Menciono, por exemplo, o caso narrado na passagem da primeira para a segunda parte, em que dois lavradores cansados, sujos e famintos levam o cadáver de um colega morto pela malária para o povoado mais próximo a fim de dar-lhe um enterro "digno", ou melhor, unicamente entregá-lo às três filhas para que seja enterrado; estas, diga-se de passagem, são moradoras do bordel do lugarejo, depois de abandonadas pelos "poderosos" do lugar. Caminham com dificuldade e param para descansar junto às casas dos lavradores. Cai a chuva, voltam a caminhar e chegam ao lugar depois de muitas horas. Somente isso; mas a cena é de uma singeleza difícil de explicar pelo seu "mínimo de literatura", agora sim no melhor sentido.

É o mesmo caso que ocorre com a figura de outro matador, "um mulato escuro, descalço, mas de esporas, um revólver saindo por baixo do paletó rasgado". Ele deve levar uma carta a Sinhô Badaró, mas deve ser o mais rápido possível. Para tanto, terá de passar por Ferradas, o lugarejo que pertence ao coronel Horácio, inimigo de Sinhô. O homem hesita, pois sabe que o coronel deu ordens para "derrubar" os homens do adversário que passassem por lá. Mas não há jeito, tem de ser o mais rápido possível, segundo a incumbência, e portanto Militão fará o que precisa ser feito:

O homem recebeu a carta. Antes de sair em busca do cavalo, perguntou:
– Tem resposta?
– Não.
– Entonces até mais ver, seu Azevedo.

— Boa viagem, Militão.
Da porta o homem voltou a cabeça:
— Seu Azevedo!
— O que é?
— Se eu ficar na estrada, por Ferradas, vosmicê olhe por minha mulher e meus filhos... (p. 160).

Como na cena da garota e seu palavrão, a frase simples do final — quase diria também aqui *singela*, não fosse o absurdo — dá a figura do sujeito por inteiro, assim como o pé descalço e com espora.

Desse modo, de cima a baixo na estrutura de poder, as personagens são tratadas agora de maneira densa, procurando o narrador compreender-lhes a alma e as motivações. E não se pode deixar de mencionar, nesse caso, a presença admirável das personagens femininas, que farão cada vez mais a notoriedade do autor e sua devoração pela mídia. No romance, há quatro personagens que merecem menção, ao menos: Ester (mulher do coronel Horácio); Don'Ana (filha de Sinhô Badaró); Raimunda (agregada do mesmo fazendeiro, "irmã de leite" de Don'Ana); e Margot (amante de Dr. Virgílio, advogado do coronel Horácio da Silveira).

São quatro mulheres ocupando diferentes lugares sociais no mundo patriarcal. Margot é, em muito, um tipo social, que vivia numa "pensão de mulheres" em Salvador e que, ao conhecer o estudante de direito Virgílio, passa a sustentá-lo. Depois de abandonada pelo agora advogado, continua em Ilhéus, mantida por Juca Badaró, dançando no cabaré da cidade e apanhando deste quando se assanha para os lados do outro amante.

Educada para viver nos salões como sua amiga de colégio acabará fazendo, a frágil e doce Ester aceita o casamento com Horácio, o fazendeiro bruto e violento, vivendo exilada dentro de casa, com pavor das cobras que rondam o terreiro e ameaçam entrar nos dias de tempestade. Conhecerá o advogado do partido (e do marido), Dr. Virgílio, com quem iniciará o romance que dará, ao romance, alguns de seus belos momentos. Se a primeira era um tipo social, sem grande densidade, Ester já é tratada como personagem central da narrativa, seja pela técnica do indireto livre que mostra seu mundo interior, seja pela transformação que sofrerá. Se em Margot a vida sexual é também uma forma de se sustentar, com Ester e sua liberdade de classe a sexualidade dará à personagem uma beleza que a outra não tem. Ao mesmo tempo, as cenas de sua morte (por malária) serão belas também, ainda que a sequência toda emocionada seja sempre um perigo para o escritor que se quer "moderno".

Desde o início, sem outra mulher na família, sem mãe e no meio dos homens, Don'Ana vive como um Badaró; não sabe vestir os vestidos que ganha do pai, ou imitar o penteado das mulheres da cidade e, no entanto, sua graça e força de mulher do campo conquistam o mais maneiroso dos personagens, o jogador e charlatão João Magalhães, que muda radicalmente de vida.

A última em escala social, em vida sexual, é a agregada dos Badarós, Raimunda. Talvez seja mais justo dizer, a última em desejo. Don'Ana e Raimunda nasceram juntas, e foram alimentadas pela mesma ama de leite, Risoleta, mãe da segunda e cozinheira da fazenda. Nasceram juntas, foram batizadas juntas, cresceram juntas na mesma casa e casaram juntas. Mas a primeira era filha do coronel; a segunda, da cozinheira (e, diziam, do velho Badaró). Desde a meninice, a mãe nunca deixou de mostrar a preferência pela outra, exigindo que a filha reconhecesse sua inferioridade e nunca tocasse em nada que fosse da outra garota; mais do que isso, a mãe só tinha olhos e cuidados para a "branca" e, ao morrer, morre olhando para ela. Raimunda cresceu invisível e, quando vista, era uma "bruxa horrorosa".

É pungente a cena do capanga de Juca Badaró se declarando a ela, bem como a figura toda de Raimunda que, mesmo no dia do casamento, não consegue estar na sala durante a festa e fica trabalhando na cozinha. Não diz uma palavra durante o romance, sempre "enfezada". Como nada diz, é esquisita. Entra na sala para varrer o chão; Sinhô a manda embora com um gesto, pois está conversando. Quando ele a chama, para tratar justamente de seu casamento, Raimunda volta com a vassoura, pois se padrinho chamou foi para varrer o chão. Mas o narrador não deixa de notar que no quarto, sozinha, à noite, no escuro, mais esquecida do que nunca, ela pega um pente sem dentes que Don'Ana jogara no lixo e enfeita o cabelo.

A primeira parte fala da vida nas fazendas e matas do cacau, cujo signo central é a violência que medeia a relação entre os grupos sociais, pois como diz um personagem, a melhor maneira de "enricar" naquela região é sendo bom pistoleiro. De fato, a narrativa toda está permeada de tocaias armadas de lado a lado. Nesse sentido, a figura de Antonio Vítor, que se casa com Raimunda, é significativa, pois ao ir para a região do cacau vai com o sonho de ganhar dinheiro e voltar para casar e viver com sua noiva em Sergipe. No navio, um velho lavrador adverte-o que os homens que vão não voltam e, de fato, Antonio Vítor não voltará, pois fica preso à terra, revelando-se um cabra de confiança dos Badarós, ao mostrar sua fidelidade e pontaria com a arma. Não há coronel que tenha enriquecido sem uma ficha corrida na memória do povo.

O limite dessa e de outras figuras do romance é correr o risco de certo neonaturalismo, ao serem tragadas pelas condições materiais que as sujeitam. Entretanto, a complexidade maior das personagens de agora parece escapar a isso. No caso de Antônio Vitor, por exemplo, de fato não consegue mais se livrar da mata, cuja metáfora recorrente no romance é a do visgo do cacau mole, que entra nos dedos e pés e não sai mais, fixando a personagem à terra. Mas a imagem que sua figura passa ao leitor é a de alguém que encontrou sua verdadeira identidade; tanto assim que o amor que sente pela agregada Raimunda parece mesmo mais intenso do que o sentimento que nutria pela noiva que ficara na cidade natal.

A violência é, portanto, o modo de impor as relações escravistas de trabalho e de família. Ester morre de malária, mas ao ser descoberta a correspondência trocada entre ela e o amante, este não escapa à tocaia do coronel traído, para quem Dr. Virgílio trabalhava e – apenas uma das situações irônicas do romance – salvara da prisão justamente livrando-o da acusação pelo assassinato de seu inimigo Juca Badaró. O cacau dá poder aos fazendeiros e a "repetição" faz o resto.

Essa condição marca todo o primeiro espaço do romance, cujo centro é a mata de Sequeiro Grande, o coração da floresta (e das trevas) em cujo seio vive o místico Jeremias no convívio com as cobras e outros animais, dotado de uma sabedoria sagrada para os homens que vivem ao redor da mata e têm medo de penetrá-la, por violarem um lugar sagrado, habitado por curupiras e outras entidades. Mas nem ela resiste à sanha dos fazendeiros e, se a primeira parte se abre com a descrição dos mistérios que amedrontam os homens que tentam invadi-la, termina justamente com a morte fulminante do beato Jeremias, quando tem a visão da destruição que se aproxima.

A segunda parte nuclear do romance – "Gestação de Cidades" – fala justamente do nascimento das cidades em torno do cacau, cuja economia gira em função do fruto. E o faz num trabalho de grande composição, que justifica plenamente o adjetivo de Antonio Candido ao dizer que, nesse livro, estamos diante de um escritor que pensa sua narrativa, um "Jorge Amado construtor". De fato, Amado constrói suas cidades com muito senso de proporção, articulando-as de maneira integrada ao todo da narrativa. Essa parte se compõe da descrição, basicamente, de três cidades que gravitam em torno do cacau: o povoado de Ferradas, a cidadezinha de Tabocas (depois Itabuna) e Ilhéus, a cidade portuária e centro urbano da região.

Da primeira para a terceira, ocorre uma ampliação do espaço urbano, com as consequências evidentes na vida de seus habitantes. A primeira (Ferradas) está inteiramente na mão do coronel Horácio da Silveira e, por estar próxima da mata e das fazendas, sente o peso da violência de maneira imediata. Ou os adversários são mortos ao passar por ali, ou passam e fazem "arruaças", atirando pra todo lado. Mas o que marca decisivamente o lugarejo na memória do leitor é a prostituição das mulheres, geralmente abandonadas pelos homens poderosos das fazendas ou que tiveram o marido assassinado, e acabam se tornando uma extensão da miséria da mata, pois servem como consolo aos homens que vão procurar seus serviços, depois de terem sido explorados durante a semana. A miséria e violência que seus pais, irmãos e maridos vivem na plantação de cacau se estendem a elas na forma de prostituição. Quando recebem o corpo do pai morto, as três filhas que vivem no prostíbulo querem que o padre do lugar encomende o corpo; mas precisam do apoio de todos de lá, pois o eclesiástico só vem até ali "por muito dinheiro".

Se Ferradas se resume a isso, Tabocas já é uma pequena cidade com uma vida social e urbana mais definida. Aparece aqui o lugarejo que marca o interior do Brasil da Primeira República, com a cidade dividida ao meio: metade pertence ao coronel da situação, metade ao da oposição. Assim, há um médico que atende os correligionários de Horácio, outro, os dos irmãos Badarós; uma farmácia para aqueles, uma pra esses; o dono da loja de ferragens é dos Badarós, mas se passará para o outro lado, quando Horácio estiver na situação e nomeá-lo prefeito do "novel município". Aqui aparece um raio mais amplo do poder do cacau e dos fazendeiros, pois agora miséria e violência, com algum disfarce, se traduzem nas relações políticas da pequena cidade, em que as palavras podem custar a vida a um homem. É jocosa a cena do alfaiate, cuja alfaiataria é o centro de boatos da cidade, indo preocupado até o médico braço direito de Horácio implorar que ele não conte ao coronel o que se diz na alfaiataria sobre sua mulher e o amante...

Mas o centro dessa segunda parte fica reservado para o tratamento da cidade de Ilhéus. Se, na primeira, violência e miséria eram o prato de comida das mulheres do meretrício e, na segunda, se traduziam na condição do cabresto eleitoral – Horácio elege o prefeito, que será tratado com "rédea curta" –, na terceira cidade, os signos da lavoura do cacau se infiltrarão em todos os níveis de relação social e simbólica, sem que por isso violência e miséria deixem de dar as caras o tempo todo, sem disfarce; afinal Padre Paiva (vereador) andava com o revólver sob a batina, pois tinha que defender suas plantações...

Se em Tabocas o dono da loja de ferragens e armas era disputado pelos coronéis, agora estes terão de se haver com os donos do comércio exportador de cacau, um dos motivos que levam os Badarós a perderem a guerra com Horácio. Se o médico e orador da cidadezinha era o cabo eleitoral mais importante do coronel Silveira, agora cada lado tem ligado a seu partido um jornal da cidade, com seus jornalistas venais; e nas festas em homenagem a São Jorge, a igreja é disputada pelos dois lados, sendo devidamente divididas as posições na procissão.

Toda a vida social e simbólica da cidade – igreja, comércio, justiça, política e imprensa – é perpassada pelo poder dos coronéis, que trazem atrás de si o séquito de sequazes: fazendeiros menores, cabras, jagunços, juízes, advogados, desembargadores, comerciantes, políticos, jornalistas, médicos, meretrizes etc. É em Ilhéus, mais do que nos vilarejos anteriores, que se vê com toda clareza o poder dos Badarós – que estão por cima na política – e de Horácio, que vencerá a briga pelo Sequeiro Grande, quando assassinar Juca Badaró e o jogo político se alterar. Ainda que também se veja nas cidadezinhas, é sobretudo em Ilhéus que se percebe a força do escritor como cronista da vida provinciana, prenunciando a obra que escreverá mais tarde: o olhar arguto do narrador, atento ao ridículo das situações, ao mais baixo e servil onde possa estar a violência – agora transformada na moeda do favor –, aparecendo quase sempre voltado ao cabaré da cidade, seu espaço simbólico.

Talvez se possa criticar no romance a perda da força dramática nessas passagens em que vem ao primeiro plano o cronista da província, em detrimento do núcleo dramático construído no início. Mas não é o caso, seja pela necessidade de dar sustentação ao cenário, seja pela articulação dos motivos mínimos com o núcleo da obra. Nesse sentido, vale notar a figura secundária, mas admirável, do jornalista Manuel de Oliveira, redator principal do jornal dos Badarós. É a imagem acabada do jornalista cínico, venal, servil, em cenas hilárias que encobrem de cores e vivacidade as relações violentas do campo. Oliveira é a imagem desse universo: ataca a vida pessoal do advogado da oposição, cuja amante o sustentava, e ao mesmo tempo não sai do cabaré. Quando a meretriz lhe pede que pague um uísque, ele olha disfarçadamente para o coronel, perguntando com os olhos se poderá jogar na sua conta o pedido; quando este responde que sim, ele chama o garçom falando grosso. E são realmente saborosas as cenas paródicas da linguagem dos advogados e jornalistas que se atacam no púlpito e na imprensa, e configuram por inteiro a vida mental da cidade.

Se o campo era o espaço decisivo da primeira parte, se a cidade o era da segunda, agora na terceira ("A Luta") o espaço será a imisção dos dois anteriores, numa construção dialética em que a violência do primeiro se estende até o segundo, e o poder das instituições do segundo decide a vida do primeiro. Dizendo de outro modo, a luta se dará no campo e na cidade.

A luta é a disputa final pela mata do Sequeiro Grande, as terras que darão o poder absoluto da região (e muito mais, como a história demonstrou) ao fazendeiro que as conquistar. Cria-se nessa parte um problema de ordem da representação. Tanto o título escolhido ("A Luta") – que pode remeter ao livro de Euclides da Cunha – quanto a própria estruturação do enredo de *Terras do Sem-fim* anunciam claramente um conflito de proporções épicas, mas que a rigor não se dá, criando algum desconcerto no leitor e na obra. O escritor parece evitar uma cena que seria grandiloquente, ou mesmo inconvincente, preferindo fazer que as cenas e notícias do conflito, que efetivamente ocorre, se alternem com a narração dos fatos da vida pessoal das principais personagens. O tom épico é anunciado ainda pelos cantadores das feiras do sertão, que contam em verso e violão as histórias antigas do início do século e cultivo do cacau. Mas ao mesmo tempo, há algo já de tamanho menor no fato de o narrador e algumas personagens chamarem aos conflitos de "barulhos". De épico mesmo, haveria a morte violenta contra muitos cabras e trabalhadores dos dois lados, mas dos quais nada se sabe (nem o nome) além de que foram mortos muitos e tiveram seus olhos, parte da pele e "ovos" arrancados. A narração se concentra mesmo na figura dos protagonistas, várias vezes na forma de tocaia sofrida.

Mas se o título parece algo grandiloquente, de uma épica que a história não legou à memória dos cronistas – ou o cronista não legou à memória dos leitores –, o fato é que o romance mantém o nível nessa última parte ao se deter na trajetória das personagens que decidem a história do lugar; e a saída do romance será a crônica final da apoteose de Itabuna e Ilhéus, em tom de farsa.

Como ficou dito, na última parte os dois espaços se cruzam, um interferindo diretamente no outro. Nesse cruzamento, ocorrem duas histórias simétricas no romance, protagonizadas por dois personagens da cidade, cujo destino se decide na mata. A primeira é a do charlatão e trapaceiro João Magalhães, que se aproxima de Juca Badaró para tomar-lhe o dinheiro no pôquer do cabaré. Como passa por engenheiro, percebe a possibilidade de ganhar dinheiro, aceitando fraudar uma escritura de posse das terras do Sequeiro Grande. Mas ao chegar à mata, depois de uma medição feita mais pelos cabras do que por ele, João Magalhães se encanta com a beleza rústica de Don'Ana e acaba se casando com ela. E a beleza do episódio está em que João Magalhães não sai mais da mata, tornando-se um Badaró e lutando no conflito final.

O segundo episódio, simétrico a esse, está no também urbanizado Dr. Virgílio, que vai para Ilhéus e depois para as pequenas cidades a fim de fazer o caminho mais curto até a cadeira de deputado federal. Também ele se encanta com a esposa de Horácio da Silveira, o coronel a quem representa no fórum e na cidade, arranjando também ele uma escritura falsa para as terras de Sequeiro Grande. Mas a história do advogado é mais dramática que a de seu rival. Enquanto o coronel está na fazenda às voltas com a defesa das propriedades, Virgílio e Ester vivem o caso amoroso no palacete de Ilhéus, para onde fora mandada a mulher a fim de fugir dos "barulhos", e onde sonham os amantes em fugir o quanto antes daquele sem-fim. Ocorre que um incidente no cabaré traz consequências imprevistas para o advogado. Por conta do comportamento leviano de Margot, ex-amante de Virgílio e agora protegida de Juca Badaró, este tem um ato de confrontação com o advogado de seu inimigo. O incidente ganha proporções inimagináveis para Virgílio, que pensava mesmo em voltar a cumprimentar o Badaró. Mas Horácio fica sabendo do episódio e da versão que corria, a de que Juca Badaró humilhara seu advogado. O coronel exige que Virgílio assuma a autoria do atentado que vai praticar contra o Badaró. É preciso que a população de eleitores não veja o advogado do partido e de Horácio como o homem desmoralizado que os boatos criaram. Bastará que seja ele a contratar o serviço com o pistoleiro indicado pelo coronel que, de qualquer forma, cometeria o crime. Para os interesses de Virgílio, indispor-se contra o eleitorado, o partido e os coronéis – há outro que está na sala pressionando-o também – seria abrir mão de tudo o que conquistara até então, sobretudo a vaga de deputado prometida por Horácio. Na noite em que o homem deve morrer, Virgílio está com Ester na cama, que dorme nua, enquanto o advogado vê a chuva torrencial cair pela janela, e pensa no ato que está para ser consumado. Pelo mesmo procedimento de dramatização interior da personagem, dando a conhecer seus pensamentos cheios de culpa pelo ato que praticara, o romance atinge um de seus melhores momentos (o quarto capítulo de "A Luta"), cuja força não está simplesmente na matéria, mas no modo como os motivos espalhados pela narrativa se juntam no pensamento da personagem, que sente a verdade ouvida tantas vezes de que ninguém escapa das terras do cacau, articulando então os motivos do visgo do fruto e o visgo do sangue, da incapacidade de chorar da personagem e a chuva que cai e para a qual acaba fugindo, ao reconhecer que tudo o que fizera para escapar da barbárie – o amor às leis, aos livros, aos costumes civilizados –, tudo cedia diante do homem que ele se tornara, pensando bem, antes mesmo do crime que praticava.

Os dois espaços se misturam também para decidir a sorte dos coronéis e o fim da luta. Juca Badaró escapa do atentado encomendado, mas não escapa do seguinte, consumado pelas costas num restaurante de Ilhéus, quando jantava com um negociante. Se a violência do campo se consuma na cidade, é agora a cidade que vai ditar o fim dos conflitos na mata. Sinhô Badaró luta já sem o irmão que acabara de morrer e, o que é pior, sem recursos. A luta consumira todo seu dinheiro e, quando vai à cidade vender a próxima safra aos exportadores, fica sabendo que já não tem mais o crédito que tinha – o governo do estado sofrera intervenção a fim de garantir a posse do Dr. Seabra, que chega em carro do Exército. Sem dinheiro, sem homens, sem apoio, perde a luta para Horácio da Silveira, o mais sanguinário dos coronéis, mas que agora voltava ao poder[8].

O epílogo do romance ("O Progresso") traz a ironia já no título e, como foi dito, é narrado em boa parte num tom farsesco, para falar da "comédia" que sucede aos acontecimentos trágicos. O coronel Horácio é acusado e processado pela morte de Juca Badaró, não menos assassino do que ele; e o julgamento todo é um teatro canastrão do início ao fim, presenciado pelo narrador quando criança. O coronel passa a noite na "farra" com os amigos, bebendo na sala da prefeitura onde estava preso; no julgamento, recusa-se a sentar no banco dos réus e na cadeira que trazem – que o transformaria numa visita –; fica mesmo de pé, encarando o juiz etc.

Logo depois, a cidade recebe o primeiro bispo, sinal inequívoco de que o progresso havia chegado a Ilhéus! O grande advoga-

---

8. O episódio refere-se à eleição de J.J. Seabra ao governo do estado, em 29 de dezembro de 1919, derrotando a Paulo Fontes. Mas a posse só se deu com a intervenção federal decretada por Epitácio Pessoa, em 23 de fevereiro do ano seguinte, em função dos protestos da oposição, liderada por Rui Barbosa.

do que defendera o coronel Horácio no julgamento, um bêbado inveterado, na madrugada vazia da cidade encontra unicamente uma pessoa na rua com quem conversar. Trata-se justamente do desocupado "homem do anelão falso" que o advogado destruíra no julgamento, e que era a peça-chave da promotoria, pois o assassino se abrira com ele. Num momento de confissão, bêbado e cínico, vendo o êxtase da cidade com a chegada do bispo e a consagração do coronel depois do julgamento – agora o grande e poderoso homem –, resume todo o sentido da história para o outro: "Tudo é o cacau, meu filho... Nasce até Bispo em pé de cacaueiro..." (p. 272).

Com *Terras do Sem-fim*, Jorge Amado parecia ter encontrado não talvez o veio mais inventivo de sua obra, mas sem dúvida o mais fértil.

[2012]

SOBRE "CAMPO GERAL"

A novela "Campo Geral", de Guimarães Rosa – inicialmente publicada em *Corpo de Baile* (1956) e, a partir de 1964, em *Manuelzão e Miguilim* –, uma das mais pungentes da literatura brasileira, conta a história do garoto Miguilim, vivendo junto à família no lugar chamado Mutúm. Como ocorre em outros textos do autor mineiro, a personagem central é uma criança de grande sensibilidade, atenta à beleza e à morte dos seres. Miguilim é o protótipo de várias crianças de *Primeiras Estórias* (1962).

Entretanto, "Campo Geral" possui uma complexidade maior do que algumas narrativas curtas de Guimarães Rosa, pelo conjunto de situações que envolvem a criança. Basta dizer que o aprendizado de Miguilim – e tudo que tem de alegria, amor e outros sentimentos positivos – se dá em meio à maior negatividade possível; não só como intensidade de conflito, mas também diversidade de motivos: miséria, ciúme, traição, assassinato, ressentimento, violência, inveja etc.

A história pode ser resumida como sendo a formação de Miguilim, que passa da idade infantil para a adolescência, simbolizada na sequência, quase ao final, da enfermidade; e depois, na sequência final, quando coloca os óculos para ver com nitidez o mundo à sua volta. É a passagem da perplexidade, do sofrimento da criança que não compreende a realidade, para a aceitação da dor e da alegria por parte do adolescente que deixa seu lugar de origem.

Mas a confiança que o garoto leva consigo não apaga as tensões à sua volta, que perpassam a narrativa e continuam existindo mesmo depois de ele ir-se embora. Algumas dessas tensões são decisivas, pois são elas que explicam o tom emocionado da sequência final da história e, por extensão, o ponto de vista que se centra sobre o garoto.

A sabedoria atingida por Miguilim – herança de seu irmão Dito –, de que a pessoa deve ser muito feliz em qualquer situação, opõe-se a duas formas de adversidade. Uma das adversidades é a das paixões, em relação às quais a atitude exemplar é dada pelo tio. O pai e o tio vivem uma tensão oculta em relação à mãe de Miguilim. A desconfiança do pai para com o irmão transfere-se depois para o empregado Luisaltino, acabando por assassiná-lo, e enforcando-se posteriormente. O curioso é que, após o exílio imposto pelo irmão, Tio Terêz volta e se casa com a mãe de Miguilim.

Nessa volta do tio está indiciado um aspecto central do pensamento de Guimarães Rosa: a paciência daquele que deseja, mas que sabe esperar a sua hora e vez, o momento certo de concretizar seu desejo; não é difícil lembrar-se de Jó Joaquim, personagem de "Desenredo", de *Tutameia* (1967). E Miguilim identifica-se com o tio, como fica evidente em algumas passagens da narrativa, sobretudo no final, ao dizer que o tio estava cada vez mais parecido com o pai, o que é uma forma de reconhecer o direito do outro em relação à mãe. Essa sabedoria desejosa e paciente é, aliás, um dos pontos centrais da interpretação que Alfredo Bosi faz de *Primeiras Estórias*.

Com referência a essa forma de negatividade, é preciso apontar uma situação de extremos na obra. No caso da tensão passional, e de modo geral das tensões psicológicas, os personagens se opõem de forma quase absoluta, criando contrastes fortes na narrativa: enquanto Tio Terêz é amistoso ao extremo, o pai é um homem rude e revoltado; enquanto seo Aristeu é o homem feliz, seo Deográcias é só amarguras; sem contar a diferença entre as duas crianças mortas: Dito, o irmão cheio de responsabilidade, e Patori, um garoto sinistro. São todos marcados por um traço decisivo de caráter, mais personagens de natureza que de costumes, para utilizar uma velha distinção teórica.

A outra adversidade são as tragédias sociais, como a morte de Dito, o abandono à miséria do lugarejo. Há quase um desprezo pelo peso da condição histórica dos personagens na novela e em muitos textos de Guimarães Rosa. Uma situação preparada em extrema indigência para ser condição propícia a que o personagem atinja a revelação epifânica. Isso faz com que a miséria tenha quase sempre algo mais de patético do que de injusto.

Dito tem um lugar especial na história: observe-se que nos manuscritos há uma indicação de Guimarães Rosa, reproduzida nas primeiras edições da novela, de se desenhar na capa dois garotos e uma cachorra. Ou seja, Miguilim e seus dois amigos mortos: Ditinho e a Pingo-de-Ouro, que reaparecem mencionados no final. Miguilim é o que o irmão mais velho não chegou a ser; mas é deste que Miguilim recebe as maiores lições.

É patética a forma como Dito morre: primeiro porque se contrapõe à expectativa de morte vivida por Miguilim; depois, porque morre após um ferimento banal, que poderia ser tratado caso houvesse condições mínimas de assistência médica no lugarejo; e, finalmente, a sequência da morte é carregada de emoção também pelo desejo fervoroso do garoto em duplicar a figura do pai. Ou seja, muito cedo ele carrega uma responsabilidade de adulto, que lembra facilmente ao leitor a figura trágica do filho de "A Terceira Margem do Rio". É essa mesma responsabilidade que torna pungente a cena em que sente ciúme infantil de Miguilim pelo fato de o Papaco-o-Paco repetir o nome do irmão, e não o seu.

Mas é complicado o modo como a obra apreende as relações sociais. O contraste extremo dos personagens está ligado a uma situação social também de extremos, decisiva na configuração da obra, pois é dessa situação que nasce o tom da novela, e particularmente a comoção da sequência final. A pungência maior da história aparece na revelação da miopia de Miguilim, quando certo dia o garoto experimenta os óculos de um viajante que passa e que por fim o leva embora. O móvel da comoção é algo de uma carência extrema, visto sem qualquer afastamento, pois até o personagem estranho – doutor José Lourenço, o outro eu do escritor – emociona-se com a cena.

Miguilim vê a realidade pela primeira vez graças ao favor de um desconhecido da cidade; mais do que isso, vai para a cidade viver como agregado da família do médico. Não parece convincente a leitura que queira ver positividade no final, ao associar os óculos e os estudos futuros de Miguilim a uma suposta atitude crítica em relação à indigência de sua família. A saída de Miguilim salva, quando muito, a ele tão somente, mas ratifica o favor como uma mediação salvadora, dado pelo tom e afirmação de alegria do final.

Na verdade, nem mesmo o inesperado destino do garoto encobre a negatividade que persiste. Observe-se o diálogo da mãe com Miguilim, quando este é informado de que o estranho quer levá-lo. A princípio a mãe diz que ele vá, e que no Natal, ser tudo der certo, todos se encontrarão. Mas se corrige logo em seguida, sabendo de antemão que a separação é definitiva; e o diálogo muda claramente de tom: "Vai. Fim do ano, a gente puder, faz a viagem também. Um dia todos se encontram..."[1]. As tensões da família "se resolvem", se não for exagero de leitura, apenas na salvação de Miguilim como um personagem eleito entre os demais, forma de contraste mais marcante da novela, e que não deixa de ter seu tanto de crueldade.

[1992]

[1]. Guimarães Rosa, "Campo Geral", *Manuelzão e Miguilim*, 7. ed., Rio de Janeiro, José Olympio, 1977, p. 102.

LEITURA DE "OS IRMÃOS DAGOBÉ"

As Personagens

Da mesma forma que "A Menina de Lá" e outros contos de *Primeiras Estórias* (1962), de Guimarães Rosa, "Os Irmãos Dagobé"[1] reproduzem uma cena do sertão brasileiro; entretanto, se aquele é patético e próximo do maravilhoso, esse último é anedótico, algo humorado e de tom coloquial. No caso deste, trata-se propriamente de um *causo* ligado à figura lendária dos valentões sertanejos; na verdade, o conto é uma reescritura dessas narrativas orais, seja pelo elaborado trabalho de linguagem, seja pelas intenções sérias, com sua preocupação existencial.

O narrador é também aqui um narrador-testemunha, como no caso citado acima e em outros mais do livro. Aparece agora mais discreto, pelo fato de não se nomear individualmente, confundido num "a gente", em que se faz quase porta-voz da comunidade, ao mesmo tempo se fazendo mais aparente pelo tom coloquial e modulado da linguagem; depende dele o mo-

---

[1]. Guimarães Rosa, *Primeiras Estórias*, 10. ed., Rio de Janeiro, José Olympio, 1977, pp. 22-26.

vimento de aproximação e distanciamento que cria a ironia e o suspense da narrativa. Assim, percebe-se a ironia da expressão inicial: a "enorme desgraça" não se refere ao pesar pela morte de Damastor Dagobé, em cujo velório e enterro se passa a ação do conto, mas pelas consequências presumíveis à comunidade do lugarejo pelo assassinato do facínora. A morte, em si, é um alívio.

Diferentemente de "A Menina de Lá", neste "Os Irmãos Dagobé" o conflito, o desequilíbrio, o motivo introdutório da ação está dado desde a mencionada expressão inicial – a "enorme desgraça" –, criando no conto uma tensão concentrada e constante, uma tensão não necessariamente grave. A narrativa possui uma condensação dramática própria do gênero, pois se inicia próximo do fim; ou seja, o conflito está deflagrado desde o início e todos aguardam o desfecho trágico.

O conto pode ser descrito segundo uma estrutura baseada em três segmentos, que determinam diferenças de ação, tempo e espaço, acompanhando a mudança das personagens; tal mudança é mostrada nos detalhes que marcam a ambiguidade da situação – uma violência que se transforma ou cede lugar à civilidade – e, ao mesmo tempo, dão verossimilhança à estória. A primeira cena (o primeiro segmento) refere-se ao velório de Damastor Dagobé na casa deste e de seus irmãos, que ocupa a noite toda e boa parte do pequeno conto. Durante o velório, o narrador relata sumariamente os fatos do homicídio, caracteriza as personagens e explica a razão dos temores da comunidade.

No primeiro momento, explica o narrador que, sem motivo, Damastor resolvera cortar as orelhas do pacato lavrador Liojorge que, já sabendo de suas intenções, arranjara uma garrucha e, no momento derradeiro, "despejara-lhe" um tiro no coração. Ao mesmo tempo, o narrador vai caracterizando as personagens envolvidas no episódio: os irmãos Dagobés – Damastor, Doricão, Dismundo e Derval –, bem como Liojorge.

No caso de *Damastor*, o nome sofre alteração na sua forma mais conhecida – Adamastor, o gigante –, possuindo originalmente sentido fabuloso; tanto que a personagem aparece qualificada como "ferrabrás"; física e psicologicamente, caracterizada também com atributos infra-humanos, animalescos, ligados às forças demoníacas: "o queixo de piranha, o nariz todo torto e seu inventário de maldades". Em *Doricão* – o irmão mais velho e semelhante a Damastor ("como ele corpulento, entre leonino e muar, o mesmo maxilar avançado e os olhinhos nos venenos") –, chama atenção o aumentativo do nome, seja por sugerir a figura imponente, seja pela sugestão do sufixo *–cão*, pessoa infame ou, mais comumente, o diabo, expressão decisiva na obra de Guimarães Rosa. Quanto a Doricão, o nome sofre alteração também, sendo que o sentido fabuloso vem daí – originalmente, Odorico, cujo nome guarda na origem um sentido de positividade[2]. Em *Dismundo*, o prefixo *dis–* sugere dificuldade, separação, movimento disperso para diversos lados; ou seja, um sentido de errância e, portanto, de condição, não de natureza. Já em *Derval* – o irmão mais moço –, o nome não pressupõe nenhum tipo de deformação, a não ser as variações conhecidas como Durval, Dorval, Dorvalino etc. Do irmão mais velho para o irmão mais novo, há uma gradação que se poderia formular como sendo da personagem de natureza para a de costumes, ou mais correto ainda, da personagem romanesca para a do romance.

2. O sentido geralmente apontado para o nome é algo como "senhor próspero ou da prosperidade"; se considerarmos esse sentido, ele terá ligação com o desdobramento final do conto, até mesmo com o fato de o irmão morto ter deixado uma herança para os demais. De qualquer modo, o importante é que a negatividade do nome vem da alteração que sofre, e não de sua origem.

Devem-se observar algumas características físicas e morais que justifiquem o nome destes últimos: por exemplo, Dismundo aparece como um "formoso homem", sendo que neste caso a beleza externa pode ser expressão da beleza interna. Na verdade, os dois últimos – Dismundo e Derval – diferenciam-se muito do primeiro, pois ambos estão próximos de valores e comportamentos do universo feminino, como a formosura do primeiro, a simpatia do segundo, servindo obsequioso aos presentes etc. Por isso, em ambos há um equilíbrio maior, se pensarmos na relação arquetípica entre masculino e feminino, tão cara e recorrente na obra do autor. São traços do feminino num universo sem a presença da mulher, pois os irmãos viviam "em estreita desunião, sem mulher em lar"; e observe-se que mais facilmente os dois nomes finais são flexionados. A questão, portanto, está posta em Doricão, este próximo do irmão mais velho na hierarquia patriarcal, e de quem dependem os outros dois quanto ao destino a tomar. Doricão é a personagem de passagem, em quem se dará a revelação.

Quanto a *Liojorge*, seu nome possui a sugestão de algo canhestro, desajeitado, em analogia com a figura desamparada do rapaz. Assim, se a aliteração das oclusivas cria o jogo paronomástico que vai marcar a identidade dos irmãos – *demos/dagobés* –, a aliteração das laterais marca, por sua vez, a identidade do rapaz franzino e desamparado – *liojorge/lagalhé* –, com o último termo dando sua condição de *joão--ninguém*. Se pela sonoridade sugere algo de desajeitado, não é de outro modo a composição do nome. Numa leitura direta dos termos, o estranhamento do primeiro, no entanto, já se explica, pois seu sentido é claro e direto: *lio–* é *liso, plano*, com a evidente projeção material no comportamento moral da personagem, como se verá adiante[3].

---

3. É possível ver também em *Liojorge* uma menção ao santo guerreiro da tradição religiosa brasileira, não só pelo nome, como também por certa simetria

O Causo

Como foi dito, o conto é composto por três segmentos da ação dramática, correspondendo a três espaços, bem como a três marcações de tempo. A narrativa se inicia pelo nó que instaura o desequilíbrio na ação já próximo do fim – o que marca decisivamente o gênero e lhe dá sua condição dramática.

O primeiro segmento corresponde, quanto à ação, ao velório; o espaço é o da casa; o tempo, uma noite fechada. Quanto à ação, há uma tensão crescente no velório, em função das atitudes de Liojorge: primeiro, a inércia do rapaz que não tenta fugir, o que seria inútil, como diz o narrador, mas também porque já aí demonstra acreditar na justeza do ato praticado. Tanto assim que logo manda um recado à pandilha dos irmãos, justificando-se de modo equilibrado, dizendo ter sido forçado àquela atitude extrema; e finalmente, o oferecimento para carregar o caixão, num movimento oposto ao da fuga e, ao mesmo tempo, de uma atitude que nada tem de um suposto ódio pelo outro; afinal, como diz Liojorge, ele só puxou o gatilho "no derradeiro do instante" e que, na verdade, "matou com respeito". Mesmo assim, todos acreditam que a vingança dos irmãos irá se consumar, ainda que o narrador (alguém de fora do lugarejo) veja que o comportamento dos três possa apontar para outro desfecho.

A atitude de Liojorge vai determinando uma gradação de tons e atmosfera carregada: de uma perplexidade resignada com o inusitado – a "enorme desgraça" –, passa-se para uma apreensão crescente – "um ar de espantoso", "o pálido pasmo", "os soturnos pesos nos corações". Isso está de acordo com o espaço em que se

---

das situações, com o rapaz franzino matando o facínora descomunal. Para outra leitura ainda dos nomes no conto, ver Francis Utéza, "Certo Sertão: Estórias", *Scripta*, Belo Horizonte, 1º sem. 2002, vol. 5, n. 10, pp. 132-133.

desenrola a ação dessa parte do conto: uma sala cheia e abafada; ou seja, um espaço fechado e opressivo. A sala, a casa são espaços privados e que poderiam, numa outra situação, estar associados ao aconchego, à intimidade; no conto, entretanto, o sentido é negativo. Da mesma forma o tempo, que mantém uma relação de interação com o espaço e a ação: trata-se de uma noite fechada, tenebrosa, sendo que aqui espaço e tempo estão absolutamente fundidos. O tempo narrativo está marcado por uma passagem lenta, em que os minutos se arrastam, pesam, acumulando de tensão a cena. É o segmento mais longo; na verdade, quase todo o conto é ocupado pela cena dramática do velório.

O segundo segmento do conto se dá com a saída do cortejo em direção ao cemitério; o préstito, o acompanhamento é uma situação intermediária, marcada por uma gradual mudança das condições da ação. O espaço agora é o da rua, espaço aberto e público, ainda que mantenha a sua atmosfera opressiva; e o tempo, por seu lado, já é o dia que nasce, dado numa frase concisa: "E despontou devagar o dia. Já manhã".

A tensão acumulada da primeira parte se precipita agora pela rapidez e brevidade da ação e do tempo, tornando a situação cada vez mais apreensiva, e retirando da segunda parte qualquer distensão que houvesse na primeira. Há um momento de ambiguidade nessa parte intermediária, pois de um lado a tensão aumenta, ao caminhar decidida para o final e, por outro, é marcada pela alteração subterrânea de tempo e espaço, ambos em mudança. Assim, se o caminhar rápido da ação e o tempo concentrado levam a um aumento de tensão que cresce até o paroxismo ao lado da cova, quando o morto é sepultado, o espaço aberto e o nascer do dia indiciam uma situação favorável. O aumento da tensão se faz, no plano da expressão, pelo ritmo sincopado, pausado, cheio de cortes e conectivos: "À frente de tudo, o caixão, com as vacilações naturais. E os perversos Dagobés. E o Liojorge, ladeado. O importante enterro. Caminhava-se".

O terceiro e decisivo segmento ou cena da narrativa é o sepultamento de Damastor Dagobé; o espaço é o do cemitério e o dia vai avançado, ainda que chuvoso. Assim, o tempo guarda sua ambiguidade, na medida em que o dia vai adiantado, mas continua nublado pela chuva que caíra, mesmo que agora tenha parado de chover (há um prenúncio de claridade).

A entrada no cemitério se dá com uma inscrição que indica ao leitor algo do sentido do conto, num diálogo intratextual: "Aqui, todos vêm dormir". A inscrição fala do cruzamento dos dois planos espaciais vistos até agora, tendo em mente que "todos" pressupõe uma ordem pública e, "dormir", uma ação da privacidade. Em princípio, a frase poderia ter sentido irônico, apontando para o desfecho trágico da situação – Liojorge vestindo o chamado "pijama de madeira" –, mas parece mesmo indiciar outra solução para o conflito, uma vez que "dormir" retira da frase o índice de violência que poderia ter. Pela presença do autor implícito, a frase fala de uma consciência da morte que, de resto, está no conto todo.

O espaço do cemitério é a um tempo fechado e aberto, privado e público; se o primeiro era privado (a casa), o segundo, público (a rua), este terceiro é propriamente comunitário, pois é uma espécie de resgate de Damastor, que agora "dorme" com "todos" da comunidade, reintegração que se dá pelo ritual "à moda de lá"; ou seja, é a um tempo opressivo, pelas possíveis consequências da morte, mas também libertador, pela própria morte.

Com o sepultamento e a esperada consumação da vingança, a ação atinge seu ponto climático, nesse espaço-tempo ambíguo. A cena climática e decisiva é feita de detalhes significativos, que indiciam o destino e a condição das duas personagens principais do conto: de um lado, Liojorge; de outro, a família Dagobé e, em especial, Doricão.

A Revelação

Terminado o enterro, todos se preparam para o "foge-foge", enquanto o silêncio e a quietude de Doricão exasperam. "Súbito, sim: o homem desenvolveu os ombros; só agora via o outro, em meio àquilo?". As frases dessa passagem final ganham uma espessura maior, com vários índices importantes de revelação. *Súbito*: é um índice fundamental na obra de Guimarães Rosa, como expressão das situações que se aclaram para as personagens, de modo decisivo. Diz Alfredo Bosi: "O acaso, o imprevisto, o universo semântico do 'de repente', entram no meio dos episódios e operam mudanças qualitativas no destino das personagens"[4]. *Sim*: signo da afirmação reveladora, completa e reforça o termo anterior; no conto, ele vale por si, ou seja, a construção dá destaque a ele, sem funcionar simplesmente como um advérbio; é o *sim* pleno, da revelação. *O homem desenvolveu os ombros*: o estremecimento indica a saída de um estado de letargia, misto de tensão e inércia, para outro de vigília, compreensão e alerta; em suma, uma passagem para a consciência.

Só agora [*o homem*] *via o outro?*: por estar ao final do conto, tudo indicaria que o narrador chamasse às personagens pelo nome, Doricão e Liojorge; entretanto, ele se utiliza de expressões impessoais, que supõem certo estranhamento: *o homem, o outro*. Formulada nesses termos – não Doricão vendo Liojorge, mas o *homem* vendo o *outro* –, a frase ganha um sentido mais abrangente, mais amplo, de tal modo que passa a ser o momento de descoberta ou revelação da identidade: um estranho conhecendo o outro e, por conseguinte, a si mesmo. Aqui, a importância do *via*: não que ele não enxergasse o outro; ele passa a ver o sentido do outro, o sentido inverso de seu falecido irmão: "Só disse, subitamente

---

4. Alfredo Bosi, "Céu, Inferno", *Céu, Inferno,* São Paulo, Ática, 1988, p. 23.

ouviu-se: – 'Moço, o senhor vá, se recolha. Sucede que o meu saudoso Irmão é que era um diabo de danado...'".

Damastor Dagobé acaba sacrificado por um homem que é seu contrário em todos os sentidos. Aparece aqui o sentido de uma frase decisiva no universo de Guimarães Rosa, da novela "Uma Estória de Amor", em que diz o narrador: "Quem castiga nem é Deus, é os avessos"[5].

Quem é Liojorge, esse avesso de Damastor Dagobé? A personagem pode ser compreendida tanto pela leitura do narrador benjaminiano, quanto pela leitura da cultura popular em Guimarães Rosa, feita por Alfredo Bosi. No âmbito do ensaio de Walter Benjamin[6], Liojorge – um lavrador sedentário – é o homem justo, cuja voz se confunde com a voz da comunidade, assim como em Leskov o justo é a voz da natureza; desse modo, a ação de Liojorge, que no romance significaria um desequilíbrio, no conto que estamos lendo é forma de reequilíbrio, uma espécie de *avesso do excesso*; ou seja, não o incomensurável vivido pelo herói problemático do romance, mas o exemplar transmitido pela narrativa oral. Uma exemplaridade, diga-se, que atinge até mesmo os Dagobés, que reconhecem a justeza e justiça da ação do outro.

Quanto à leitura de Alfredo Bosi, o crítico vê em Guimarães Rosa duas vertentes proverbiais da sabedoria popular: a providencial e a prudencial. A maior frequência dos adágios pertence à vertente prudencial, "firmemente ancorada nos limites do cotidiano", ainda que as duas apareçam em Guimarães Rosa. Sobre esta vertente, diz o crítico:

---

5. Guimarães Rosa, *Manuelzão e Miguilim*, 7. ed., Rio de Janeiro, José Olympio, 1977, p. 143.
6. Walter Benjamin, "O Narrador", *Magia e Técnica, Arte e Política*, trad. Sergio Paulo Rouanet, São Paulo, Brasiliense, 1985, pp. 197-221.

Prega o equilíbrio, o uso regrado do corpo e da jornada, a adequação das forças às tarefas, o respeito às leis imutáveis da Natureza, o saber lidar com os vários tipos humanos, o verso e o reverso de todas as coisas, o justo peso, a medida exata. A prudência não deve contar com a sorte, sabidamente cega e caprichosa, mas tão só com o zelo e o trabalho de cada um[7].

Essa segunda vertente aproxima-se da personagem central de Leskov, de sua exemplaridade, que Walter Benjamin define como o justo, em geral um homem simples e ativo, que aceita o mundo sem se prender demasiadamente a ele.

Como diz ainda o crítico de Rosa, por não contar com o acaso, e sim com o zelo e o trabalho, o prudente aparece associado a um motivo decisivo no autor: a travessia. Assim, a transição pode se fazer longa e trabalhosa, "dando margem a que se constitua o motivo da *travessia*, caro a Guimarães Rosa e a toda a religiosidade arcaico-popular". A travessia pressupõe o mundo "empatoso" e "necessário", "qualidades que incidem no caráter estranho, difícil, exterior à alma, dos mil acidentes e estorvos do caminho a percorrer"[8]. E não estará longe também esse sentido das considerações de Benjamin ao tratar da experiência, contrapondo-a ao jogo, pois "quando se projeta um desejo distante no tempo, tanto mais se pode esperar por sua realização"; e "o que nos leva longe no tempo é a experiência que o preenche e o estrutura"[9].

Assim, o prudente Liojorge se livra da situação adversa em que se viu enredado, pela penosa e ativa travessia a que se sujeita: primeiramente, passa a noite em claro (como provação) e se apro-

---

7. "Céu, Inferno", *op. cit.*, p. 24.
8. *Op. cit.*, p. 28.
9. "Sobre Alguns Temas em Baudelaire", *Charles Baudelaire: Um Lírico no Auge do Capitalismo*, trad. José Carlos M. Barbosa e Hemerson A. Baptista, São Paulo, Brasiliense, 1989, p. 129.

xima com jeito e segurança dos irmãos do morto; depois, suporta a travessia do préstito e a cena do cemitério, de forma serena e decidida, prudente e ativa, fato que aparece em expressões antitéticas: o "ousado lavrador", "sua tenência no ir, sua tranquilidade de escravo". Há nele uma sabedoria que nem mesmo a comunidade compreende, o que o torna profundamente exemplar e, ao mesmo tempo, resguarda sua individualidade diante dos demais. A narrativa acaba tendo, ao mesmo tempo, um sentido prático e uma norma de vida; o resultado é que sua atitude expulsará os irmãos e livrará a comunidade da opressão.

O conto se encerra com o seguinte parágrafo:

Disse isso, baixo e mau-som. Mas se virou para os presentes. Seus dois outros manos, também. A todos, agradeciam. Se não é que não sorriam, apressurados. Sacudiam dos pés a lama, limpavam as caras do respingado. Doricão, já fugaz, disse, completou: – "A gente, vamos'embora, morar em cidade grande..." O enterro estava acabado. E outra chuva começava.

Mais do que propriamente ter poupado Liojorge, o que surpreende na atitude de Doricão é sua fala. A fala, o diálogo articulado, até mais articulado e fluente do que a narração até ali, é expressão de uma mudança interior, mudança de condição, de estado, que ganha um contorno claro na resolução de viver na cidade, com sua sugestão de civilidade. Antes, as personagens praticamente não falavam: na cena da casa, diz o narrador que "falavam" por ruídos; no cemitério, "o silêncio se torcia". O diálogo sereno inverte essa situação, também ele de uma harmonia que expressa a serenidade interior da personagem, como se contaminada pela serenidade da figura do outro; e, por isso, sua impressão de algo inusitado.

Com sua fala, que supõe a presença e consideração do outro, de certo modo dá-se a entrada dos Dagobés no mundo do simbólico e das mediações (palavra, jogo, rito) como formas de preservação da vida.

Curiosamente, a revelação e a mudança dos Dagobés se concretizam no espaço também simbólico do cemitério, em meio ao ritual da morte; ou seja, o cemitério funciona como lugar de renascimento das personagens, que descobrem as forças vitais represadas, justamente com a revelação da morte; ainda segundo Benjamin, é da morte que o narrador tira a autoridade para narrar tudo quanto narra, pois a morte remete aos ciclos naturais, ao sentido finito e intenso da vida.

A conversão dos Dagobés, insinuada em alguns indícios e detalhes, é expressão do que o autor nomeia de muitas formas e que Alfredo Bosi chama de *evento*, baseado no filósofo Carlo Diano[10]. A morte de Damastor Dagobé se abre como uma revelação para os outros irmãos, que descobrem a alteridade de sua condição, a partir do acaso vivido pelo mais velho deles. O conto, portanto, compõe-se de uma duplicidade de histórias, duplicidade que está em várias narrativas de Guimarães Rosa e, em muito, no conto enquanto gênero: de um lado, Liojorge e sua travessia; de outro, os irmãos Dagobés e o acaso que franqueia para eles a nova vida, transformando-se em revelação.

No ensaio sobre o autor, Bosi refere-se a essa situação de obstáculo que, de repente, se abre como iluminação para a personagem: o jogo entre impasse e revelação, luz e baço, traduz-se numa fórmula concisa do crítico – "No cinzento, o evento. A epifania". Ora, no conto lido, a atmosfera de angústia desde o início vem expressa no tempo nublado, cinzento, sem sol e sem luz; é nesse tempo que se dá a revelação final da fala *lúcida* de Doricão, no mesmo momento em que outra chuva começa. O autor evita o

---

10. Cf. Alfredo Bosi, "A Interpretação da Obra Literária", *op. cit.*, pp. 275 e ss.

sol propriamente dito a fim de evitar o lugar-comum; mas o dia, o tempo da luz, já vai adiantado. E observe-se que *não recomeça a chover*: uma *outra chuva começa*, agora a chuva da serenidade e apaziguamento[11].

A mudança dos Dagobés é expressão de uma crença viva e poderosa do autor nas possibilidades humanas de transformação, e que pode ser resumida na conhecida frase de Riobaldo, narrador de *Grande Sertão: Veredas*: "O senhor... Mire veja: o mais importante e bonito, do mundo, é isto: que as pessoas não estão sempre iguais, ainda não foram terminadas – mas que elas vão sempre mudando. Afinam ou desafinam. Verdade maior"[12].

A Cidade

É certo que o final do conto (como em vários de *Primeiras Estórias*), marcado pela beleza de uma nova vida que se inicia, não retira da situação sua dimensão histórica, que limita os termos dessa novidade. A passagem para a "cidade grande" – provavelmente bastante pequena vista daqui para lá – fala do encontro por parte dos irmãos de uma vida comunitária tal como ocorre entre Liojorge e seu lugarejo, agora na forma de uma vida rotineira e de classe média, nos termos da cidade para onde vão viver seu anonimato e sociabilidade.

A morte de Damastor – que o transforma no "uma-vez Dagobé, Damastor", ou seja, em lenda – fala de um Brasil mítico e ancestral, que vai ficando na memória, perdido no tempo, que engole tanto o ferrabrás lendário quanto o personagem exemplar

---

11. Nesse mesmo sentido, ver Francis Utéza, *op. cit.*, p. 137.
12. Guimarães Rosa, *Grande Sertão: Veredas*, 13. ed., Rio de Janeiro, José Olympio, 1979, pp. 20-21.

da narrativa oral. Mas fala também de uma urbanização que margeia todo o livro, e que não pode ser ignorada. Assim, se Liojorge era um avatar mineiro do santo que mata o dragão, e Damastor o personagem romanesco, Doricão e seus dois irmãos, ao chegarem à cidade o farão na condição de homens "modernos", personagens de romance, vivendo um drama que nem o lavrador sedentário e exemplar, nem o facínora fabuloso conheceram.

Nesse caso, não é difícil pensar na outra face daquela sociabilidade, pois lá encontrarão, de um lado, a violência do Estado cada vez mais repressivo e autoritário; de outro, a violência do crime cada vez mais organizado, diante do qual os irmãos fariam figura ingênua; entre os dois *estados*, a violência cordial da palavra e seu comércio espúrio, em que muitas vezes no lugar onde deveria ser a mais crítica, no mesmo discurso ela serve para negar a violência do favor, quando convém, e reiterá-lo, quando também. Mas talvez por isso mesmo, a mudança indicada ao final, "nem apologética nem saudosista", para a cidade que receberá os irmãos – seguramente ainda muito marcada pelo etos da vida interiorana – é o que dá à frase digna de Doricão sua discreta beleza[13].

[2012]

---

13. A expressão entre aspas é de José Miguel Wisnik, "O Famigerado", *Scripta*, Belo Horizonte, 1º sem. 2002, vol. 5, n. 10, p. 179, em que trata da violência do ato e da palavra no conto em questão e outros do livro. Também sobre o conto e as mesmas questões, ver Ana Paula Pacheco, "Anedotário Político – A Violência e Seus Meandros", *Lugar do Mito*, São Paulo, Nankin, 2006, pp. 65-115.

UMA FESTA ABSURDA E BRASILEIRA

> *Lá vai para a frente
> o que se oferece
> para o sacrifício,
> na causa que serve.
> Lá vai para sempre
> o animoso Alferes!*
>
> CECÍLIA MEIRELES

Uma das observações mais certeiras e sugestivas sobre a obra de Murilo Rubião é a de que sua narrativa é "sempre a história de um desejo em sua busca errante"[1]. E não é difícil perceber como quase todas mostram esse fio condutor, um fio trágico que leva a personagem a se perder. Sendo assim, é possível buscar uma espécie de mito original que seja expressão desse conflito, espécie de cena primordial situada no centro da obra. Uma possibilidade de encontrar esse centro talvez seja o *mythos* do conto "A Lua", que tem sido lido muitas vezes pela chave do cristianismo (ali bastante sugestivo), mas que pode ganhar muito se na figura enigmática da personagem central (Cris) encontrarmos a figura insólita do

---

1. Davi Arrigucci Jr., "Minas, Assombros e Anedotas (Os Contos Fantásticos de Murilo Rubião)", *Enigma e Comentário*, São Paulo, Companhia das Letras, 1987, p. 153.

andrógino, com o que há na sua condição (enquanto sugestão) de uma plenitude original, em que o desejo aparece sublimado em cenas e imagens bastante cerradas do conto. Seu sacrifício, ao final, cria um conflito na forma de uma encruzilhada: no meio, o mito sacrificado; a seu lado, as personagens humanas do narrador assassino e da meretriz, trazendo nos ombros o peso trágico da sexualidade que, de um lado, motiva a violência e, de outro, a exploração pelo dinheiro.

Pensando no conjunto de contos do autor, essa encruzilhada será responsável por uma dupla tendência de sua obra, apenas enquanto tendência é certo, pois as duas podem se cruzar num mesmo conto: de um lado, os contos mais propriamente "míticos" – como o enigmático "A Casa do Girassol Vermelho", entre outros –, em que as imagens cerradas falam daquela condição sacrificial posta na origem; de outro, os contos em que a sexualidade humana aparece claramente posta na vida social, em sua condição histórica e trágica, degradada pela violência ou pelo dinheiro. Quando isso ocorre, a narrativa, sob a influência de Machado e afluindo a Kafka, fala mais claramente do nosso mundo, ocorrendo muitas vezes uma identidade entre mulher e cidade – onde a "errância do desejo" é maior para esse personagem que não tem trato com ambas.

Um caso exemplar entre esses últimos é o do conto "O Convidado", publicado na coletânea de mesmo nome em 1974, mas cuja elaboração remete a uma história de vinte e seis anos, contada, como se sabe, na crônica de Paulo Mendes Campos[2]. A sugestão para o entrecho veio durante uma recepção oferecida na casa de

---

2. Paulo Mendes Campos, "Um Conto em 26 Anos", *Os Bares Morrem numa Quarta-feira*, São Paulo, Ática, 1980, pp. 124-126. Edição utilizada: Murilo Rubião, *Contos Reunidos*, São Paulo, Ática, 1998, pp. 211-222.

Lasar Segall que, no conto, se transforma no espaço decisivo da narrativa, onde o personagem José Alferes se enreda numa situação anedótica e trágica. O tempo decorrido para a elaboração mostra o cuidado e o rigor com os quais o conto foi construído, mas fala também provavelmente de um impasse que atormentou o escritor nesse período, e que se traduz na própria construção.

O argumento do conto é simples: José Alferes está hospedado no hotel de uma grande cidade, sentindo-se atraído por Débora, uma hóspede do mesmo hotel e que trabalha como estenógrafa. Certa manhã, recebe um estranho convite para uma festa e, supondo vir de Débora o insólito convite (sem remetente, local e data), consegue chegar ao casarão onde ocorrerá o evento, conduzido por um estranho taxista. Lá é confundido com o esperado convidado do título, cuja presença daria sentido à festa. Deslocado e desolado no meio de tanta gente que transita pelos jardins e parque da mansão, tenta fugir do local inutilmente, pois ao perder-se nas redondezas, ofuscado pela cerração, rola por um declive (signo de queda) e acaba voltando ao mesmo lugar, deixando-se levar depois por Astérope, uma bela e sedutora mulher destinada ao verdadeiro convidado, ao que parece de volta ao mesmo recinto, o que dialoga com a epígrafe bíblica que sugere um caminho sem volta, uma situação sem saída[3].

Ainda que simples, nesse entrecho estão postos os temas centrais da obra do autor, articulados por uma série de motivos banais e insólitos. O conto está estruturado claramente pela oposição inicial entre os dois espaços ficcionais (o hotel e o casarão), onde ocorrem os dois episódios que marcarão a trajetória de José Alferes. No caso do primeiro, ele está hospedado no hotel há quatro meses, não conhece ninguém, tratando a todos com impessoali-

---

3. A epígrafe diz: "Vê pois que passam os meus breves anos, e eu caminho por uma vereda, pela qual não voltarei" (*Jó*, XVI, 23).

dade, sem sequer mencionar-lhes o nome, num universo de máscaras em que a identidade é mediada pela função social; são, na verdade, o ascensorista (e por extensão o gerente, a camareira), a estenógrafa, o caixeiro da loja em frente etc. Acresce ainda que a cidade é uma metrópole, o que situa o conto no universo de boa parte dos contos do autor e define a identidade de sua personagem. É na verdade uma personagem literalmente em trânsito nesse espaço de passagem, cuja identidade enraizada no interior do País se mostra agora sem chão, sem referências, constrangido diante do ascensorista e patético na reclusão de seu quarto. Ao perceber o engano que cometera, pois Débora saíra de férias e o convite, portanto, não era seu, José Alferes, com "medo de cair no ridículo" diante do ascensorista que lhe dera a notícia, disfarça e dá ao funcionário do hotel uma gorjeta maior que a de costume; a "farda" desse Alferes também pesa, pois não conhece ninguém, mas teme o ridículo. É mais uma das várias personagens do autor expulsas do universo agrário, ao qual já não pertencem, e estranhas à cidade – "que não sabem ir à cidade", para falar com uma de suas epígrafes –, carregando consigo um constrangimento que implica a morte da experiência que um dia fez sentido.

A única exceção no hotel é o tratamento dispensado a Débora, cujo nome ao ser mencionado apontaria, em princípio, para a resistência do humano nesse universo que já é das funções. Mas não é diferente com a personagem que atrai José Alferes, pois dela só sabemos que é estenógrafa, como também é chamada; e não é sem importância o fato de a personagem não aparecer no conto, o que dá maior ênfase ao isolamento do protagonista, atraído quase que por uma figura intangível, condição que é de Marina e de outras figuras femininas de Rubião. Não menos significativo é o nome de nosso herói, com a marca católica e simplória do prenome e o canhestro do sobrenome, ecoando a história mineira e pressagiando o sacrifício desse alferes fora do lugar. E se pensarmos no antológico conto de Machado – "O Espelho" – protagonizado igualmente por um alferes, podemos dizer que também aqui o alferes eliminará o homem, mas num sentido algo diverso e mostrando, com isso, que a influência de Machado ficou a meio caminho.

Ao receber o insólito convite, para uma festa que não se sabe de quem é, quando e onde ocorrerá, e sobretudo pelo fato de que o protagonista do conto é alçado à condição de figura central da festa, o estranho da situação instaura (como nó dramático) um motivo kafkiano por excelência, que implica uma mensagem, de um lado, e uma condição absurda, de outro, o que anula a mensagem. O motivo liga-se àquelas mensagens sem sentido que criam o mundo absurdo do escritor tcheco, como a mensagem do imperador ao último súdito, que não a receberá, mostrando que "não temos nenhuma mensagem definitiva para transmitir, que não existe mais uma totalidade de sentido"[4].

Na verdade, o motivo de Kafka instaura uma tradição de mensageiros que não chegam, e da qual nosso convidado é também expressão. E o problema da identidade implicado na situação se intensifica, pois o convite exige uma roupa grotesca – "fardão e bicorne ou casaca irlandesa sem condecorações" – que o torna de vez um estranho a si mesmo, personagem de uma história que ele não conhece, personagem sem história. Não à toa, o tempo todo o animoso Alferes tenta inutilmente puxar pela memória a imagem que aquelas pessoas ou roupas estranhas sugerem e que ele viu um dia "num quadro, folhinha ou livro".

---

4. Jeanne Marie Gagnebin, "Walter Benjamin ou A História Aberta", *Magia e Técnica, Arte e Política*, trad. Sergio Paulo Rouanet, São Paulo, Brasiliense, 1985, p. 18.

Alferes consegue chegar a seu destino – "o bairro de Stericon, na parte nobre da cidade", com "residências ricas, de arquitetura requintada ou de mau gosto" – graças ao trabalho seguro e inflexível de Faetonte, taxista que atende ao hotel, também ele vestido a caráter para o lugar a que se encaminham – "túnica azul com alamares dourados e calça vermelha". Assim, entramos no segundo grande episódio do conto, passado no casarão em que se realiza a festa, cujo espaço e personagens se caracterizam por uma elite econômica que ganha traços bizarros em decorrência do traje exigido para os cavalheiros. O corpo de segurança que recebe Alferes não se convence de que ele seja o convidado que todos esperam – "aquele que daria sentido à recepção", pois "sem ele a festa não seria iniciada". Entretanto, foi José Alferes quem recebeu o convite (pelo correio, enquanto os demais, por telefone), o que o faz ocupar um lugar que não é o seu e, no entanto, está condenado a ocupar. Assim, durante o tempo em que estiver no casarão, viverá de forma intensa o sentido de isolamento que já estava no hotel em que se hospedava. Ainda que todos sejam informados do equívoco, tentam assim mesmo deixá-lo à vontade, numa atitude paternal e de cooptação.

O hotel, como signo de passagem, se completa agora no espaço definitivo da festa, que lhe é uma distorção radicalizada, com recorrência de alguns motivos: o quarto e corredor vazios do hotel que se desdobram no salão e jardins repletos de convidados; ou a gorjeta dada ao ascensorista que se ampliará como suborno ao taxista. E as mesmas relações de lá reaparecem aqui, com simétricas personagens – a sensual Débora e a sedutora Astérope; o ascensorista discreto e o taxista impassível; o "corpo de funcionários" do hotel e o "comitê de recepção" do sobrado.

Faetonte (o taxista) e o corpo de segurança, ambos reduzidos a funções, se completam com os convivas do interior do casarão, também eles cumprindo uma função. Entre esses, vem ao primeiro plano a figura imponente de Astérope, que entretém o protagonista numa atitude sedutora, e cujo aparecimento nos jardins da mansão ganha um ar de divindade (moderna): "Alta, vestida de veludo escuro, o rosto muito claro, o cabelo entre o negro e o castanho, parecia nascer da noite". Ambos põem-se a conversar e Astérope informa a Alferes que também ela não conhece o convidado, apenas de "referências", mas que vai conhecê-lo à noite, pois foi "escolhida pela Comissão" para dormir com ele. Assim, o que era no hotel impessoalidade de relações agora se tornará propriamente diluição da subjetividade de "criaturas cativantes e vazias". Se tomarmos ainda aqui a obra de Kafka como referência, são todos "homens-profissão", conforme a expressão de Anders[5], homens-função desempenhando um papel que não se distingue de sua identidade.

É esse o fantástico de Murilo Rubião, sobretudo nessa vertente insólita que estamos lendo. Numa entrevista do autor para Elizabeth Lowe, Rubião fala do universo de seu conto em geral, o que é relevante especialmente para este de agora:

> O fantástico não convive bem com o campo porque ele tem que migrar para as pequenas cidades, para os grandes centros, se não ele fica na fantasia, no folclore. É na cidade, de onde aparentemente fugiu o mistério, porém, que encontramos com muito mais facilidade as coisas surrealistas, as coisas inexplicáveis que nós somos obrigados a aceitar. Os hábitos da cidade, essa entrega à máquina, essa entrega à sociedade de consumo, tornam a vida muito mais absurda do que nas fazendas [...][6].

5. Günter Anders, *Kafka: Pró e Contra*, trad. Modesto Carone, São Paulo, Perspectiva, 1993, p. 50.
6. Elizabeth Lowe, "Entrevista com Murilo Rubião", *Escrita*, São Paulo, 1979, n. 29, pp. 24-33. Disponível no *site* oficial do escritor.

Ao tentar fugir daquele ambiente – incomodado também pela conversa monótona e vazia sobre "criação e corridas de cavalos" – José Alferes, primeiro, se perde nas redondezas do lugar em meio à neblina (metáfora do mundo incompreensível que o cerca), rolando num declive e voltando decrépito ao ponto de partida; depois, tenta por todos os meios convencer Faetonte a levá-lo de volta ao hotel; inflexível, o condutor não o atende, o que cria uma situação curiosa no conto. Isso porque Faetonte (o original) é filho do Sol, e por ser jovem e inexperto, não sabe conduzir o carro de seu pai, aproximando e afastando-o da Terra, de tal modo que morre fulminado por Zeus. No conto, ao contrário, Faetonte é inflexível e não se desvia de modo algum de seu caminho, atendendo às determinações de seu Zeus. E aqui se cumpre outra das condições do universo de Rubião, pois se trata de um universo em que os mitos aparecem ironizados, em meio à história sofrida dos homens[7]. Se Astérope era a Plêiade protetora das festas e das danças, essa de agora não se faz de rogada... Faetonte, por sua vez, é rebaixado, primeiro, da condição de mito a "chofer de praça" e, depois, de humano a máquina, pela intransigência – nada o demove, nem "elevada soma em dinheiro".

Nesse sentido, a presença de José Alferes no universo da festa soa como um deslocamento que joga luz no contexto à sua volta. Sua inocência e recusa em participar de um jogo do qual não conhece nem aceita as regras faz dele um personagem da mesma natureza do *estrangeiro* a que Sartre se refere ao comentar a personagem de Camus: "O estrangeiro que ele quer descrever é justamente um desses terríveis inocentes que fazem o escândalo de uma sociedade porque não aceitam as regras de seu jogo. Vive entre estrangeiros, mas também é um estrangeiro para eles"[8]. Diz

---

7. Cf. Davi Arrigucci Jr., *op. cit.*, p. 157.
8. Jean-Paul Sartre, "Explicação de *O Estrangeiro*", *Situações I*, trad. Cristina Prado, São Paulo, Cosac Naify, 2005, p. 120. O comentário de Sartre apare-

ainda Sartre que, por isso mesmo, "alguns o amarão, como Marie, sua amante, que o quer 'porque ele é estranho'"[9]. Neste caso, entretanto, há uma diferença para com a atitude tomada por Astérope ao final:

> Curvado, no seu desconsolo, já aceitava a ideia de retornar ao parque, quando lhe tocaram no braço. Assustou-se: era Astérope. Ela fingiu não perceber o temor estampado no rosto dele e arrastou-o consigo:
> – Sei o caminho.
> Saberia? – Dos olhos de Alferes emergiu avassaladora dúvida. Mas deixou-se levar.

Nessas linhas finais, o narrador cria a dúvida quanto ao desfecho da situação, já que seu olhar acompanha a *insciência* da personagem. Todavia, os indícios levam a crer na volta à prisão da festa: seja pela sujeição de Astérope aos desígnios da Comissão; seja porque sua função na festa é seduzir e entreter; seja ainda pela notação do narrador, ao dizer que Astérope fingiu não perceber o temor no rosto de Alferes, o que poderia, ao que parece, comovê-la e demovê-la; seja finalmente pela sugestão da epígrafe, conforme dito no início.

Sendo assim, o protagonista do conto preserva uma subjetividade sem lugar, num espaço em que os atores são o que representam, pois todos são desprovidos de memória, todos *são vividos* pelo convidado que não virá. Nesse sentido, pode-se fazer também uma curiosa aproximação desse episódio com a situação do filme de Alain Resnais, *O Ano Passado em Marienbad* (1961), também

---

ce na leitura de Jorge Schwartz sobre o conto "A Cidade", conto que forma uma tríade ao lado de "A Fila" e "O Convidado"; cf. *Murilo Rubião: A Poética do Uroboro*, São Paulo, Ática, 1981, p. 38.

9. *Loc. cit.*

ali um personagem numa festa esvaziada de sentido, tentando recriar a memória e o humano na personagem feminina que lá ele encontra e por quem está apaixonado[10].

As aproximações que fazemos ao universo de Kafka, Camus e Resnais (e poderíamos acrescentar Beckett e seu Godot) impõem, entretanto, uma consideração de ordem da situação histórica representada, que se traduz na plasmação das imagens que dão a configuração social e insólita ao conto de Rubião. Dizendo de outro modo, e lembrando-nos do próprio testemunho do autor acerca de sua filiação (problemática) a Machado, é preciso reconhecer a diferença entre o insólito daqueles autores (especialmente de Kafka) e do nosso. No conto que estamos lendo, como foi dito o foco narrativo possui a ambiguidade de representar de maneira *insciente* o universo absurdo, na medida em que a visão do narrador – desprovido da experiência que um dia deu sentido ao mundo representado – atém-se aqui ao horizonte *insciente* do próprio protagonista, mas situando-se de modo solidário e cúmplice a seu lado e mostrando que a subjetividade nesse universo não está liquidada, que não se trata aqui de um personagem "despojado da psicologia diferenciada", como parece se dar no caso do autor tcheco (e de outros); além disso, o *estrangeiro* do conto é acolhido pelos convivas da festa, mantendo-se contudo numa ati-

---

10. Antes de o conto ser publicado, Antonio Candido parece referir-se a essa questão, pensando na obra de Rubião como um todo, ao dizer que há nela às vezes "uma nítida premonição da labilidade misteriosa de *Marienbad*"; cf. Antonio Candido, Carta a Murilo Rubião [25 de fev. 1967], em Jorge Schwartz (org.), *Murilo Rubião*, São Paulo, Abril Educação, 1982, p. 103. A carta, ao que parece com o texto corrigido, foi republicada como orelha nos três volumes da edição da obra completa do autor pela Companhia das Letras (2006-2007).

tude de recusa em participar daquele jogo, aspectos que também o distinguem de Kafka[11].

Na verdade, ocorre no conto uma oscilação entre dois universos em jogo: de um lado, um Brasil "pós-moderno" sugerido na radicalidade das relações petrificadas, já sem o lubrificante das qualidades humanas que amaciam a maquinaria – para falar com Adorno[12]; de outro, entretanto, relações que são herdadas do passado histórico-social do País, e levam a personagem central a se perder crédula nos valores de familiaridade, cordialidade etc. Ao tentar escapar da festa, Alferes – e seu nome fala mesmo de outro tempo a que a personagem está presa – tenta por todos os meios do favor subornar o condutor Faetonte que, se aceitasse o suborno, de certo modo se humanizaria, ou melhor, lubrificaria a máquina.

Sendo assim, a figura de Alferes e a experiência da festa criam um jogo entre dois Brasis que estão lá representados, responsáveis por uma oscilação na própria representação do conto, que oscila entre o trágico e o anedótico. Ou seja, há uma mistura de realismo e insólito que cria algum desconcerto no conjunto, o que não ocorre em outros contos do autor. Mas ali há essa mistura de uma modernidade opressora, e sua liquidação do humano, com a permanência de um país marcado por relações também elas opressivas, mas assentadas sobre uma cordialidade já sem lugar. Nesse sentido, aparece o desacerto ou fraqueza nas conversas sobre cavalos, durante a festa, bem como na vestimenta de alguns personagens (o protagonista, o taxista), o que se mostra uma fantasia algo deslocada no todo da narrativa – outros contos dessa

11. Cf. Anatol Rosenfeld, "Kafka e Kafkianos", *Texto/Contexto*, 2. ed., São Paulo, Perspectiva, 1973, pp. 235 e 259; Günter Anders, *op. cit.*, p. 32.
12. Cf. Theodor W. Adorno, "Posição do Narrador no Romance Contemporâneo", *Notas de Literatura I*, trad. Jorge de Almeida, São Paulo, Duas Cidades, Editora 34, 2003, p. 57.

vertente, como disse, não trazem a mesma oscilação. Dizendo de outro modo, se o conto é exímio ao representar a vida mental e material do interiorano na grande cidade, de um pobre numa festa de ricos, não parece possuir a mesma força na configuração do absurdo que a festa deveria representar para que pudesse ser alçada à condição de universalidade, de um "mundo desprovido de sentido", como quer o narrador.

Ocorre que o melhor lugar dessa narrativa não me parece ser a modernidade mais radical. Ao contrário, a narrativa situa o escritor e seus contemporâneos num momento particular de desequilíbrio da modernização brasileira, que expulsa ou atrai os personagens do campo para a cidade, na qual vivem seu drama de desterrados. Nesse sentido, o conto se aproxima do universo de outro escritor do mesmo período, o goiano José J. Veiga, e sua novela *A Hora dos Ruminantes* (1966), ali também um misto de modernidade assustadora (mais do que no conto) e um realismo de vida provinciana[13]. A obra de Veiga é exemplar dessa situação histórica representada na vertente insólita da narrativa de Rubião. Há mesmo um conto de nosso autor – "A Diáspora" –, só publicado em livro postumamente, cuja representação está muito próxima do estilo e cenas de José J. Veiga. De fato, Murilo Rubião não deixou de registrar de forma precisa o lugar de sua narrativa, pois é na cidade que ocorre o fantástico moderno, expressão de um homem cada vez mais soterrado na vida administrada e material, no mundo de consumo e prazer, mas que dá também ao

13. Sobre a matéria brasileira em Murilo Rubião, ver também o trabalho de Hermenegildo José Bastos, *Literatura e Colonialismo*, Brasília, Editora da UnB/Plano Editora, 2001; e de Acauam Silvério de Oliveira, *Os Descaminhos do Mito* [dissertação de mestrado], São Paulo, FFLCH-USP, 2009. Sobre a novela de José J. Veiga, ver a dissertação de Nedilson César Rodrigues dos Santos, *Adequação e Impasses de uma Narrativa*, São Paulo, FFLCH-USP, 2008.

conto em questão, mais do que o absurdo da festa, um choque de classes (ou ao menos um contraste). Nessa mesma cidade – e, no nosso caso, historicamente ainda marcada em muito por relações de cordialidade –, a obra de Rubião encontra de modo geral uma expressão feliz em contos cuja fantasia se mostra depurada de certo excesso alegorizante que está neste caso – aqui com prejuízo, ao querer levar às últimas instâncias, de maneira exímia como em outros, a subversão narrativa.

[2011]

A PROSA DE LUIZ VILELA

Em meados da década de 70, eu fazia o curso de Letras na FFLCH, mas andava também às voltas com teatro amador e, por isso, aparecia na Biblioteca da ECA algumas vezes por conta do acervo de peças mimeografadas. Numa dessas vezes, estava no final de uma pequena fila de espera e vi no balcão um cartaz em PB que me chamou atenção: nele havia uma fila e o último sujeito da fila, um homem na casa dos trinta anos, de terno "de bater" e com expressão cansada, olhava para trás atendendo ao chamado da legenda, que dizia: "Ei! Os escritores brasileiros estão falando de você." Criava-se uma situação curiosa, um jocoso *mise en abyme*, pois eu era o último da pequena fila, que certamente nada tinha a ver com a fila simbólica do cartaz; esta falava de um Brasil de filas imensas que a literatura do tempo tematizava (com perdão do lugar-comum) kafkianamente. Mas o mais importante dessa imagem estava no fato de que os jovens escritores de então, seguindo ainda a lição do Modernismo, falavam da vida de seu leitor, agora perdido nos meandros de um país sujeito à ditadura e à burocracia.

A legenda se referia a um grupo de escritores jovens ou novos que estavam fazendo por aqueles anos uma literatura que ganhava feição própria, identificando não propriamente um grupo, mas um movimento. De certo modo, se a literatura brasileira não entrava no *boom* da literatura hispano-americana por razões óbvias ou compreensíveis, o fato é que havia no Brasil daqueles anos um *bunzinho* de nossa literatura, com uma significativa penetração nos ambientes escolares, o que veio acompanhado de um trabalho editorial sagaz, especialmente concentrado na imagem da Editora Ática (edições ilustradas e chamativas, paratextos voltados à linguagem dos adolescentes etc.), bem como da Editora Brasiliense, com suas coleções destinadas ao público jovem, as "cantadas literárias" que traziam uma literatura em boa parte marcada de erotismo e aventura.

Dei essa pequena volta para chegar ao ponto que mais interessa: o romance brasileiro do período, e também ou sobretudo o conto brasileiro que se alastrou enormemente naqueles anos, queriam falar do presente do País, adotando nessa empresa muitas vezes uma linguagem despojada ou coloquial, de uma maneira particularmente nova, nem sempre feliz, uma linguagem de desrecalque (para usar um termo de Antonio Candido ao falar de 22) em que o palavrão, de livre curso, tinha mesmo uma conotação política[1]. Se a matéria da literatura sempre fora a vida presente, os homens presentes, o fato é que agora havia um sentimento de *urgência* na literatura feita por esses novos escritores (e não só na ficção, nem só na literatura), urgência que dava ao conto e ao romance quase sempre uma feição de denúncia, querendo transformar a matéria realista imediata em alegoria do País, conforme a notação crítica de Davi Arrigucci Jr.[2].

1. A expressão de Candido está em "Literatura e Cultura de 1900 a 1945", *Literatura e Sociedade*, 7. ed., São Paulo, Companhia Editora Nacional, 1985, p. 121.
2. Refiro-me ao conhecido "Jornal, Realismo, Alegoria: O Romance Brasileiro Recente", publicado em *Achados e Perdidos*, São Paulo, Polis, 1979, pp. 79 e

Um dos autores mais característicos desse período completou recentemente 50 anos de literatura: Luiz Vilela. Vilela estreou com um volume de contos chamado *Tremor de Terra*, em 1967, ganhando com ele o Prêmio Nacional de Ficção, em Brasília. Depois desse vieram muitos outros livros e alguns prêmios, passando por *Tarde da Noite* (contos, 1970), *O Fim de Tudo* (contos, 1973), *O Inferno É Aqui Mesmo* (romance, 1979), *Lindas Pernas* (contos, 1979), *Entre Amigos* (romance, 1983), para citar apenas alguns, até chegar a *O Filho de Machado de Assis* (2016) – que eu saiba o mais recente –, totalizando cerca de três dezenas de obras entre contos, romances, novelas e várias antologias.

A crítica já observou o que de certo modo é sentimento de grande parte dos leitores de Luiz Vilela, a saber, que sem se dar conta o leitor vai se sentindo personagem do autor. Mas quem é esse leitor, questão que sempre se impõe quando se fala de recepção? Não é fácil definir, até porque muitos leitores não têm essa empatia com a obra, mas é possível dizer duas ou três coisas sobre ele – ou sobre um desses leitores –, a partir de uma evidência de época e de alguns traços de seu personagem central, espécie de alter ego do escritor.

Como se sabe, as grandes cidades brasileiras começaram a inchar ainda mais aceleradamente na passagem dos anos 60 aos 70; e nesse movimento migratório, surgiu uma camada particular de viventes que vinham não do campo para a cidade, mas do interior para a capital, fenômeno que se deu em muitas partes do País. Era uma população jovem, formada de estudantes que pisavam pela primeira vez o chão de uma universidade (o primeiro da família a entrar no ensino superior, geralmente público), deixando para trás

---

ss.; republicado em *Outros Achados e Perdidos*, São Paulo, Companhia das Letras, 1999, pp. 77 e ss.

uma formação católica de classe média e a segurança do mundo estável e geralmente opressivo dos pais. Na cidade (e na universidade) encontravam também novas formas de sociabilidade, mais abertas e desafiadoras, concentradas na metonímia da "república". Não era uma "juventude transviada": era antes uma juventude em trânsito, que não se reconhecia mais no mundo católico dos pais, nem tinha chegado ainda onde queria ou sonhava, pois entre outras angústias o País vivia o entrave da ditadura; e esse era um dado novo: uma juventude que ganhava uma visão política dos fatos, em meio ao anonimato da grande cidade.

Em muito a personagem central de Luiz Vilela é esse mesmo jovem, e não é por acaso que em sua obra haja um grande número de estudantes e adolescentes. O romance que melhor concentra esse universo de relações é *Os Novos* (1971), que conta a história de um grupo de universitários em Belo Horizonte, vivendo os impasses de escolhas novas, num país também em impasse. O romance se passa no final dos anos 60, no contexto do nefasto AI-5: Nei é a personagem central que, recém-formado, já dá aulas de filosofia, escreve contos, frequenta bares com os amigos, mantém uma relação afetiva com o pai distante que às vezes vem visitá-lo, e vive o drama sentimental de fazer dos amantes dois inimigos.

O livro retoma de maneira clara a tradição mineira dos romances que misturam a crônica de grupo e a confissão do protagonista; é visível a presença de *O Amanuense Belmiro* (1937), de Cyro dos Anjos, nas cenas vivas da roda de amigos que contrastam com um lirismo subjacente ao protagonista (diga-se que, no romance de Cyro, o lirismo está por toda parte enquanto, no de Vilela, o prosaísmo está por toda parte); mas retoma também e de modo mais claro o livro de Fernando Sabino, *O Encontro Marcado* (1956), com o qual compartilha um mesmo grupo de amigos que dividem suas preocupações e impasses: "Estou cansado de tudo isso – disse Nei. – Cansado dessa confusão, cansado da literatura, cansado dessa cidade e dessa chuva, cansado até dessas nossas conversas, que não levam a nada. Dá vontade de sumir pra longe daqui"[3]. E compartilha também o fato de ser o depoimento vivo de uma geração, na expressão de Alfredo Bosi para o livro de Sabino[4].

O romance possui um andamento solto (não desordenado), contando a história de uma geração de jovens escritores, não mais formados em medicina, farmácia ou direito, mas agora ganhando a vida com o magistério ou o jornal, e a caminho do universo da publicidade. Trata-se de um romance de geração, abusando de um prosaísmo pesado, com o palavrão correndo solto e, como romance de geração, tendo no bar o espaço por excelência em que transcorre a ação. Nele (ou neles) habitam as personagens que vivem os impasses de sua geração: além do protagonista Nei, aparecem seus dois amigos mais próximos Vítor e Zé, além de outros que transitam bastante ou pouco pelos mesmos espaços: Ronaldo, Martinha, Milton, Leopoldo, Queiroz, Dalva, Mário Lúcio, Gabriel e Telmo.

Nas conversas que preenchem o livro, aparecem os temas do período e daquele contexto: o papel da literatura, a comédia provinciana dos medalhões conservadores, a liberdade sexual (tratada na chave do preconceito quase o tempo todo), as saídas políticas contra o autoritarismo etc. E o problema que mais avulta é o sentimento de impotência diante da situação política e a consequente autoironia com a literatura que fazem, por não sentirem vocação para a ação política; e algumas cenas são simbólicas nesse sentido:

---

3. Luiz Vilela, *Os Novos*, 2. ed., Rio de Janeiro, Nova Fronteira, 1984, p. 172.
4. Alfredo Bosi, *História Concisa da Literatura Brasileira*, 3. ed., São Paulo, Cultrix, 1991, p. 475.

numa delas, Nei e alguns amigos assistem ressentidos (encostados a uma mureta...) à exibição de heroísmo de alguns alunos que haviam sido presos numa passeata no dia anterior; em outra cena, num bar, cogitam as possibilidades de escolha: no primeiro chope, a saída é a revolução; num dos seguintes, a saída é o suicídio; e entre as duas possibilidades acabam escolhendo um filé a palito.

Ainda em outra cena, definem-se como sendo uma "esquerda festiva e manifestiva"[5]; mas o romance não é uma sátira a esse comportamento, e o fato é que as angústias pequeno-burguesas (como dizia o chavão da época) de suas personagens são verdadeiras e garantem o melhor da obra; suas criaturas não dependem ou se explicam por um momento político (ainda que tão nefasto), e sim pelo processo histórico que ultrapassa e explica esse momento.

Não é difícil perceber a composição da tríade central: de um lado, Vítor, o poeta fracassado, que assume de vez ao final a vida burguesa de pai de família, funcionário público, agora "viciado em tevê" e que combate precariamente o vício da cerveja e as idas ao bar com uma horta que cultiva no fundo da casa; de outro, a figura pungente de Zé, funcionário escravizado a um banco, preso irremediavelmente aos cuidados com a mãe, sabendo que não fará nada de bom na vida, pois o talento – que todos reconhecem nele – ressecará na vida burocrática e doméstica a que está preso. Entre os dois, situa-se a figura discreta do personagem central Nei, aquele que parece encontrar uma saída, tantas vezes protelada e desacreditada.

A saída está indiciada numa cena em abismo no meio do romance, que antecipa o próprio romance que estamos lendo: os amigos decidem escrever uma peça – que acaba (mal) escrita e

---

5. *Os Novos*, ed. cit., p. 26.

censurada – para denunciar e protestar contra a opressão política; ocorre que de início a peça não está saindo e Nei pondera que a discussão para a escrita pode ser a própria peça: "Está divertido – disse Nei. – Essa preparação para a peça daria outra peça, talvez melhor do que a própria. Ou então: a peça nem chegaria a ser escrita"[6]. E o romance que Nei escreverá (e que Vilela escreveu) é justamente a história da preparação para o romance, talvez melhor do que o próprio, relação entre a obra planejada ou desejada e a obra vicária e precária que acabou saindo, mas por isso mesmo mais visceral. No final da narrativa, diz o protagonista que irá retomar o romance e, quem sabe, conseguir escrevê-lo; de fato, é isso que acontecerá: depois de tanta negação, ele finalmente se encaminhará para seu encontro marcado.

Mas para além desse romance, a mesma personagem aparece em diferentes contos e novelas, com outros nomes e roupas, não sem um sentimento de desconcerto que se traduz num olhar solidário (da personagem ou do autor que subjaz ao texto) a outros viventes igualmente sofridos – as mulheres, os velhos, as crianças, os que passam por alguma tragédia. No caso das primeiras, trata--se de um olhar feminino que deixa ver uma condição de opressão num mundo que vai deixando de ser patriarcal; no caso dos segundos, o sentimento de rejeição, de inutilidade, num mundo que vai ficando cada vez mais jovem. Tudo isso filtrado por um olhar melancólico, que não deixa de se disfarçar muitas vezes em humor.

Não vai sem crítica um comentário à prosa do autor, pois a questão é saber o quanto do que estava preso ao momento ("estão falando de você") não envelheceu com o tempo. Um incômodo evidente a muitos leitores (e a mim) é certo vezo do escritor em buscar um final impactante, que se traduz em revelação algo sus-

---

6. *Op. cit.*, p. 119.

peita ou mesmo em carga patética. Por razões de gênero, isso é mais comum no conto do que no romance, mas ainda assim – e por justiça com o autor – é necessário fazer uma leitura modulada do problema. De qualquer modo, sua linguagem sempre às voltas com um coloquial desataviado, seu diálogo que tantas vezes a crítica elogiou, o olhar de ternura para criaturas indefesas ou deslocadas são ainda motivos para seduzir novos e jovens leitores que acabarão sentindo-se personagens do autor.

[2018]

LUIZ VILELA, CONTO E LIRISMO

Nos anos em que Luiz Vilela se firmou como um grande contista de sua geração, o conto havia se tornado a expressão por excelência dos jovens que iniciavam a carreira literária lá pelos anos 70. Dizer que o sujeito tinha um romance na gaveta era coisa da geração anterior; a de agora tinha, na verdade, um livro de contos na gaveta e, quando não, ao menos algum espécime havia para participar das inúmeras e efêmeras antologias. Disse um crítico certa vez numa resenha que o conto havia se tornado o soneto de nossa época, uma frase significativa porque o conto era de fato o veículo de expressão da subjetividade daquela geração; a primeira pessoa, o Eu – instância por excelência da lírica –, estava presente de maneira intensa e extensa nos volumes publicados, uma geração que não se sentia mais envergonhada da confissão, pelo contrário, expor-se publicamente era um ato de urgência num tempo em que *se confessar* tornava-se uma ação política, uma denúncia das mazelas do presente (enquanto do outro lado da linha, a "confissão" era obtida sob violência). Não se deve esquecer também que esse movimento, que teve lugar num determinado momento da literatura brasileira de maneira concentrada, vinha na esteira da mudança maior ocorrida com o romance no século XX, com a perda do distanciamento épico, a dificuldade cada vez maior em compreender a realidade, a descrença do próprio narrador no ato de narrar, tudo agora reduzido ao âmbito de sua subjetividade; enfim, pressupostos que estavam dados na base desse novo romance e que a melhor crítica procurou descrever[1].

Voltando ao nosso contista e à sua obra, a melhor definição para a personagem central da literatura de Luiz Vilela pode ser feita lançando mão livremente da expressão com que Hegel definiu o romance burguês enquanto gênero: são personagens que vivem "o conflito entre a poesia do coração e a prosa oposta das relações"[2]. Não se trata de encontrar nessa formulação original uma linha direta com a obra do contista brasileiro, e seria tolo pensar dessa forma dada a situação histórica do escritor; mas tomada a expressão em si, ela descreve como nenhuma outra o sentido e a condição desses seres deslocados, constrangidos, tímidos perante os convites ou recusas que a vida oferece. Trazem consigo uma interioridade rica e afetiva, angustiada muitas vezes por não encontrar na objetividade do mundo aqueles mesmos conteúdos que são a promessa de uma plenitude capaz de superar a finitude do tempo; são quase sempre seres melancólicos, herdeiros ainda do "romantismo da desilusão"[3].

1. Penso, por exemplo, nos ensaios conhecidos de Erich Auerbach, "A Meia Marrom"; Theodor Adorno, "Posição do Narrador no Romance Contemporâneo"; e Anatol Rosenfeld, "Reflexões sobre o Romance Moderno".
2. G.W.F. Hegel, "A Épica como Totalidade Plena de Unidade", *Cursos de Estética*, trad. Marco Aurélio Werle e Oliver Tolle, São Paulo, Edusp, 2004, vol. IV, p. 138.
3. Georg Lukács, "O Romantismo da Desilusão", *A Teoria do Romance*, trad. José Marcos M. de Macedo, São Paulo, Duas Cidades/Editora 34, 2000, pp. 117-138. Num ensaio sobre Fernando Gabeira e a prosa do período, ao mencionar alguns romances sobre o jornalismo Davi Arrigucci Jr. já definia

Mas se quisermos aproximar a caracterização dessa personagem do lugar histórico em que se encontra, talvez seja melhor mesmo dizer que são todos seres que sorrir já não podem, e vão embora solitários quando os bares se fecham e as virtudes se negam, para falar com a voz do mineiro que melhor os compreendeu. De fato, não seria difícil tomar Drummond como um apoio decisivo para a leitura dos seres e contos de Vilela: bastaria pensar nas inúmeras maneiras com que o poeta caracterizou sua persona lírica, o *gauche* que se sente sempre inadequado no mundo que o cerca, pois quando funcionário respeitável, aparece vestido num terno de vidro; quando numa festa, fica torto no seu canto; e quando está amando, faz de Fulana um mito.

Mesmo quando o conto se resume a uma cena ou sequência de humor, como é o caso de "Velório", de *Tremor de Terra* (1967), o olhar lírico está presente, ou melhor, implicado na organização da cena, pois o leitor sente que ele se retira para deixar à mostra o prosaísmo grosseiro das personagens que detêm o poder (ao menos do discurso), quando então o humor que se revela está na proporção inversa do lirismo que se cala. Mas é preciso dizer também que nesse e em outros casos o perigo é sempre o do contraste fácil, em que o outro aparece numa condição rebaixada demais para fazer sobressair a elevação do primeiro.

Caso mais sutil, ainda na chave do humor, está num conto como "Boa de Garfo" ou "Todas Aquelas Coisas", ambos de *Lindas Pernas* (1979): nesses contos, o lirismo aparece como expressão de personagens singelas (algo quixotescas) e aquela mesma falta de vocação para o mundo prático, havendo por parte do narrador

---

O Inferno É Aqui Mesmo (1979) como um "romance de ilusões perdidas"; cf. "Gabeira em Dois Tempos", *Enigma e Comentário*, São Paulo, Companhia das Letras, 1987, p. 120.

uma simpatia gratuita e profunda para com os seres insólitos às voltas com as agruras da vida, e que se refugiam em suas fantasias.

Vejamos mais de perto como essas observações se materializam nos contos, ou seja, como o lirismo se manifesta em algumas das narrativas, especialmente aquelas que falam do conflito entre sujeito e mundo em diferentes níveis de tensão. Nessas narrativas aparecem personagens que vão configurando a persona ficcional de Vilela e definindo a perspectiva dessa instância autoral implicada na obra para além das diferentes vozes que dão vida ao universo do autor. Para isso, a multiplicidade dos contos pode ajudar mais do que o romance, sem pretender com os exemplos a seguir dar conta de todos os modos de narrar, muito menos das diferentes situações sociais: num caso, o próprio narrador-protagonista vive o drama do deslocamento; em outro, a voz narrativa pertence a um personagem situado na periferia dos acontecimentos, dando maior ênfase à solidão daqueles seres desgarrados que aparecem em vários espaços sociais; em outros ainda, trata-se de um narrador em terceira pessoa (neutro ou intruso) que se encarrega de dizer esse drama, situando a personagem eleita no centro dos acontecimentos[4].

Narrador Confessional

O primeiro dos contos abordados mais de perto é "Tremor de Terra", publicado no livro de mesmo nome. A escolha se justifica

4. Com referência às categorias de foco narrativo, trabalho livremente com a terminologia do ensaio de Norman Friedman "O Ponto de Vista na Ficção: O Desenvolvimento de um Conceito Crítico", trad. Fábio Fonseca de Melo, *Revista USP*, São Paulo, mar./maio 2002, n. 53; e com o livro de Ligia Chiappini *O Foco Narrativo*, 6. ed., São Paulo, Ática, 1993, baseado no ensaio de Friedman.

por duas razões: a primeira é que nele encontramos um exemplo claro dessa voz confessional de que falávamos acima, pois o conto todo é preenchido por um discurso em primeira pessoa, de um jovem narrador que conta a desventura amorosa com sua professora num curso noturno (um dos vários estudantes na obra do autor); a segunda razão da escolha, o fato de que o conto inaugura a obra de Luiz Vilela, pois dá título ao livro de estreia e, mais importante do que o dado histórico, é o fato de que o conto mostra aos leitores a fisionomia dessa persona e personagem que marcará a partir dali sua obra futura. O conto encerra o volume e ganha por isso mesmo a condição de resumo dos contos anteriores: síntese do que veio antes, índice do que virá depois.

Disse acima que o conto narra a desventura de um caso amoroso entre o jovem narrador e sua professora do curso noturno; mas não é bem assim. De fato, em toda sua obra, Vilela vai demonstrar uma vocação marcada para a criação do *anedótico*, às vezes cômico mas, na maior parte das vezes, enquanto expressão de casos sérios que valem por si; é um grande contador de causos urbanos. Mas nesse conto de que tratamos, justamente isso está de fora: não se trata de uma história de amor, não se trata nem mesmo de uma história: é na verdade um fragmento de discurso amoroso do jovem e solitário aluno que um dia vê entrar na sala de aula uma nova professora e, ao vê-la, como bom lírico, deixa a alma falar. Assim, o conto se resume enquanto ação dramática a uma esquálida fábula: na primeira vez, conhece a professora; na segunda, volta a vê-la com algum distanciamento; na terceira, segue-a e a seu marido pela rua noturna e chuvosa, perdendo-a para sempre.

Nas três marcações temporais, o que se tem é uma voz que preenche o que falta em ação com a reflexão lírica que procura dar conta do caráter revelador da experiência. De fato, na primeira noite quando a nova professora entra na sala, o discurso narrativo é expressão poética de uma imagem epifânica: não há marcação de tempo, espaço e movimento, a não ser aquela propiciada por algum distanciamento da memória que fala do desconcerto do rapaz; no mais, apenas a descrição da beleza da professora, do que está para além da beleza e é acionado por ela; um dizer que gira em torno de um centro misterioso, como Wolfgang Kayser definiu o lírico[5]. Assim, em poucas frases o amador vai tomando o lugar da coisa amada e, da beleza epifânica do outro, o discurso passa a penetrar a interioridade do próprio narrador e falar do vazio que a imagem preenche; para dizer com suas palavras, naquele momento "descobria que era ela o que eu havia procurado todo aquele tempo, a coisa decisiva, a mais importante, a que daria sentido a todas as outras"[6]. Assim, o pensamento vai preenchendo de metáforas, metonímias e outras figuras mais o espaço agora ocupado pelo ser até então inexistente. O resto é a angústia pela espera da aula na noite do terceiro dia.

O segundo segmento do conto começa quando volta a vê-la na aula seguinte, e se estende quase até o fim da narrativa, com algumas marcações que mostram a narração sumariada de vários dias em que a viu, com quem não falou, e cuja narração intensifica o desconcerto do aluno, cada vez mais mergulhado na busca por compreender o sentido dessa ausência em sua vida.

   5. Wolfgang Kayser, "A Estrutura do Gênero", *Análise e Interpretação da Obra Literária*, trad. Paulo Quintela, 7. ed., Coimbra, Arménio Amado, 1985, pp. 380-381; além do ensaio de Kayser, utilizo também na definição da voz lírica os ensaios de Emil Staiger, "Estilo Lírico: A Recordação", *Conceitos Fundamentais da Poética*, trad. Celeste Aída Galeão, Rio de Janeiro, Tempo Brasileiro, 1975; e Anatol Rosenfeld, "A Teoria dos Gêneros", *O Teatro Épico*, 2. ed., São Paulo, Perspectiva, 1985.
   6. Luiz Vilela, *Tremor de Terra*, 5. ed., São Paulo, Ática, 1977, p. 115.

Há dois aspectos que se destacam mais claramente nesse momento da voz narrativa: de um lado, seu lugar social; de outro, a significação que aquela imagem ganha nesse mergulho. A certa altura, depois de perceber que não pensava em sexo com relação à professora, se pergunta: "Bolas, se não era sexo, o que que eu queria com ela? O que que eu queria: era isso que eu me perguntava. E eu não sabia responder"[7]. Desse fato, o narrador passa a responder a todas as imposições que sente na vida, num universo opressivo cheio de papeis e expectativas, momento em que a linguagem lírica cede mais ao prosaísmo do período, para falar abertamente da vida sexual, reduzida a preconceitos e encontros de prostíbulo, para falar ainda mais em sua solidão.

Opondo-se a essa condição, a misteriosa e cotidiana professora vai cada vez mais ganhando uma significação extensa em seu imaginário, em belos momentos de um estilo reiterativo, adicionando imagem sobre imagem, metáfora a metáfora, que acabam por configurar a sua fragilidade diante de um sol indiferente e perfeito, que aqueceu o primeiro ser da Terra e aquecerá o lírico narrador, quando este for apenas um punhado de terra na sepultura. É justamente nesses momentos que a linguagem poética do autor melhor se mostra, sem abrir mão do prosaico que a ela se mistura, para dizer a beleza que emerge do chão a que o narrador está preso. E toda a significação da figura aparece sintetizada na imagem sublime e selvagem que dá título ao conto – o tremor de terra –, que o narrador deseja ardentemente desde criança, que esperava acontecer um dia como as outras crianças esperavam pelo Papai Noel.

Na última e breve sequência do conto, ocorre o desfecho da história, quase sem desfecho: o aluno segue a professora, com

---

[7]. *Op. cit.*, p. 119.

quem nunca conversou, na sua caminhada até a casa, ao lado do marido, ambos belos e felizes. Passa por um bordel, como última tentativa frustrada de preencher o vazio descoberto, que ele sabe que o acompanhará pela vida afora, ainda que esteja ao lado de "Sônia ou Lúcia ou Marta ou Regina ou Beatriz ou Marisa"[8].

Na releitura do conto, lembrei-me da novela de Raymond Radiguet, *O Diabo no Corpo* (1923), lida na mesma época em que li o volume de contos de Vilela. Se a memória não estiver ficcionalizando a lembrança das leituras, diria que há muita proximidade entre as questões tratadas no conto e na novela, salvo, é claro, a distância que os separa no tempo. É que da mesma forma que ocorre na novela de Radiguet, no conto de Vilela mais do que o diabo estar no corpo, ele está nas palavras. Dessa forma, o conto não conta uma história de amor, uma aprendizagem amorosa; conta na verdade uma aprendizagem literária, a formação de um escritor que tem no conto a sua profissão de fé: preencher de palavras o vazio deixado pela imagem materna da professora, antes que o tempo – para aproveitar o motivo central do conto –, com ou sem tremor, o preencha de terra.

Narrador Confidente

Outra voz lírica presente na obra está em "Françoise", conto de *Tarde da Noite* (1970), que recebeu uma adaptação para um curta-metragem dirigido por Rafael Conde em 2001, tendo no papel principal a boa atriz Débora Falabella. O conto é muito marcante na obra de Luiz Vilela, ficando na memória de seus leitores como um dos mais significativos desse lirismo que dá feição a seu universo. Todo ele praticamente é a expressão espontânea de

---

8. *Idem*, p. 122.

uma garota de dezessete anos num diálogo casual com o narrador que está de passagem numa rodoviária. E é na fala dessa personagem que se manifesta o lirismo a que nos referimos, mas que se constrói com todos os elementos estruturais que compõem a breve narrativa.

O primeiro aspecto que estrutura o lirismo está na figura do narrador e sua relação com a insólita e graciosa personagem. Todo o peso do conto está em Françoise, cuja fala praticamente ocupa a narrativa e corrobora um dos lugares-comuns da crítica sobre o autor, a saber, sua decantada vocação para o diálogo. Assim, se Françoise dá nome ao conto e é sua protagonista, o narrador fica na condição de testemunha, um Eu que antes de tudo sabe ouvir e a quem a estranha personagem intuitivamente reconhece como um igual. Ou seja, arma-se uma identificação inicial que está em muitos contos do autor, com o narrador discreto, retraído, que ama ocultar-se – para falar com o verso de Drummond –, disposto a ouvir e receber o halo de ternura dos estranhos que se reconhecem íntimos; dizendo de outro modo, Françoise e o narrador formam uma identidade visível, com a diferença de que a inocência da garota é a contraface do narrador marcado pelos dados da experiência: se o discurso da garota é expressão de sua solidão (comentaremos os motivos depois), o do narrador não o é menos, pois viaja à noite sozinho, vem de longe e vai para longe, marcado portanto pelo signo da passagem e do provisório; e as dores da vida que Françoise não entende – a falta que ama – parecem ecoar no cansaço do sujeito, na companhia de seus poetas preferidos, o que o aproxima de Beto, o irmão e mentor de Françoise, identidade reconhecida pela própria garota ao dizer que, como o irmão, o narrador também a faz rir. Fica cada vez mais evidente que este ocupa o lugar vazio deixado pelo pai e pelo irmão (supostamente em viagem), com a diferença de que se Beto ensina a irmã a ser livre na sua fantasia, para escapar ao pragmatismo do cotidiano representado pelo tio, não deixa de mostrar sua face jovem ao brigar com a irmã; nesse sentido, parece que o estranho de passagem concentra a figura do irmão – pois também reconhece a sabedoria dos loucos – e a maturidade da figura do pai, com a notação da barba funcionando como índice dessa madureza.

Dos motivos que preenchem a conversa, chamo atenção brevemente para três deles que estão ligados ao que se disse até agora: o fascínio pelas palavras, com o trocadilho criado pelo irmão da garota, o que alimenta e se alimenta da poesia como forma de suportar a realidade desencantada; é significativo que a garota seja fascinada pelos ônibus que chegam ou partem para Lindoia, não a cidade turística, mas aquela que ficou gravada na memória com o canto nostálgico da mãe; mais do que isso, o lugar de encontro em que a garota gosta de estar não deixa de mostrar também sua condição propícia ao lírico – por mais prosaico que ele seja –, pois como o aeroporto no poema de Bandeira, poeta da predileção do narrador, a rodoviária do conto também dá lições de partir.

O segundo motivo da conversa entre os dois aparece na condição de mulher da garota, pois fica evidente nas atitudes e pensamento do preocupado tio a falta de liberdade de Françoise, bem como a falta de perspectiva para o futuro já planejado pelo tio, sobretudo agora que o irmão está ausente e o peso da repressão familiar recai somente em seus ombros. Finalmente, o terceiro motivo que gostaria de mencionar, o desejo de Françoise se tornar objeto, como ao olhar e identificar-se com a corrente que separa o passeio dos passageiros, objeto sempre ali, sem as angústias que a fazem transitar de um lado para outro, livre de desejo e memória.

O desfecho do conto ocorre com a entrada do tio em cena e sua figura a um tempo paternal e autoritária: Françoise foge assustada, mas o narrador é justo com ele, pois o velho cardíaco aparece cheio de zelo e preocupação com a sobrinha filha, cheio de compreensão e amor pela garota. Mas a entrada do tio cria um problema agora para o leitor: o desfecho do conto se dá com a explicação da suposta estranheza de Françoise que, além de perder o pai sem conhecê-lo, a mãe aos nove anos, ficou com "perturbação psíquica"[9] já que Beto, seu irmão e guru, morreu faz quase um ano num desastre, levando a garota a criar a fantasia da viagem. Há um contraste visível no conto entre a cena protagonizada por Françoise, na chave do diálogo lírico, e o final episódico protagonizado pela fala do tio, ao explicar o comportamento da garota. O peso da explicação incomoda o leitor por duas razões: a primeira, pelo peso naturalista da explicação, o rosário de sofrimentos da garota com a perda da família e a perturbação mencionada; a segunda, pela própria explicação em si; ou seja, ao fazer isso o conto retira a força misteriosa da figura central e dá (ou tenta dar) peso ao drama relatado pelo tio. Não conheço as edições recentes do livro e, por isso, não sei se o autor mexeu no texto, pois no curta de Rafael Conde (salvo engano) não há menção ao desastre, apenas à morte. Talvez valha a pena permanecer um pouco nessa questão que está presente em outras narrativas do autor, pois é um traço marcante de sua poética, isto é, o modo como Vilela termina seus contos.

Desfechos

Penso que há uma tensão na poética do autor, especialmente nesse aspecto, que parece não ser apenas uma impressão: de modo geral, seu conto se faz de maneira a mais desataviada possível, com uma naturalidade realmente admirável; muito de seu prestígio junto à crítica e aos leitores vem dessa capacidade de tornar o

---

9. Luiz Vilela, *Tarde da Noite*, São Paulo, Vertente Editora, 1970, p. 109.

leitor uma espécie de interlocutor de narradores e personagens tão próximos, falando sua linguagem e compartilhando com ele uma mesma sensibilidade; nesse sentido, os contos ganham muitas vezes certo ar de crônica, pela simplicidade do todo, em que o leitor reconhece o cotidiano brasileiro mais familiar, especialmente o da formação interiorana marcada pelo etos da vida cordial e cristã. Também de modo geral, essa maneira de representar a cena social leva para uma solução em tom menor, isto é, uma narrativa cuja ação dramática se resolve sem o peso da peripécia. Mas em muitos casos, o final tende a subir de tom, elevando a dramaticidade a diferentes níveis de tensão, o que me parece nem sempre dar em bom resultado. Dizendo de outro modo, em muitos contos há a impressão de que o autor busca criar um final expressivo ou impactante, geralmente na chave de alguma revelação ou, para citar o conto lido, de alguma explicação (é certo também que a própria forma do conto é propícia a essa revelação). Comentarei brevemente três casos em que aparece essa particularidade, indo do mais carregado de peso dramático ao mais espraiado.

O primeiro caso é o do conto "Deus Sabe o que Faz", de *Tremor de Terra*. Como se recorda o leitor, trata-se de uma história bastante curta (coisa de uma página), narrada numa única frase sem ponto, apenas com a conjunção aditiva fazendo a marcação sintática e temporal das ações, o que dá ao conto um ímpeto muito grande, criando o efeito de precipitação dos acontecimentos, como se de fato houvesse uma condenação trágica para a personagem. O lugar-comum do título perpassa o conto todo, em chave irônica, pois serve de consolação ao protagonista que nasceu pobre e cego, mas que teve uma vida digna e respeitável como grande violonista, amparando os pais na pobreza e sendo feliz ao lado da esposa numa casinha modesta, enquanto o irmão criminoso e a irmã prostituta eram a desgraça da família. A construção acumulativa e veloz das frases, com a passagem rápida dos acontecimentos narrados de forma sumariada, leva à revelação final das últimas linhas, quando ficamos sabendo que o criminoso (já fora da cadeia) se apaixona pela cunhada e o cego, para não ouvir o som dos beijos adúlteros na sala de casa, tocava na maior altura possível, "até que as cordas rebentaram, até que ele rebentou o ouvido com um tiro"[10]. De forma expressiva, a voz do lírico nesse conto (que não se ouve) começa pela música e termina num estampido.

Assim, a revelação final vira a frase decisiva do avesso; é um conto muito marcante do momento em que foi publicado, como expressão dessa geração de novos escritores vindos de uma classe média católica, e disposta a jogar no lixo a mentalidade carola com a qual teve de conviver; para perceber esse contexto de que se fala, basta pensar na canção antológica de Chico Buarque – "Bom Conselho" – lançada alguns anos depois do conto de Vilela, em que vários provérbios são também virados do avesso, numa tentativa de liquidar essa mentalidade conservadora. Mas o fato é que o conto tem uma gravidade e uma herança naturalista que incomodam o leitor; o acúmulo de negatividade (a cegueira do músico, a miséria da família, o irmão alcoólatra e criminoso, a irmã adúltera e depois prostituta, a esposa infiel), aliado ao grandiloquente da cena final, dá ao conto uma camada de melodrama carregado de um *páthos* supostamente trágico que se resolve, na verdade, de forma patética. Nesse sentido, difere do primeiro conto lido – "Tremor de Terra" –, pois esse não trazia impacto algum no final, cuja força dependia da manutenção da voltagem lírica da linguagem, sem lançar mão de qualquer peripécia.

---

10. *Tremor de Terra*, ed. cit., p. 73.

Caso intermediário se dá, por exemplo, com o conto "Bárbaro", de *Tarde da Noite*. A oposição entre as vozes aqui é bastante clara – como a figura dos dois irmãos no conto anterior –, mas agora feita na chave do prosaico: os dois estudantes conversam num quarto de pensão ou república (o conto é um grande diálogo), e um deles conta a história da festa a que esteve no dia anterior; sua voz ocupa praticamente todo o conto, do início ao fim, numa linguagem de um prosaísmo pesado, feito de gíria e palavrões, traço marcante de boa parte da prosa dos anos 70, quando esse tratamento despachado da linguagem era também um ato político. A matéria da festa acompanha no mesmo nível a fala da personagem: é simplesmente o caso de um grupo de amigos estudantes que vão a uma festa na casa dos pais de um deles (que não está presente) e ficam incomodados com a "caretice" da festa, de um ambiente a que não estão acostumados, e resolvem já bem mais tarde "zoar" com o velho pai do colega ausente, primeiro o embebedando e, depois, jogando-o no ridículo, ao tentar fazê-lo se despir.

Assim, o conto todo é formado pela cena grosseira dos jovens de classe média, numa linguagem igualmente grosseira. A oposição se dá porque o interlocutor, ao lado de fazer uma ou outra pergunta demonstrando interesse, em três oportunidades deixa ouvir sua voz ao leitor, falando na chave da confidência: primeiro para dizer que abriu o livro; depois para dizer que voltou ao livro e, finalmente, a mais significativa das três, encerrando o conto ao repetir os clichês e preconceitos do colega de quarto, num registro irônico da boçalidade do outro. Nos três apartes junto ao leitor, as frases vêm entre parênteses, o que indicia a voz subjetiva, recurso recorrente da lírica. Mas há o mesmo desejo de criar o desfecho enfático, pois o que transparece é a solidão dessa personagem de que vimos falando, num contraste que se quer expressivo – mas longe do patético anterior – ao criar o efeito de impacto pela oposição ostensiva das vozes: de um lado, a falastrice pesada e ininterrupta; de outro, a voz lírica literalmente sufocada.

Para o terceiro e último caso, quero fazer alguns comentários ao conto "A Moça", de *Lindas Pernas* (sem trocadilho). O conto se faz exatamente em sentido contrário aos anteriores: trata-se agora de uma história a que chamei anteriormente de causo urbano, pois aqui de fato se conta uma história (o interesse está na história) no sentido que marcou a própria noção de conto antes que a modernidade esvaziasse o enredo de qualquer traço anedótico, curiosamente retomando um tema largamente identificado com o realismo do XIX – o caso de adultério –, aqui tratado numa chave contemporânea. Também diverso em relação aos anteriores, não há agora o desejo do impacto ao final, nem da frase de efeito, nem da explicação, ainda que o desfecho corra esse risco. Mas a força da revelação se faz no âmbito da interioridade, de maneira discreta e sugestiva.

O conto é narrado por uma voz onisciente e neutra, no sentido de não interferir na história com suas opiniões (o que não quer dizer que não interfira de outros modos), mas cuja intenção primeira é a de ser um observador interessado nos meandros da mente de suas personagens. Pela própria distância que se impõe, o lirismo agora se torna também ele discreto, feito mais de silêncio ou gesto que de palavra. O conto é narrado numa única sequência, formada por duas cenas: a primeira se passa num bar do Rio de Janeiro, onde Marialva, a moça do interior do Brasil, espera pelo marido que foi resolver um problema bancário, para voltarem a desfrutar a lua de mel na Cidade Maravilhosa. Enquanto espera é observada com insistência pela moça do título, cuja beleza impressiona Marialva que, depois de abordada, sente-

-se constrangida pela superioridade e segurança da outra (que fuma, mora sozinha, dirige seu automóvel, paga suas contas); intimidada, fascinada e aos poucos compreendendo as motivações da outra, resolve fugir do lugar, assim que o marido aparece, e a quem recrimina, agastada com a demora. Ao voltarem para o hotel, a jovem esposa insiste com o marido para continuarem os dias de passeio em outra cidade, numa decisão brusca e inexplicável. Na segunda cena, já no quarto de hotel, ocorre a revelação para Marialva que, enquanto o marido toma banho, se despe diante do espelho e, ao se despir, começa a reconstituir a cena do bar, ou mais propriamente, a figura sedutora, cedendo ao mistério, ao impulso desconhecido com a lembrança viva do toque da outra em seu colo. Mais uma vez surpreende o marido, ao ter mudado de ideia e querer ficar no Rio mesmo, abraçando-o "enquanto seu pensamento voava cheio de expectativa para outra pessoa, longe dali, num outro ponto da cidade"[11].

Assim, em duas breves cenas ocorre o efeito transformador e revelador que a sedução da estranha causa na protagonista, em tudo diferente da outra e, também por isso, cedendo a seu encanto. Diferente também dos demais, o lirismo aqui é antes expressão de júbilo, promessa de felicidade, do que de uma sensibilidade nostálgica ou melancólica que, até certo ponto, sugeria o comportamento anterior de Marialva. Em contos como esse, o final parece descer de tom quase a um ritmo "pianíssimo", conforme a conhecida definição de Tchékhov para seus contos e peças[12]. Sendo assim, não deixa de ocorrer uma revelação, curiosamente aliada a uma peripécia pela mudança da ação no seu contrário;

---

11. Luiz Vilela, *Lindas Pernas*, São Paulo, Livraria Cultura Editora, 1979, p. 114.
12. Cf. Sophia Angelides, *A.P. Tchékhov: Cartas para uma Poética*, São Paulo, Edusp, 1995, p. 192.

mas ambas – revelação e peripécia – tratadas naquela chave da tensão interiorizada, sem querer impactar o leitor. O narrador acompanha discretamente os movimentos da subjetividade de sua personagem, até o momento em que o desejo que aflora faz nascer um lirismo que se mostra de maneira discreta e secreta.

São alguns dos modos de se manifestar o lírico na narrativa de Luiz Vilela – certamente já abordados pela crítica do escritor –, que construiu uma das mais coesas obras da contística brasileira contemporânea.

[2017]

UM ENSAIO NA SALA DE AULA

A Personagem do Romance

Antonio Candido dizia querer ser chamado simplesmente de professor, entre outros títulos que poderiam lhe caber com toda justiça, se pensarmos por exemplo na sua extraordinária produção ensaística, em que a preocupação com o leitor é evidente, e não só naqueles destinados à sala de aula; na verdade, ao passar do espaço do jornal para a sala de aula da universidade preocupou-se com que a passagem não perdesse de vista o interlocutor e o respeito a ele, ao contrário de um discurso que tantas vezes (no jornal e na academia) se pauta pela arrogância e autoritarismo. O cuidado com a formulação de uma linguagem crítica sem impostação, sem modismos, que não fizesse do discurso crítico uma forma de sobrepor-se ao autor ou a seu leitor, parece ser prova disso; daí o sentimento de depuração e clareza que transparece de seus textos, em que o intuito de parafrasear ou resumir por parte do leitor acaba criando o desejo de reproduzir a frase por inteiro. Diga-se também que isso não abre mão do rigor crítico que justifica a própria existência do trabalho acadêmico, o que torna o texto um objeto sempre aberto à discussão e ao debate. Mas o desejo de ser reconhecido como professor seguramente tem a ver com uma atitude de transitividade do conhecimento, de compreender que o conhecimento só se completa na interação com o outro, e que a sala de aula é um espaço propício a esse encontro, incorporando crítica e autocrítica, sem deixar contudo de tomar posição.

Dentre as várias contribuições de Antonio Candido para o trabalho do professor de literatura em sala de aula, destaca-se o ensaio "A Personagem do Romance", que ultrapassa os limites da literatura e abrange certamente outras formas narrativas de ficção e não-ficção; um entre vários exemplos de sua crítica de que é possível tratar de questões complexas sendo simples[1]. Publicado originalmente em 1964 e fruto de um curso de teoria do romance de anos antes, o ensaio difere de outros do autor como, por exemplo, "Degradação do Espaço" (*O Discurso e a Cidade*), pois neste a reflexão sobre o espaço enquanto categoria estrutural da narrativa emerge de uma leitura detalhada do romance tomado como objeto, ao passo que o anterior possui uma formulação mais geral, estendendo as considerações para a natureza e configuração da personagem enquanto tal. Entretanto, o ensaio se volta também para aquela direção, pois mais do que a consideração da personagem desvinculada da materialidade do romance, o que se tem é uma série de formulações que mostram justamente a integração da personagem com a obra, e o modo de abordá-las enquanto uma unidade de construção.

As considerações do autor não se restringem ao ato de criação do romancista, ainda que apareçam comentários amplos a depoimentos de escritores-críticos, tanto de "técnica tradicional", quanto de procedimentos modernos; o ponto fundamental é que

---

1. Antonio Candido, "A Personagem do Romance", *A Personagem de Ficção*, 9. ed., São Paulo, Perspectiva, 1992, pp. 51-80.

suas considerações estão postas na atitude de quem analisa a personagem (o leitor), pois a análise e intepretação da obra literária sempre estiveram à frente das preocupações do professor; bastaria lembrar-se da ressalva na introdução de *O Estudo Analítico do Poema*, quando Candido adverte que se estudará o poema, e não a poesia enquanto criação poética, por razões ali expostas. Assim que, no ensaio de agora, mesmo ao falar de maneira assertiva em como se dá o processo de criação da personagem, é antes uma elaboração narrativa que o ensaísta formulou no convívio com inúmeros romances e autores. Dizendo de outro modo, o processo não é assim somente porque um escritor deixou seu testemunho (ainda que haja referência a vários), mas porque as constantes da leitura analítica foram aparecendo na prática continuada do convívio entre leitor e personagens.

Dentre vários aspectos importantes do ensaio, e de tantas formulações primorosas pela simplicidade esclarecedora, quero deter-me justamente no veio central da argumentação do crítico, em que as considerações sobre a personagem se transformam num instrumento de análise e interpretação, pois o interesse do ensaio se volta justamente (ou sobretudo) para a leitura da obra literária, como foi dito, ainda que trate da natureza do problema. Uma formulação como essa pode ser motivo de restrição, dado ser evidente que a discussão da natureza ou estatuto da personagem será sempre um pressuposto para poder trabalhá-la na obra concreta; mas é certo também que o risco que se corre neste segundo caso é o de abandonar a necessidade da análise integradora dos elementos e usar a obra apenas como referência.

Nas páginas seguintes, faço um brevíssimo resumo (composto de paráfrase, aspas e alguns comentários) dos aspectos da argumentação que interessam por agora. Candido parte das semelhanças e diferenças entre pessoa e personagem: diz que o conhecimento que temos dos seres vivos na realidade baseia-se numa espécie de paradoxo, pois se existe continuidade relativa da percepção física, ocorre frequentemente uma descontinuidade relativa da percepção espiritual, que parece romper a unidade, já que há no ser vivo uma variedade de modos de ser (enquanto percepção que temos do outro) que se mostra de maneira contraditória. Assim, a superfície do corpo pertence a um domínio finito, ao passo que a esfera da subjetividade, a um domínio incontornável, pois se há a possibilidade de abranger o primeiro plano (e que nos choca quando temos a sensação de uma descontinuidade), o segundo não se mostra com a mesma unidade e integridade de sentido que, a rigor, não possui, o que faz o conhecimento dos seres ser sempre uma experiência fragmentária. E mesmo com a morte, como adverte o crítico, a percepção que temos de uma pessoa, ainda que próxima, será sempre incompleta e algo arbitrária.

Com a personagem de romance a situação não é outra, pelo contrário, pois esta se mostra até mesmo mais fragmentada, já na caracterização física; ocorre porém uma diferença básica entre os dois seres: na vida, o fragmentário é condição imanente à experiência, ao passo que no romance o fragmentário é estabelecido e dirigido dentro de uma estrutura; neste sentido, ocorre na constituição da personagem uma necessária simplificação de dados, que na vida são abundantes e dispersos, sem que a complexidade da personagem se torne menor; ao contrário, essa simplificação é condição para que a personagem transmita no mesmo grau a complexidade da outra, que lhe deu origem. Por isso mesmo, uma das distinções simples e certeiras entre pessoa e personagem – formulada por E.M. Forster em seu conhecido trabalho sobre o romance e mencionada no ensaio – está em que ambas se equivalem quanto à sensibilidade e linha de ação, distinguindo-se, entretanto, pelo fato de que a personagem come e dorme muito pouco, mas vive intensamente as relações humanas, em especial as amorosas.

Uma personagem oscila entre dois polos extremos, que nunca aparecem de maneira absoluta e excludente: são sempre seres que nascem da mistura de dados da realidade com os impulsos da fantasia, por mais que o escritor tente se apegar ao real ou, do outro lado, que a personagem habite o mais estranho dos planetas. O fato de nascer muitas vezes de uma realidade imediata ao escritor não faz da comparação com essa realidade o critério de avaliação, pois necessariamente haverá aí um processo de modificação em que entram acréscimos, supressões e alterações da figura que lhe deu origem; como adverte o autor em outro texto, "a mimese é sempre uma forma de poiese"[2]. Em diferentes proporções, em graus diversos, as personagens nascem da memória do escritor, da observação da realidade e de sua imaginação (incluída aí sua atividade decisiva de leitor), condições que se combinam de modo distinto em cada autor e mesmo em cada obra de um autor, sem se manifestar nele de maneira necessariamente consciente.

O ponto central é que, mesmo tentando apegar-se fielmente à realidade que o circunda, o êxito do escritor dependerá da organização estética do material selecionado, visto que a verossimilhança (enquanto possibilidade de comparar o mundo do romance ao mundo real) é resultado dessa organização, que dará à obra e à personagem a condição de verossímeis. Candido dá o nome de "convencionalização" a esse procedimento de simplificação dos dados que definem intensamente uma personagem, e a partir do

---

2. Antonio Candido, "Crítica e Sociologia", *Literatura e Sociedade*, 7. ed., São Paulo, Companhia Editora Nacional, 1985, p. 12.

qual a complexidade de um ser vivo surgirá para o leitor[3]. O decisivo está em que, na constituição da personagem, ela seja mais lógica e clara do que a pessoa, não mais simples; mais fixa, sem dúvida, não menos profunda, mais nítida de contornos, mais definida, o que faz nesse processo a grande personagem tornar-se exemplar, não no sentido moral, mas de um determinado modo de ser; e por suas qualidades morais baixas ou elevadas ganhar a dimensão de símbolo de uma condição histórica ou existencial.

Baseado também nas considerações de François Mauriac, diz o crítico que, para isso, o escritor isola o indivíduo no seu grupo social e, depois, a paixão dominante no indivíduo. Assim, um número relativamente pequeno de traços caracterizadores é selecionado pelo escritor, mas traços que se ampliam ao se combinar e reaparecer nas mais variadas cenas e contextos, fazendo a própria personagem ganhar em amplitude e adensamento. Cada novo contexto intensifica a personagem; cada vez que reaparece, torna-se mais reveladora de sua condição, havendo nesse processo um movimento de mudança e permanência no tempo. Há uma linha de coerência fixada desde o início, ainda que fluida e variável, e que dá ao leitor a sensação de um aparente paradoxo, ou seja, o sentimento de uma complexidade máxima feita a partir de uma simplificação de traços; como diz o crítico textualmente, "embora não possamos ter a imagem nítida da sua fisionomia, temos uma intuição profunda do seu modo de ser". Desse modo, a personagem poderá parecer até mesmo incoerente para as demais personagens, mas não para o seu leitor, que apreende a linha de coerência interior que a define do princípio ao fim.

3. Na verdade, o conceito é tomado de empréstimo a Arnold Bennett, conforme citação à p. 75.

A evolução técnica do romance procurou cada vez mais tratar as personagens como seres surpreendentes que "não se esgotam nos traços característicos", e dos quais "pode jorrar a cada instante o desconhecido e o mistério". Sendo assim, compreende-se facilmente o depoimento direto ou indireto do escritor que diz que a personagem ganhou vida própria, independente de sua vontade, que não sabe como o romance vai terminar e qual será o destino da personagem etc.; ainda assim o resultado final do processo caminha na mesma direção, na medida em que a personagem será resultado daquela seleção e combinação de dados integrados numa estrutura, seja qual for o grau de intuição ou consciência do escritor; e a personagem que "ganhou vida própria" o fez por ser portadora dessa mesma coerência interna que rege o destino dos seres de ficção, incorporando as contradições do caminho percorrido na unidade do seu modo de ser.

A caracterização da figura ficcional depende, portanto, daquela escolha e distribuição convenientes de traços limitados e expressivos, que se entrosem na composição geral. Esses traços caracterizadores – o nome, aspectos físicos e de personalidade, a fala e o tom, os gestos e ações, o vestuário e objetos pessoais etc. – não terão força, porém, para configurar a personagem de maneira propriamente viva, produzir o sentimento de verdade daquela figura, se tais traços não estiverem ajustados aos elementos todos do romance. Isso porque a personagem depende da organização interna da obra, da função que desempenha na estrutura que organiza os fragmentos, posto que ela faz parte (de modo privilegiado) do processo todo a que o crítico chamou, em mais de um lugar, de "redução estrutural", processo que torna legível sua realidade social e humana[4].

4. Antonio Candido, Prefácio a *O Discurso e a Cidade*, São Paulo, Livraria Duas Cidades, 1993, p. 9.

Assim, os traços de caracterização ganham vida à medida que se integram nos elementos estruturais da narrativa, em todos os seus planos – à história vivida (da qual a personagem não se distingue); à relação com outras personagens (relações de poder, de classe, temperamento, sentimentos etc.); à duração temporal (como expressão de uma transformação no tempo, como um ser que só existe e faz sentido no tempo); ao enquadramento no ambiente (natural, social); ao foco narrativo adotado, à linguagem do narrador e, ligado a esta, à sua "expansão em imagens". No caso deste último aspecto, deve-se salientar que ele se faz também de modo irônico, seja porque a imagem pode ser a mesma contra um fundo que se adensou e se opõe à imagem, seja porque a personagem se faz e adensa também pelo silêncio, numa espécie de "expansão em silêncio". E bastará trazer à lembrança, no romance de Machado, o reencontro de Brás Cubas com Eugênia, que sumira dos olhos do leitor até então e que, quando reaparece ("tão coxa como a deixara, e ainda mais triste", no dizer do narrador), o silêncio que preencheu sua trajetória até ali (preenchida também pela história de que não participou) dá à personagem e à cena cruel num cortiço a pungência que todos conhecemos.

Os escritores sempre souberam que o pormenor (um objeto, uma reação, um gesto, um fragmento de fala) é detalhe poderoso para sugerir a realidade, e por isso mesmo preenchem a matéria do livro desses pormenores; mas um traço só adquire sentido em função do outro, de tal modo que a verossimilhança (o sentimento de verdade) surge da unificação dos fragmentos, da organização estética do material, da atmosfera na qual todos os traços estão inseridos. A força da personagem depende mais da eficácia da composição do que da comparação com o mundo exterior; mesmo que o desejo que sustente o romance seja o de representar a realidade, este só se efetivará em função de uma coerência interna da obra, o que fará o leitor aceitar como verdadeiro até mesmo o que seria inverossímil em face da realidade, e recusar como inconvincente a representação da realidade mais óbvia; impossível nesse passo não se lembrar de uma das definições da *Poética*, ao afirmar Aristóteles que "se deve escolher, de preferência, o impossível que é verossímil ao possível não persuasivo"[5]. Um exemplo evidente dessa coerência interna diversa da realidade, que acode facilmente ao leitor, está na novela de Kafka *A Metamorfose*, com sua personagem "absurda". Resumindo seus argumentos, diz Candido de maneira precisa: "O que julgamos *inverossímil*, segundo padrões da vida corrente, é, na verdade, *incoerente*, em face da estrutura do livro".

Desse modo, é a construção estrutural que garante vida à personagem, mesmo parecendo o contrário, já que ela avulta no meio do romance como o elemento mais comunicativo e atuante. Assim, ao dizer que algo é inverossímil num romance (um ser, um ato), não o é em relação à vida, onde praticamente tudo pode ocorrer; no romance, entretanto, a lógica da estrutura impõe limites mais apertados, e as personagens são, paradoxalmente, menos livres, o que faz o romance ser mais coerente do que a vida. Aquele ato, palavra, reação etc. são inaceitáveis ao leitor porque não condizem com a estrutura criada pelo autor; por ser um ser de palavra, a personagem está sujeita às leis da composição verbal, configurando-se mais pela concatenação na estrutura novelística do que pela descrição ou análise isolada; quando isso ocorre numa grande obra, a relação entre ficção e realidade muda de sinal e os termos se invertem: "Tem [o leitor] a ilusão de que a verdade da ficção é assegurada, de modo absoluto, pela verdade da existência, quando [...] nada impede que se dê exatamente o contrário".

---

5. Aristóteles, *Poética*, trad., introd. e notas de Paulo Pinheiro, 2. ed., São Paulo, Editora 34, 2017, p. 195.

À medida que o romance foi adentrando o século xx, mais o escritor procurou romper os esquemas herdados do realismo, criando uma combinação complexa ao limite, surgindo personagens cada vez mais insólitas. Se tomarmos algumas constantes decisivas desse romance formuladas pela crítica – perda de uma perspectiva central; desaparecimento do narrador como mediador; pluralidade de vozes e visão; subversão e embaralhamento de espaço e tempo; sujeição de tudo à subjetividade; quebra da causalidade e ordem do enredo; destruição da sintaxe lógica etc. –, e que aparecem combinadas nas diferentes formas ou vertentes do romance – a vertente da interioridade, com a eliminação da distância sujeito-mundo, através do fluxo de consciência; o romance da simultaneidade, com personagens sem identidade lançados no turbilhão de uma montagem caótica; a vertente do absurdo ou estranhamento, com a descrição exteriorizada de tudo, coisas e personagens, estas esvaziadas do "humano"[6] –, mesmo nesse contexto a personagem, já agora num estágio avançado de "desrealização", nasce do mesmo processo de seleção e combinação de dados, sujeito agora a toda fragmentação, por certo, mas garantindo ainda assim a existência daquele ser enquanto uma estrutura legível.

São esses aspectos – especialmente a liberdade da personagem em relação ao peso dos traços caracterizadores, e o fato de que sua força depende antes de tudo da estrutura narrativa, por mais arbitrária na composição – que dão ao ensaio em questão uma amplitude que não se restringe à tradição do romance realista; mesmo as poéticas do romance posteriores à Segunda Guerra, que buscaram dissolver a figura ficcional decretando o óbito da perso-

---

6. Faço essas indicações sucintas a partir do ensaio de Anatol Rosenfeld, "Reflexões sobre o Romance Moderno", *Texto/Contexto*, 2. ed., São Paulo, Perspectiva, 1973, pp. 75-97.

nagem (certamente por razões históricas e fidelidade ao tempo), não escapam ao mesmo processo de composição de suas criaturas, antes radicalizando os procedimentos compreendidos pelo crítico. Ademais, qualquer consideração sobre a dissolução da personagem empreendida nesse contexto passará, necessariamente, pela consideração de sua composição tradicional a fim de avaliar o quanto se modificou e o que se perdeu.

Um Exemplo de José Lins do Rego

Dito isso, gostaria de me deter sobretudo nos dois últimos tópicos do ensaio (os traços caracterizadores e sua concatenação na estrutura narrativa), e perceber em dois exemplos como os elementos de caracterização funcionam na dinâmica do texto para dar vida a figuras que se apresentam com maior definição e a mesma força das pessoas no mundo real; é certo que o primeiro tópico (as relações entre pessoa e personagem) está implicado nessas considerações, mas o interesse principal é compreender o ensaio como um instrumento de análise. Para tanto, tomo a página de abertura de duas obras brasileiras modernas, e bastante distintas no modo de configurar a fisionomia de suas criaturas; o meu interesse é avaliar se numa única página já não aparece "inteiramente" configurada a personagem que habita o romance e o conto, salvo, é claro, a totalidade da estrutura de que ela faz parte, o que só se efetiva com a leitura do todo da obra.

As duas obras em questão são o romance de José Lins do Rego *Fogo Morto* (1943), tomado como exemplo em alguns momentos do próprio ensaio, mas aqui lido unicamente no fragmento da primeira página[7]; e o conto de Clarice Lispector "Amor", do livro

---

7. *Fogo Morto* aparece mencionado três vezes no ensaio: pp. 58, 76 e 78.

Laços de Família (1960), também neste caso considerado em sua cena de abertura (é certo que num caso e outro, fazendo relações com o todo da obra). Vamos inicialmente ao fragmento de *Fogo Morto*:

– Bom dia, mestre Zé – foi dizendo o pintor Laurentino a um velho, de aparência doentia, de olhos amarelos, de barba crescida.
– Está de passagem, Seu Laurentino?
– Vou ao Santa Rosa. O Coronel mandou me chamar para um serviço de pintura na casa-grande. Vai casar filha.
O mestre José Amaro, seleiro dos velhos tempos, trabalhava na porta de casa, com a fresca da manhã de maio agitando as folhas da pitombeira que sombreava a sua casa de taipa, de telheiro sujo. Lá para dentro estava a família. Sentia-se cheiro de panela no fogo, chiado do toicinho no braseiro que enchia a sala de fumaça.
– Vai trabalhar para o velho José Paulino? É bom homem, mas eu lhe digo: estas mãos que o senhor vê nunca cortaram sola para ele. Tem a sua riqueza, e fique com ela. Não sou criado de ninguém. Gritou comigo, não vai.
– Grita, mas é bom homem, mestre Zé.
– Eu sei. A bondade dele não me enche a barriga. Trabalho para homem que me respeite. Não sou um traste qualquer. Conheço estes senhores de engenho da Ribeira como a palma da minha mão. Está aí, o Seu Álvaro do Aurora custa a pagar. É duro de roer, mas gosto daquele homem. Não tem este negócio de grito, fala manso. É homem de trato. Isto de não pagar não está na vontade dele. Também aquele Aurora não ajuda a ninguém.
– Muito trabalho, mestre Zé?[8]

Já na cena de abertura do romance – ou melhor, na primeira página da cena de abertura –, a caracterização da personagem cen-

---

8. José Lins do Rego, *Fogo Morto*, 21. ed., Rio de Janeiro, José Olympio, 1982, p. 5.

tral (o mestre José Amaro) se faz de maneira íntegra, ou seja, com todos os elementos integrados numa unidade de perspectiva para dar a inteireza física e moral do protagonista. Desde os fatores mais gerais até os mais particulares, tudo se articula para colocar em evidência o contorno e a essência da personagem do mestre, sabendo-se de antemão que esta só se completa por inteiro com o todo da história que viverá no romance.

O primeiro e decisivo elemento para configurar a cena e os seres está no foco narrativo adotado pelo escritor: trata-se de um narrador em terceira pessoa, de algum modo participativo, mas bastante discreto, deixando que na maior parte do tempo as próprias personagens presentes falem por si, procedimento que faz ganhar relevo a voz dramática dessas personagens e, em especial, a de mestre Amaro. A prova de que essa escolha não é gratuita e, sim, movida pela condição da personagem está claramente no fato de que na segunda parte do romance, dedicada ao doentio Capitão Lula de Holanda, o procedimento adotado quanto à voz narrativa se modificará visivelmente.

Nesse sentido, a linguagem do narrador é também ela discreta, "transparente", dando um ar de familiaridade à cena como, por exemplo, ao utilizar expressões do tipo "foi dizendo o pintor [...] a um velho", "seleiro dos velhos tempos", sempre mantendo um tom coloquial na construção das frases. O ar de familiaridade e coloquialismo já cria um ambiente propício à própria familiaridade que se estabelece entre as personagens da cena, mestre Amaro e o pintor Laurentino.

Se o narrador é discreto e amistoso, sua fala contrasta e põe em evidência, como foi dito, o aparecimento expressivo da fala brusca e tensa do mestre, exaltada no tom, de certo modo reproduzindo o que condena no Coronel José Paulino, fato que se mostra como índice de dramaticidade e adensamento de sua interioridade, havendo um entrosamento perfeito entre essa dramaticidade e a viveza do coloquial. Desse modo, ao entabular o diálogo com o pintor, a fala surge como caracterização da condição e temperamento da personagem: esta se define em contraposição aos coronéis, aparecendo com clareza a relação de mando no fato de um erguer a voz com o outro ("Não sou criado de ninguém. Gritou comigo, não vai."); ou seja, a falta de direito à voz, traço decisivo das relações de poder na propriedade dos coronéis, transforma o seleiro num homem oprimido e acabrunhado. Na fala de mestre Amaro, portanto, aparece o sentimento doentio de inferioridade diante dos senhores de engenho ("Não sou um traste qualquer.") e a compensação do orgulho ferido, fazendo com que a personagem trabalhe para quem não paga, e não trabalhe para quem paga.

O mesmo procedimento de narrar no modo dramático, com seu princípio de articulação coesa entre as falas, com a presença do discurso direto, propicia a força expressiva dos gestos: é muito significativo o ato de mostrar as mãos ("estas mãos que o senhor vê"), o que se refere à dignidade do trabalho, pois é sinédoque de sua condição artesanal, mas é também gesto de ameaça e violência em potencial; gesto que se volta primeiro para os que lhe servem, em compensação à humilhação sofrida diante dos proprietários (tal como a violência praticada contra a filha), e que mais tarde, como resultado da opressão sufocante, se voltará contra o próprio artesão.

Para além da oposição geral aos coronéis, ocorre na cena oposição também ao interlocutor, o que configura um procedimento decisivo de caracterização ligado à estrutura da narrativa; desse modo, a força dramática de mestre José Amaro se alimenta da relação com a personagem do pintor Laurentino, em tudo diferente do primeiro. Os traços formadores dessa figura contrastam vivamente com os do mestre: seu ofício, por exemplo, ajusta-se muito bem à imagem cordata, pelas sugestões de beleza, claridade, luminosidade, enfim, de uma vida nova e alegre associada à pintura – e, de fato, a pintura será feita na casa do Coronel por conta do casamento de uma filha –, bem como de certo eco artístico implicado na atividade de Laurentino: depois de terminado o serviço, ficará admirado com a beleza em que se transformou a casa – "Tudo está um brinco". Em Amaro, por sua vez, o ofício se expressa nos gestos bruscos e "agressivos" do corte do couro e da sola, associados decisivamente à imagem da faca; sua relação com o trabalho reduz-se à questão da subsistência e ao orgulho de se recusar a alguma encomenda; mesmo quando elogiado ou reconhecendo seu próprio valor, o ressentimento doentio se sobrepõe a qualquer forma de satisfação, encontrando beleza apenas nas peças que o pai fazia e que ele tanto admirava – "Era mestre de verdade". Mas é justamente essa recusa que o torna uma personagem densa, colocando em evidência a perversidade das relações de poder que o cercam, enquanto a cordialidade de Laurentino dissolve qualquer tensão.

O próprio nome do pintor também funciona como elemento caracterizador e de contraste em relação ao outro, na medida em que existe uma sugestão de positividade já na origem do nome, pois *Laurentino*, além de um gentílico, liga-se etimologicamente aos louros e loureiro, árvore carregada de simbologia elevada. O nome de mestre Amaro, por sua vez, também é muito significativo e bastante explícito, falando de sua condição de homem amargo, amargurado; na verdade, há certa ambiguidade na forma de tratamento da personagem, pois o qualificativo de "mestre" tem uma dupla função: é uma forma de distinção e respeito de seus iguais pela excelência de seu trabalho e experiência acumulada; mas não deixa de ser irônico o título pelo contexto em que essa qualidade aparece, já sem o prestígio e lugar que teve. O narrador não descuida de marcar a inferioridade agora de sua posição nem mesmo no simples fato de aparecer em minúscula o tratamento de "mestre", enquanto as demais formas de tratamento são grafadas em maiúscula.

Pouco se diz sobre os traços propriamente descritivos de caracterização das personagens, mesmo num romance de realismo convencional como o de *Fogo Morto*; mas os parcos detalhes que aparecem são muito sugestivos, o que mostra o domínio da técnica narrativa pelo autor. Ao apresentar o artesão, diz o narrador tratar-se de "um velho de aparência doentia, de olhos amarelos, de barba crescida", traços que falam de uma velhice precária, seja pela sugestão de uma saúde comprometida, seja pelo desleixo com a figura; e os traços físicos certamente se expandem como manifestação externa da condição interior da personagem, em que o negativo da velhice, com a aparência doentia, o amarelo dos olhos e desleixo da barba, fala de seu sofrimento interior, que aparece o tempo todo na forma de um ressentimento que o vai corroendo por dentro, indiciado nessas notações.

O contraste que ocorre na cena de que estamos tratando, entre o seleiro Amaro e o pintor Laurentino, ganha muita força também quanto a esse aspecto: contraposto ao seleiro, o pintor apresenta traços (ainda que parcos) marcados pela positividade da figura, sem que num caso ou no outro isso apareça de modo esquemático; ao menos na cena, o peso de um e a leveza do outro se fazem com grande naturalidade. Diferente de José Amaro, Laurentino é a imagem do homem bem disposto e, por extensão, sempre de bom humor. Está a caminho, indo ao engenho do Coronel, enquanto mestre Amaro está parado, *curtindo* sua vida sedentária (e ao andar, arrasta a perna torta, indício do neonaturalismo inegável da obra). Cordato, com sua fala simpática e leve, Laurentino evita alimentar o ódio do seleiro ("Grita, mas é bom homem, mestre Zé."), desviando o assunto na última frase com a esperança de afastá-lo de más lembranças, quando percebe a insistência do outro.

Também nada se diz de sua compleição ou traços físicos, nem há qualquer comentário direto acerca do comportamento da personagem: apenas sua fala, da qual inferimos sua predisposição mencionada; mas seria lícito e coerente com o todo da cena inferir traços de compleição – por exemplo, associando analogamente a movimentação da personagem à condição de magreza e jovialidade (e mesmo a sonoridade do nome pode apoiar tal fato, com a sugestão da vogal tônica aguda). Laurentino é expressivo pelo que diz, mas também pelo que sugere; e ainda que seja uma personagem secundária, literalmente de passagem, é tão convincente e vivo quanto o protagonista, pelas mesmas leis gerais que regem esta e as demais personagens do romance; não fosse assim, não fosse bem trabalhada, a figura do pintor acabaria por prejudicar a própria constituição do outro, que ficaria, digamos, sem apoio, já que ambos são parte de uma mesma estrutura que lhes dá vida. Laurentino não possui o mesmo grau de complexidade que José Amaro, mas não é uma personagem cômica, um tipo tendendo ao caricato: na sua simplicidade, tem um registro tão convincente quanto o do outro.

A cena toda transcorre num ambiente natural e social que lhe serve de moldura e determinação, criando a correlação funcional entre espaço e personagem, tão cara ao realismo; o modo como o ambiente está configurado acaba dando relevo à situação, tornando a ação mais viva e expressiva. Percebe-se a fresca da manhã de maio agitando suavemente as folhas da pitombeira, de modo inofensivo; esse fato contrasta com a opressão de mestre Amaro que, ao mesmo tempo, parece encontrar eco na descrição da casa, tanto no telheiro sujo, quanto na cozinha esfumaçada. Dessa forma, a pobreza da personagem aparece inscrita nos poucos traços de sua habitação de taipa, e a opressão a que está sujeita, sugerida na descrição do interior (seus cheiros e fumaças), em contraste com a serenidade da paisagem matinal. Tudo integrado pelo fato de se situar à margem do caminho, o que é também margem e parasitismo na vida social.

E nem faltará uma notação temporal que adense a personagem, mesmo num trecho curto da obra, pois do início para o fim da página de abertura a história do mestre se intensifica pelo que há de pregresso no trecho, e que irá se completar com o todo da história. Desse modo, ele começa sendo identificado com "um velho" no primeiro parágrafo, expressão objetiva e presentificadora, passando a "um seleiro dos velhos tempos" no segundo, expressão já qualificada para a constituição da figura do protagonista como um ser temporal. Assim, a força de mestre José Amaro como personagem é resultado de um conjunto coeso de elementos que se integram para formar sua unidade – desde os traços caracterizadores mais imediatos de sua figura até os mais amplos aspectos que estruturam o tecido narrativo pelos capítulos afora, quando então mesmo a ausência será motivo de adensamento da personagem, que se expande em imagem e silêncio. Ao final, no momento em que o leitor toma conhecimento do suicídio do mestre, o silêncio todo que adensou sua figura até ali ganha de imediato o sentido de um sofrimento que se tornou insuportável.

Um Exemplo de Clarice Lispector

Quando passamos ao texto de Clarice Lispector – a primeira página do conhecido conto "Amor", de *Laços de Família* –, vemos que a personagem parece regida pelas mesmas leis da ficção, a despeito de diferentes resultados de estilo e representação:

Um pouco cansada, com as compras deformando o novo saco de tricô, Ana subiu no bonde. Depositou o volume no colo e o bonde começou a andar. Recostou-se então no banco procurando conforto, num suspiro de meia satisfação.

Os filhos de Ana eram bons, uma coisa verdadeira e sumarenta. Cresciam, tomavam banho, exigiam para si, malcriados, instantes cada vez mais completos. A cozinha era enfim espaçosa, o fogão enguiçado dava estouros. O calor era forte no apartamento que estavam aos poucos pagando. Mas o vento batendo nas cortinas que ela mesma cortara lembrava-lhe que se quisesse podia parar e enxugar a testa, olhando o calmo horizonte. Como um lavrador. Ela plantara as sementes que tinha na mão, não outras, mas essas apenas. E cresciam árvores. Crescia sua rápida conversa com o cobrador de luz, crescia a água enchendo o tanque, cresciam seus filhos, crescia a mesa com comidas, o marido chegando com os jornais e sorrindo de fome, o canto importuno das empregadas do edifício. Ana dava a tudo, tranquilamente, sua mão pequena e forte, sua corrente de vida[9].

Ao ler esses dois parágrafos do conto de Clarice, ganha maior evidência o fato de a personagem ser uma criação de palavras e dotada de mistério: diminuem as marcas externas e ganham relevo as internas, criando uma atmosfera que não se rompe do início ao fim, preparando a revelação. Ainda mais aqui, fica evidente a importância da voz narrativa: trata-se também de um narrador em terceira pessoa, mas não uma terceira pessoa que quase se limitava a registrar os movimentos e falas da personagem anterior; agora, uma voz que se funde à mente da protagonista, tornando-se inseparável dela: narrador e personagem são um só, uma unidade, criando entre si uma atmosfera de cumplicidade e mistério.

9. Clarice Lispector, "Amor", *Laços de Família*, 12. ed., Rio de Janeiro, José Olympio, 1982, pp. 17-18.

O conto se inicia com um breve parágrafo que configura uma *cena dramática*, em que as poucas notações falam todas da "procura", de um desconcerto que prepara o encontro: Ana aparece "um pouco cansada", com as compras "deformando" o novo saco de tricô; "sobe" no bonde, "deposita no colo" o volume, "recosta-se" no banco "procurando conforto", num "suspiro de meia satisfação", gestos todos e atitudes indiciando o cansaço da personagem, um esgotamento que está por vir, uma condição limite que se anuncia.

No segundo parágrafo, aparece intensamente o mundo de trabalho de Ana, às voltas com os mil afazeres da vida doméstica; entretanto, é justamente no modo de narrar esse universo banal que se situa a força da voz narrativa, adensando a personagem. A construção do parágrafo, estruturado de forma clara em *sumário narrativo*, expande e explicita o cansaço intuído na abertura do texto, lançando mão de um discurso poético feito com recursos próprios da lírica. O parágrafo pode ser dividido em três segmentos bastante claros: nas primeiras seis linhas, o narrador menciona o cotidiano da personagem e suas atribulações da vida diária de maneira direta, com os filhos bons tomando banho e crescendo malcriados; a cozinha enfim espaçosa (ainda que continue cozinha...); o fogão enguiçado dando estouros; e o calor forte do apartamento ainda sendo pago. Mas, já aí, iniciando um processo de transfiguração poética, pois se os filhos eram bons e tomavam banho, eram também "uma coisa verdadeira e sumarenta"; se cresciam malcriados, exigiam "instantes cada vez mais completos", expressões que falam da exuberância de vida alimentada por Ana, e que se contrapõem à sua "meia satisfação" do início.

Na linha seguinte, com a adversativa "Mas" inicia-se um segundo segmento do parágrafo, pois a partir daí começa o plano metafórico, criando uma breve alegoria em que o pequeno apartamento transforma-se num campo sendo lavrado, já indiciado na imagem telúrica do "sumarento". O vento que bate nas cortinas (feitas também por ela) é o velho mensageiro de tempo e memória, e "lembra" a Ana que "se ela quisesse" poderia "parar e enxugar a testa, olhando o calmo horizonte. Como um lavrador." Na primeira parte da expressão, o termo "calmo" enlaça a personagem que olha ao horizonte que é olhado, ambos integrados na mesma serenidade do tempo vivido e cumprido. Na segunda parte, o belo símile do lavrador é colocado em destaque pela pontuação que liga a expressão à frase precedente e à posterior, feito dobradiça: "Como um lavrador. E cresciam árvores. Crescia…". A própria pontuação e sintaxe do período, sincopadas e construídas em anáfora, criam a representação do tempo lento e constante preenchido de trabalho, o que faz o pequeno apartamento transformar-se no campo aberto da lavoura, dando à passagem um discreto sopro épico e à personagem uma dimensão de amplitude, posta no âmbito do universo masculino.

A partir da frase "E cresciam árvores" (outra dobradiça) começa o segmento final do excerto em que os dois planos (o metafórico do lavrador e o literal de Ana) se cruzam no verbo que abre o segmento: das sementes que ela plantara, cresciam árvores – a rápida conversa com o cobrador de luz; a água enchendo o tanque; seus filhos; a mesa com comida; o marido chegando com os jornais e "sorrindo de fome"; o canto importuno das empregadas do edifício. Tudo nasce das mãos de Ana e de suas sementes, "não outras, mas essas apenas", condição que fala de uma partilha que lhe coube, sem doador e sem desígnio, e que impõe a dimensão de uma tarefa sem escolhas, antes movida pela força que dá nome ao conto. E o segmento final se faz numa construção anafórica, espécie de repouso em que o tempo recupera o ritmo poético e regular, criando a homologia do ciclo vital: cresciam os fatos, cresciam as coisas, cresciam as pessoas, tudo como doação de "sua mão pequena e forte, sua corrente de vida".

Enquanto no texto de José Lins a terceira pessoa dava à narrativa e à personagem um caráter dramático, esta, de agora, dá a ambas um sopro lírico (não isento de tensão, ou melhor, denso de dramaticidade) que envolve a tudo e parece existir em função da interioridade de Ana. A fala desaparece e, com ela, a explicação que retiraria o mistério da personagem; Ana não fala e, o que é mais surpreendente, não reflete (enquanto uma voz interior): é a voz do narrador – através do discurso indireto livre – que a interpreta, numa espécie de pensamento informe para a personagem, criando com isso o clima de solidão que será sua caminhada até o momento em que, com a epifania vivida no meio da rua e em meio ao Jardim, seu pensamento comece a jorrar em lava e luz.

O próprio nome deixa de ter uma carga semântica explícita (como em José Amaro) para ser trabalhado no nível da sugestão e, em especial, da sugestão sonora e materialidade do signo: seja porque o nome possui a vogal mais aberta repetida e próxima, com a claridade abafada pela nasal (afinal, não é Ana Clara...); seja por seu despojamento que contrasta com o fato de o nome no comum do uso vir sempre acompanhado de um complemento, ao que parece desnecessário para essa personagem que tem a inteireza das coisas pequenas, havendo na verdade uma analogia entre a pequenez do nome, da mão e, por extensão, de sua figura, o que reforça a antítese de sua mão pequena e forte; seja finalmente pelo fato de o nome ser reduzido ao essencial pela construção em palíndromo: é Ana em qualquer sentido que se leia.

De certo modo, também aqui a personagem se define em relação às demais figuras; primeiro, o fato de Ana estar "sozinha" no bonde, o que dá à personagem aquela aura de mistério e solidão mencionada, pois o externo a Ana é sugerido e não descrito: o entorno desaparece para que a personagem se eleve com a força de seu mundo interior. E se pensarmos no segundo parágrafo, em que aparecem os personagens da vida cotidiana da mulher – os filhos, o marido, o cobrador da luz, as empregadas do edifício –, percebemos que mais do que criar relações de tensão entre temperamentos ou classes, servem na verdade para demonstrar a força da personagem e seu poder de ordenar o mundo doméstico que a cerca: tudo parece existir por causa de Ana, ou melhor, tudo existe por ela.

Essa ausência está ainda na falta de descrição dos traços físicos, que perdem em objetividade para ganhar em sugestão de exuberância e força, seja pela notação do cansaço, seja pela comparação com o lavrador, seja pelas imagens de vitalidade. E o mesmo se dá com os objetos que cercam a personagem, poucos e também sugestivos: as compras, o novo saco de tricô preparam a situação que depois se inverterá, quando a estabilidade da vida rotineira for ameaçada pela revelação de Ana; então, exatamente um objeto das compras que "deformam" o "novo" saco de tricô (os ovos) será símbolo do frágil, da precariedade da vida e do informe da experiência que surge. Sendo assim, o despojamento do nome, as personagens apagadas diante de sua figura, a notação do cansaço e do trabalho sem trégua, tudo fala de uma força interior que nega a fragilidade que poderia estar intuída na figura, justamente reforçando o contraste, pois se a mão é pequena, também é forte.

Observe-se que nesse mesmo registro conciso aparecem os traços de interioridade, a configuração psicológica da personagem. O narrador não descreve nem analisa (nesse passo) o temperamento de Ana: ao contrário, descreve seu ambiente, de maneira bastante concreta. Mas essa descrição é transfigurada pela recriação metafórica; aqui, fica ainda mais claro o pressuposto de que a linguagem do narrador é tudo na narrativa, dando à personagem sua dimensão de ser de palavra, em que suas qualidades e existência (sua complexidade) dependem da invenção ficcional no nível das imagens. É ainda a "expansão em imagens" que faz a personagem adensar-se de linha a linha, criando uma rede metafórica que não se enfraquece em momento algum; tecido denso de metáforas, formando a unidade coesa em que linguagem e personagem não se distinguem, de tal modo que quanto mais se adensa a configuração poética, mais se adensa o ser da personagem. Mais adiante, ao viver uma experiência que ultrapassa a segurança das recusas, seu pensamento (a linguagem que o traduz) irá se adensar ainda mais em expressões paradoxais (na figura do oxímoro) para falar desse lugar em que os opostos se encontram.

Dessa forma, o ambiente natural evocado aparece não para enquadrar a cena, mas como rede de metáforas que dão vida à personagem; e o ambiente social (o espaço material do apartamento), mais do que descrito, é narrado, à medida que se torna ação da personagem, a própria personagem. E a linguagem do narrador é densa desde a primeira até a última linha, de tal modo que a personagem – de início, socialmente banal (uma dona de casa, vivendo seu cotidiano pesado) – é literariamente isolada de seu grupo, ganhando grande complexidade. Assim, desde o início do conto a personagem está lá por inteiro graças a essa mesma linguagem do narrador e a descrição (na verdade, narração) que este faz da situação que a cerca. Nesse sentido, percebe-se também a força da duração temporal já no início, não ainda pelo que a personagem viverá – a cena fala apenas de Ana sentada num banco de bonde –, mas pelo que ela já viveu, de modo sugestivo, ao dizer que ela poderia parar, enxugar a testa e olhar o calmo horizonte.

Assim, quando Ana tem a primeira revelação, com a visão do cego mastigando a goma e, depois, o desdobramento dessa cena com o mundo denso de vida no Jardim Botânico, já está imersa num clima ficcional propício à revelação. Mas a força por inteiro da personagem se perfaz à medida que ela cumpre o seu destino, sua história de vida: Ana passará pela experiência reveladora a caminho de casa, uma experiência que foge à banalidade da vida cotidiana e que, por isso mesmo, denuncia sua rotina reificada. Ela, que precisava "sentir a raiz firme das coisas" (ainda a imagem telúrica dos filhos e do lavrador), vive sua jornada em plena vertigem do dia ao passar pelo "amor e o seu inferno", conhecendo desnorteada que a vida corre perigo.

Quando à noite a família (irmãos, mulheres e sobrinhos) vem jantar – "cansados do dia, felizes em não discordar, tão dispostos a não ver defeitos" –, ela assiste à cena epifânica reclusa numa redoma invisível, que se partiria ao mínimo som de sua voz, que só a palavra poética poderia reter: "E como a uma borboleta, Ana prendeu o instante entre os dedos antes que ele nunca mais fosse seu". E à hora de dormir, depois de sentir-se a salvo do "perigo de viver", o mesmo vento, que no início a convidara ao descanso do calmo horizonte, volta para apagar da memória "a pequena flama do dia", imagem que encerra o conto e parece resumir todas as outras.

Do início ao fim da narrativa, há uma coesão intensa na linguagem do narrador, de tal modo que mesmo uma frase aparentemente banal – como o diálogo entre Ana e o marido próximo ao desfecho – transforma-se num ato de delicadeza que prepara a imagem final mencionada, altamente poética, sem cair em momento algum de nível, sem romper a atmosfera criada. Para falar uma última vez com o autor do ensaio que deu origem à leitura, não é a personagem Ana que dá força ao início e ao todo do conto; é antes a estrutura toda do conto, nascendo da voz do narrador, que dá força à personagem; agora, portanto, é o próprio narrador quem transmite a Ana, por sua mão e palavras, sua corrente de vida.

[2018]

EXCURSO FK

DUAS NARRATIVAS DE KAFKA

Uma Fábula Antiga

"Uma Folha Antiga", conto de Franz Kafka, faz parte do livro de narrativas breves *Um Médico Rural*[1]. Trata-se de um conto exemplar do despojamento ao essencial que o autor operou em sua arte. O título propõe uma dupla perspectiva: de um lado, o "folha" refere-se ao caso narrado, que é "antigo" porque fala de homens anteriores ao convívio da civilização – os nômades do norte; ou seja, o autor utiliza o procedimento da metonímia: o continente pelo conteúdo, a folha antiga por história antiga. Por outro lado, como o conto é narrado por uma personagem "antiga" – o artesão sapateiro – supõe-se que o título seja de outra personagem, a que podemos chamar de autor implícito. Se a narrativa é antiga, está indiciada dialeticamente uma consciência "moderna" no título, de tal modo que se estabelece uma tensão de perspectivas: uma história antiga que interessa a uma consciência moderna – o que faz com que a história seja, por isso mesmo, igualmente moderna.

---

1. Franz Kafka, "Uma Folha Antiga", *Um Médico Rural*, trad. e posfácio de Modesto Carone, São Paulo, Brasiliense, 1990.

O conto é reduzido a uma situação de cidade sitiada – mais um dos becos sem saída de Kafka – em que o narrador mostra sua perplexidade e a de seus pares pelo confinamento a que estão condenados. Todas as ruas de acesso ao centro do burgo estão tomadas pelos nômades do norte, que conseguiram vencer a resistência dos guardas imperiais e se instalar na praça central. Agora, a "defesa da pátria" está entregue aos artesãos e comerciantes, desorientados diante dos hostis invasores.

A calma, a serenidade do narrador faz supor uma consciência às voltas com o saber decantado que Walter Benjamin descreveu como próprio das corporações medievais, já cruzando as duas categorias básicas de narrativa, a do viajante e a do sedentário[2]. Há tal simplicidade na maneira de narrar, no ritmo pausado e no modo claro e preciso de expor os fatos que a própria forma do conto encarna o ritmo e a mentalidade das personagens da cidade-sede.

Entretanto, essa voz narradora não fala da experiência acumulada no tempo, mas de uma situação de desequilíbrio por que passa o reino. Assim, a antiga moral da história, nessa história antiga é substituída pelo que Benjamin chamou de "sentido da vida" da narrativa moderna – o romance, o conto – sabendo-se que o sentido da vida nesses gêneros não é outro senão a pergunta pelo sentido. O parágrafo final inicia-se justamente por uma indagação: "– O que irá acontecer? – todos nós nos perguntamos. – Quanto tempo vamos suportar esse peso e tormento?" (p. 21). Seu fecho não é, portanto, a forma sintética do conselho banhado na experiência – a sabedoria – mas a interrogação aberta diante do "incomensurável", no dizer de Benjamin. Fica claro, por essa

---

2. Walter Benjamin, "O Narrador", *Magia e Técnica, Arte e Política*, trad. Sergio Paulo Rouanet, São Paulo, Brasiliense, 1985, pp. 198-199.

razão, que o indício de modernidade do título se justifica por ser a narrativa, ela também, antiga e moderna.

É moderna igualmente pela unidade de efeito que Edgar Allan Poe exigia do contista. Que nos conta a narrativa? Quase nada, a não ser a vida de um pequeno grupo de homens pacatos, sujeitos a uma selvageria sem consciência de si mesma: "Fazem-no porque é essa a sua maneira de ser. Aquilo de que precisam eles pegam. Não se pode afirmar que empreguem a violência" (p. 20).

E no entanto, o contraste entre a civilidade dos artesãos e os impulsos primitivos dos nômades gera uma das cenas mais poderosas dos contos do livro: refiro-me ao realismo límpido da cena do boi sendo devorado, enquanto o narrador se enrola em todas as suas roupas, no fundo da casa, para não ouvir os berros do animal (p. 20). A mistura de dignidade e violência dessa cena seria suficiente para fazê-la fundar sozinha o realismo do conto moderno, de Ernest Hemingway, por exemplo, ao nosso Rubem Fonseca[3].

Terminado o repasto, o narrador se pergunta: "Se os nômades não recebessem carne, quem é que sabe o que lhes ocorreria fazer? De qualquer maneira quem é que sabe o que lhes vai ocorrer, ainda que recebam carne diariamente?" (p. 20). Ora, a contiguidade

---

3. Rubem Fonseca é bastante influenciado pela obra de Kafka. Para citar dois exemplos, o conto "Natureza Podre ou Franz Potocki e o Mundo", do livro *Os Prisioneiros* (1963), pode ser visto como paródia de "Um Artista da Fome". No segundo exemplo, não se pode falar em paródia: é o conto "Relato de Ocorrência em que Qualquer Semelhança Não É Mera Coincidência", conto dissonante de um livro dissonante, *Lúcia McCartney* (1969). É, todo ele, a descrição do esquartejamento de uma vaca atropelada, restando no asfalto apenas uma poça de sangue; cf. *Os Prisioneiros*, 3. ed., Rio de Janeiro, Codecri, 1978, pp. 67-72; *Lúcia McCartney*, 5. ed., Rio de Janeiro, Francisco Alves, 1987, pp. 185-188.

das situações não deixa dúvida: o narrador pensa em seu destino e no destino de seus vizinhos imediatamente após a devoração da carne cedida pelo açougueiro. Desse modo, fica clara a relação de forças e de poder da cena: entre a boca cegamente devoradora dos nômades e os pacatos súditos interpõe-se o boi; assim como os pacatos súditos interpõem-se entre a mesma boca devoradora e as janelas fechadas do palácio. Não são infundadas as preocupações do narrador quanto ao futuro.

É possível contrapor a situação de "Uma Folha Antiga" à do conto inicial do livro, "O Novo Advogado". Neste, o cavalo de Alexandre Magno saiu das batalhas históricas e heroicas do mundo antigo para as batalhas impotentes da jurisprudência, dos códigos estéreis do mundo moderno. Ou seja, o primitivo e belo resignou-se ao mundo administrado das escadas e velhos livros, onde não é mais possível "alcançar a velha verdade do símio", como consta em outro conto[4]. Em "Uma Folha Antiga", ocorre situação inversa: enquanto no anterior o mundo administrado sorve a seiva do corcel, aqui o mesmo mundo administrado do palácio imperial é atingido por uma força regressiva, para a qual não há obstáculo: algo como o reprimido pela ordem racional que volta para desequilibrar a falsa ordem. Em ambos os casos, uma ordem que quer dominar e negar, mas que é impotente para isso.

"Os portões permanecem fechados; a guarda, que antes entrava e saía marchando festivamente, mantém-se atrás de janelas gradeadas. A nós, artesãos e comerciantes, foi confiada a salvação da pátria" (p. 21). Pelo que há de irônico para aquela consciência moderna do título, a última frase desmonta o discurso ideológico, enquanto lança a personagem kafkiana no beco sem saída do dis-

---

4. Franz Kafka, "Um Relatório para uma Academia", *Um Médico Rural*, ed. cit., p. 60.

curso autoritário, disfarçado em moral e civismo. Enquanto isso, a guarda palaciana mostra-se reduzida à própria negação, uma vez que indisfarçavelmente presa atrás das grades.

A frase decisiva do conto, entretanto, é a imediatamente anterior a essa: "O palácio imperial atraiu os nômades mas não é capaz de expulsá-los" (p. 21). Aí reside a contradição maior, e que não se resolve simplesmente num primeiro sentido de autoritarismo e incompetência. A questão vai além desse sentido, mesmo porque o narrador não apresenta antecedentes políticos do problema. Ou seja, não interessa ao conto porque os nômades vieram; a frase está solta, sem qualquer relação de causalidade. Assim, ela deve ser lida com um sentido que vai além do literal, pois se sente aí mais uma vez o dedo do autor implícito.

"O palácio imperial atraiu os nômades [...]". Atraiu como? A ausência de antecedentes parece indicar a inevitabilidade da guerra, dado que o poder é arbitrário e arbitrariedade atrai arbitrariedade. Nesse caso, só resta uma "saída" ao poder ilhado no castelo, e talvez seja essa a "moral" da história: o Estado não hesita quando precisa oferecer os trabalhadores como repasto ao abutre. A História tem dado razão às preocupações do sapateiro.

Uma Fábula Moderna

No conto "Primeira Dor" – do mesmo Kafka, mas de *Um Artista da Fome*[5] – narra-se uma espécie de história-fantasma de amor: viajando na rede destinada à bagagem num vagão de trem, já que para ele era insuportável estar no chão, um trapezista de circo (a personagem central) sofre uma crise de choro por um

---

5. Franz Kafka, "Primeira Dor", *Um Artista da Fome e A Construção*, trad. e nota de Modesto Carone, São Paulo, Brasiliense, 1984.

motivo insólito: o artista desespera-se por não ter um segundo trapézio para trabalhar – "Só com esta barra na mão, como é que posso viver?" (p. 12) – ao invés de sofrer pela solidão, pela ausência de um segundo ser. O segundo trapézio é prometido a ele pelo prestativo empresário do circo, que descobre em seu protegido "as primeiras rugas [...] na lisa testa de criança" (p. 12). Sonhando na rede, e pela posição encolhida em que se encontra, a personagem tem algo de infantil – reforçado pela expressão "primeira dor" do título; pelas rugas na testa, entretanto, o trapezista parece já um homem velho, numa situação curiosa, em que se misturam infância e velhice.

Há no conto duas faces de uma mesma alienação: carência afetiva e exploração de mercado. A questão para o leitor está em saber – dado que é uma e única alienação e dado que a condição social penetra em todos os meandros da vida – em qual dos termos está situada a ênfase do narrador e, portanto, qual é o tema central. Se o conto fosse "psicológico", teríamos simplesmente o tema da solidão, e entenderíamos o segundo trapézio como uma transferência entre jocosa e dolorosa do segundo ser, transferência sugerida ainda por uma possível paronomásia em português para o título: primeira dor/ primeiro amor.

Como já foi dito, a obra de Kafka é uma crítica radical ao mundo administrado, que não aceita os diferentes. Anatol Rosenfeld diz que a "culpa da individuação" de seu herói, que quer ajustar-se ao mundo impessoal e não se ajusta, mostra uma "nostalgia do universo arcaico"[6]. O desejo de aderir à engrenagem de modo absoluto, sem qualquer revolta explícita ou implícita, de tal modo que o único "desejo" parece ser mesmo a indiferenciação, causa um

---

6. Anatol Rosenfeld, "Kafka e Kafkianos", *Texto/Contexto*, São Paulo, Perspectiva, 1969, pp. 235-236.

deslocamento de perspectiva: se o fracasso da personagem mostra a ilegitimidade do mundo organizado – e não "orgânico" como desejaria o nostálgico – essa vontade de aderir sem pensar acaba mostrando também, quase sempre através de um pensamento insaciável, que o desejo não conseguiu anular-se.

No conto "Primeira Dor", o trapezista está sonhando e de repente desperta; é um despertar também do sono alienado em que vive para o desejo que se anuncia e que mostra a falta. Como se encontra preso na rede sem saída da organização, adormece logo depois com a promessa do empresário de fazer sua "vontade". Mas o fato de ter despertado e ter, por um momento, saído da rotina opaca da vida, mostra uma fenda nesse desejo (de adesão) que se quer sem desejo.

Não se trata somente de a personagem ser devorada pela organização, mas também de ela trazer consigo uma agitação que não permite a entrega absoluta[7]. Retomando a expressão de Rosenfeld, a tentativa de adesão, involuntariamente frustrada, é uma forma culpada de individuação e, portanto, de desejo. Com isso, percebe-se que a personagem de Kafka carrega consigo tensões que são ainda do sujeito não somente às voltas com o superpoder insondável, mas também com o subpoder insondável que aparece em brechas da subjetividade.

7. Em uma passagem do romance *Angústia*, de Graciliano Ramos, o funcionário Luís da Silva fala claramente, como convém ao romance brasileiro de 30, desse desejo e impossibilidade de entrega absoluta ao mundo administrado: "Movemo-nos como peças de um relógio cansado. As nossas rodas velhas, de dentes gastos, entrosam-se mal a outras rodas velhas, de dentes gastos. O que tem valor cá dentro são as coisas vagarosas, sonolentas. Se o maquinismo parasse, não daríamos por isto [...] Logo que me afastava da repartição, tudo mudava"; cf. *Angústia*, 33. ed., Rio de Janeiro, Record, 1987, pp. 165-166.

Mas, sem dúvida, a solidão do trapezista é sugada e realimentada pelo mercado, onde toda dor vira espetáculo, consumo, e vai para o lixo quando já não serve. Uma interpretação hermética da obra de Kafka, vendo significados simbólicos ou alegóricos da tradição religiosa, sempre corre o risco de perder a clareza material de suas cenas; e sua obra é material em mais de um sentido. Num deles, como já foi dito pela crítica, está o fato de sua personagem ser o homem-profissão, ideia decisiva por eliminar a dicotomia entre essência e aparência, fazendo ver que a vida social penetra até às entranhas a vida afetiva.

O trapezista do conto não é alienado porque não sabe que está substituindo a mulher pelo segundo trapézio, mas porque – e isso é o decisivo – a mulher não é uma alternativa para o seu desejo; há um vazio de interioridade na personagem que vai ser frequente, mais tarde e de outro modo, na literatura brutalista norte-americana. Por isso, o conto é curto e cortante: num centro absolutamente perdido da personagem, o desejo do outro desespera-o; mas o outro que ele conhece, ou melhor, de que ele sente necessidade, é outro trapézio. O outro deixa de ser um substantivo, um ser, para adjetivar o único ser que seu corpo conhece.

Numa novela de Guimarães Rosa, diz o narrador que "trabalhar é se juntar com as coisas, se separar das pessoas"[8], frase que explicaria o conto de Kafka, se a obra deste fosse carregada da interioridade que há no universo cristão-popular do autor brasileiro. Ocorre que justamente por se mostrar fora do lugar na obra do escritor tcheco, é que a frase denuncia quanto há de reificação em suas personagens, distantes daquela matéria que um dia fez a delícia dos confessionários.

---

8. Guimarães Rosa, "Uma Estória de Amor", *Manuelzão e Miguilim*, 13. ed., Rio de Janeiro, Nova Fronteira, 1990, p. 187.

Fica claro na releitura que a questão do conto "Primeira Dor" não é "psicológica", no sentido de a personagem não ter consciência de que o trapézio está substituindo a trapezista. A tensão está posta no fato de que as relações de mercado reificam de tal modo a personagem que um trapézio não substitui o corpo humano: ele é a única necessidade, numa situação em que o corpo humano já não é considerado como necessidade. A questão central, portanto, é a de que no mundo administrado o trapezista se apazigua com os objetos e não sente a falta que ainda está presente na consciência do autor e de seus leitores. É sintomático o fato de, ao final do conto, persistir como última tensão a preocupação do empresário com o futuro de seus negócios.

Ocorre situação semelhante em outro conto de Rubem Fonseca – "A Matéria do Sonho", de *Lúcia McCartney* – em que o narrador vive com uma boneca de vinil, chamada Gretchen, tratando-a normalmente como uma companheira. Quando seu patrão lhe pergunta se não gostaria de ter, ao invés de uma boneca, uma mulher, o empregado diz que não. O tragicômico do conto está nas cenas em que ele a trata como uma pessoa, chegando a ficar desesperado quando ela "morre", depois de receber uma mordida mais forte. Como a personagem não quer ter uma mulher em lugar da boneca, seu perverso patrão lhe apresenta Cláudia, sua nova "companheira", e o conto termina em grotesco final feliz[9].

Tanto na situação da personagem de Fonseca, quanto na da personagem kafkiana, a mulher – e, por extensão, o humano – já não é vista como alternativa para uma consciência que se compraz e completa na multiplicação dos objetos. É de notar a coincidência curiosa: como no conto de Kafka, também no de Rubem

---

9. Rubem Fonseca, "A Matéria do Sonho", *Lúcia McCartney*, ed. cit., pp. 135--143.

Fonseca há menção às rugas na face da personagem: no primeiro, vistas pelo empresário no rosto do artista; no segundo, pelo narrador no rosto de seu patrão e protetor; em ambos, o indício da passagem do tempo e a visão longínqua do naufrágio humano.

[1993]

SOBRE UM CONTO DE KAFKA

Ao ler "Um Médico Rural", o leitor sente estar diante de um dos mais enigmáticos contos de Franz Kafka[1]. O prazer do ato de interpretar é logo espicaçado, mas o mesmo leitor se mostra temeroso pela certeza de estar diante também de uma obra-prima da *short story*. Sendo assim, só resta a ele tatear o mundo insólito do narrador e dar-se por contente se achou aqui e ali uns indícios que fazem sentido. Seu desconcerto ocorre, entre outras razões, por ser o conto um tanto diferente do restante da obra, pois está relativamente distante do conhecido "antipsicologismo" de Kafka, ou ao menos distante do "falar frio e sóbrio" do comum de seus narradores[2]. Na verdade, há nele uma comoção que não há em nenhum outro conto do autor, além de ser dos poucos em que aparecem insinuações sexuais como as de estupro.

Da mesma forma que em outros textos do livro, há no conto "Um Médico Rural" o motivo recorrente da "existência que passa

---

1. Franz Kafka, *Um Médico Rural*, trad. e posfácio de Modesto Carone, São Paulo, Brasiliense, 1990.
2. Anatol Rosenfeld, "Kafka e Kafkianos", *Texto/Contexto*, São Paulo, Perspectiva, 1969, pp. 235 e 232.

e da viagem vital que nunca alcança o fim", nas palavras de seu tradutor[3]. Mas esse motivo épico por natureza aparece adensado por uma multiplicidade intrincada e insólita de cenas, de tal forma que algumas passagens se diriam sem sentido. Não é o que ocorre, sem dúvida, e a razão está num fato evidente: se a narrativa não tivesse sentido, de onde viria tanta força? É que o sentido deve estar no conto da mesma forma "contraída" que a lembrança da vida na memória do avô de "A Próxima Aldeia".

A importância da narrativa para o conjunto do livro e para o autor está indiciada no fato de dar título ao volume. Qual a razão para isso? Como consta da edição brasileira, até agosto de 1917 o título da obra era outro; em agosto ocorre a mudança, justamente no mês em que Kafka sofre sua primeira crise da doença que iria vitimá-lo. Ainda que seja coincidência, o fato é que o conto possui certa analogia com outros, nos quais a figura central é a desse jovem franzino e doentio, imagem que ganha uma ênfase particular ao iniciar-se o processo de debilidade do autor.

Mais do que em "A Preocupação do Pai de Família" ou "Onze Filhos", é nesse conto que Kafka está presente com seu drama de jovem doente. Nem pensar em algo como conto confessional ou coisa propriamente biográfica; pensar, isto sim, numa analogia com a situação do autor, mas tratada de forma "bela e madura", como queria seu editor[4]. Para isso, concorre no conto uma riqueza de pontos de vista que nada têm de lamentoso, piegas, ainda que muito de desencanto irremediável.

O ponto de partida é devidamente banal, como convém a Kafka: um médico deve fazer uma viagem urgente a uma aldeia

---

3. Modesto Carone, "As 'Pequenas Narrativas' de Kafka", Posfácio a *Um Médico Rural*, ed. cit., p. 74.
4. A citação é de Modesto Carone, *op. cit.*, p. 72.

distante, onde um jovem está em estado grave. A noite é de frio intenso, o médico não tem quem lhe empreste os cavalos, a situação é de desespero. Mas há, sim, cavalos: "A gente não sabe as coisas que tem armazenadas na própria casa" (p. 10). Com o aparecimento dos cavalos e do cavalariço, instaura-se na narrativa o estranhamento que irá persistir até o fim. Cria-se, na verdade, uma sintaxe de alternância entre o realismo e o insólito, como num filme em que em determinados momentos o projetor se descuidasse, e o personagem se visse *impotente* para conter o redemoinho dos fatos e do tempo.

De posse dos cavalos – e talvez fosse melhor dizer, apossado pelos cavalos – o médico encaminha-se até a aldeia e a casa do doente. É maior a rapidez com que ele entra no quarto do estranho do que seria se entrasse no de sua casa para salvar Rosa, que está sendo violentada pelo cavalariço desconhecido. Depois de uma cura frustrada – a passagem mais incompreensível do conto – ele retoma os cavalos para o percurso de volta, agora com uma lentidão desesperadora, como se toda a energia houvesse desaparecido.

Aos cavalos está associada a ideia de virilidade ou força vital; quando incontrolável e superior ao homem, como em muitos exemplos da literatura, essa força encarna uma entidade maligna que o leva à destruição. É o caso exemplar do conto "Metzengerstein", de Edgar Allan Poe, em que aparece na estrebaria do barão Frederick um portentoso cavalo que pertencera ao inimigo do barão. Certa noite tenebrosa, depois de montado e de uma cavalgada pela propriedade do nobre, o cavalo atira-se ao castelo em chamas, destruindo seu novo senhor.

Nos dois contos, o motivo dos cavalos exerce a função de força incontrolável e de origem desconhecida, mesmo que em Kafka não haja seres carregados de *páthos* como são os de Poe. E nos dois casos, o cavalo é instrumento de vingança do inimigo, com uma diferença fundamental: em Poe, é o cavalo do conde de Berlifitzing que volta para vingar as humilhações e derrotas sofridas por seu antigo proprietário; mas em Kafka, o novo proprietário é um pacífico burguês, médico e cura das aldeias ao redor, que se vê de repente nas mãos de um estranho e familiar cavalariço, saído da escuridão do espaço privado, e que ele nem mesmo sabia que tinha *em casa*.

O médico de Kafka possui, ao invés do orgulho dos personagens de Poe, uma impotência comum a todos os heróis do escritor tcheco, e por isso a ideia de uma vingança por parte do cavalariço (e dos cavalos) seria injustificada no conto. Isso se explica por não ser Kafka romântico: seu médico não vive a questão do duplo como uma mistura de soberba e culpa; no antipsicologismo de Kafka, não é o personagem que é ambíguo, e sim a situação. Mas não estaremos muito longe de decifrar a *situação*, se dissermos que o cura e o cavalariço são, em alguma medida, o médico e o monstro.

O Jovem e o Cavalariço

O conto está estruturado a partir de dualidades, que se iniciam com o espaço: a casa do médico e a casa do paciente. A partir dessa dualidade, se estabelecem outras que fazem cruzar os ambientes, de tal modo que a cena da cura na casa do paciente seja tão importante quanto os acontecimentos da outra casa, comprovando que em Kafka tudo está mesmo no primeiro plano. Dito de outro modo, mal começa o conto, e o que sugere uma situação *claramente* dúplice ganha logo a indefinição do *ambíguo*. Assim, a contradição inicial já está dada: ir salvar um doente significa condenar a empregada e protegida à violência do cavalariço, o que é uma maneira de negar sua ação profissional. Por ser médico, vive igualmente a ambiguidade de transitar nos espaços públicos e privados, salas e quartos, em que tem acesso à aparência e à intimidade dos pacientes; e por isso, deve levar a eles um alívio que inclua o corpo e a alma, de acordo com a antiga noção do sacerdócio médico. Tanto que, no núcleo incompreensível do conto – o diálogo com o jovem enfermo –, a terapêutica que prescreve resume-se a palavras, a conselhos que dá ao jovem. Por tudo, as feridas físicas do conto são também feridas psíquicas.

Ao *descobrir* o rapaz, o médico percebe a ferida horrível que o outro possui:

> No seu lado direito, na região dos quadris, abriu-se uma ferida grande como a palma da mão. Cor-de-rosa, em vários matizes, escura no fundo, tornando-se clara nas bordas, delicadamente granulada, com o sangue coagulado de forma irregular, aberta como a boca de uma mina à luz do dia. Assim parece à distância. De perto mostra mais uma complicação. Quem pode olhar para isso sem dar um leve assobio? Vermes da grossura e comprimento do meu dedo mínimo, rosados por natureza e além disso salpicados de sangue, reviram-se para a luz, presos no interior da ferida, com cabecinhas brancas e muitas perninhas. Pobre rapaz, não é possível ajudá-lo. Descobri sua grande ferida; essa flor no seu flanco vai arruiná-lo (p. 13).

O jovem está realmente doente. O rapaz e sua família reproduzem, de forma concentrada, a mesma situação de *A Metamorfose*: pai, mãe, irmã e irmão, e o mesmo filho cujo corpo está sujeito a estágios ínferos do ser. Não é casual que o médico, ao receber um copo de rum do chefe da família, refira-se ao garoto como o "tesouro" do pai: dos vermes ele chegará à barata. Mais do que doente, está ferido numa região "próxima aos quadris", próxima também à região pubiana: é difícil não pensar nessa "boca" como uma imagem sugestiva da impotência e/ou do feminino. Mas se isso for reduzir o conto a lugares-comuns, será possível ao menos dizer que a ferida fragiliza o jovem personagem na região central do corpo, aquela que deveria ser a mais viril; e fragiliza na bela imagem aliterativa da tradução brasileira: "essa flor no seu flanco". Num caso, a flor é metáfora de ferida (flor no flanco); no outro, é metáfora de mulher (Rosa). De imediato, vem-nos a comparação inevitável: enquanto o médico – habitante de duas casas – descobre a ferida de um jovem, o outro estupra sua companheira. E note-se a sugestão erótica no desconsolo do rapaz, ao dizer que a "bela ferida" foi "todo o seu dote", mostrando a interdição à sexualidade do casamento.

Na novela "A Construção", uma das mais deprimentes de Kafka, há uma espécie de círculo dialético que pode ser visto como uma forma de determinismo natural: o animal-narrador devora os animais menores, mas está exposto à devoração dos animais maiores. Ao pensar no encontro final com o grande inimigo, ele sabe que "com uma fome nova e diferente, mesmo que estejamos completamente saciados, mostraremos, sem sentir, nossas garras e nossos dentes um para o outro"[5]. Há mesmo um sentimento de maldade inerente aos seres, pois o mal se reproduz em todos os níveis da espécie, o que se reforça pelo fato de o escritor utilizar animais em seus contos. Kafka é sábio o suficiente para mostrar a crueldade do texugo que dilacera suas vítimas afogado em sangue e pedaços de carne; o animal teme que seu inimigo faça com ele *o que ele faz com os outros*. Há em Kafka uma visão que parece oscilar de um determinismo histórico (o superpoder do mundo administrado) a um determinismo natural (a vida como uma caçada dos fortes aos fracos). O caso

---

5. Franz Kafka, *Um Artista da Fome e A Construção*, trad. e nota de Modesto Carone, São Paulo, Brasiliense, 1984, p. 104.

da "Pequena Fábula" entre o gato e o rato é exemplar: ao invés de metafísica, sua visão é propriamente física.

No caso de "A Construção", é possível uma leitura alegórica; mas no caso de "Um Médico Rural", a violência do contraste é também bastante clara, e não parece haver necessidade do alegórico, simplesmente porque a sexualidade possui um estatuto temático que não requer a transferência de sentido. Não sei dizer até que ponto a leitura de Freud pelo autor tem a ver com isso, mas há no conto do médico um círculo igualmente fechado, só que dessa vez de determinismo sexual – se a expressão não for de mau gosto. Com esses vários "determinismos", não se trata de ler Kafka como escritor do século XIX; a expressão busca apenas qualificar um pouco mais o que Anatol Rosenfeld chama de "estruturas essenciais do homem"[6].

O Jovem e o Médico

Voltando ao conto, a situação se complica quando o médico é despido e deitado ao lado do paciente; mostra-se doente como ele, mas também apto a compreendê-lo, por estar na mesma condição. O diálogo que se segue é decisivo:

– Devo me contentar com essa desculpa? Ah, certamente que sim. Tenho sempre de me contentar. Vim ao mundo com uma bela ferida; foi esse todo o meu dote.
– Jovem amigo – digo – o seu erro é: você não tem visão das coisas. Eu, que já estive em todos os quartos de doentes, por toda parte, eu lhe digo: sua ferida não é assim tão má. Aberta com dois golpes de machado em ângulo agudo. Muitos oferecem o flanco e quase não ouvem o machado na mata, muito menos que ele se aproxima.

---

6. "Kafka e Kafkianos", p. 235.

– É realmente assim ou na febre você me engana?
– É realmente assim, aceite a palavra de honra de um médico oficial (p. 15).

Com esse diálogo, o médico fica parecendo um charlatão, que se propõe a curar um doente sem conhecer a doença, e sem mesmo perceber que o doente está doente. Na verdade, ele é mais um pobre-diabo do que um charlatão, outro caso de "narrador insciente" em Kafka. Algo parecido com a cena extraordinária de *Morangos Silvestres*, de Ingmar Bergman, em que um velho médico relembra o exame de medicina, em que dizia que a paciente estava morta; a "morta" abria os olhos e soltava uma gargalhada. E o equívoco era metáfora do que fora a vida do médico.

Há sem dúvida na obra de Kafka a falência da sabedoria e da competência. Mas o médico, quando fala, possui uma serenidade que está muito próxima da sabedoria. E note-se que se não fosse assim, se ele fosse um charlatão e a frase nos passasse somente uma sensação de riso, pelo despropósito em relação à gravidade da ferida, o conto seria banal pelo que teria de óbvio, tornando a leitura fácil. A diferença ostensiva em relação a quase todo o restante da obra é que nesse conto as tensões são febris. Quer dizer, o tom e o ritmo não são serenos como em outros casos; e isso tem uma explicação: pode-se dizer que há um sentimento de desespero do narrador, do paciente, de Rosa, aliado à violência decidida do estranho cavalariço. Ali, o narrador sai de seu retraimento já pela própria profissão, pois como médico deve ser portador de uma força que aplaque as dores dos homens. Num conto tenso como é, a possibilidade da ironia é menor.

A última expressão, "médico oficial", poderia sugerir nele a charlatanice mencionada; mas nem os episódios, nem o tom do conto e da passagem sugerem isso. Ao falar em "médico oficial", parece haver certa intenção de dignidade, de um velho querendo convencer pela autoridade ao garoto renitente. Tanto é assim que o médico encarna o pai compreensivo que Kafka não teve, pois os conselhos que dá ao jovem são um "veredicto" (p. 11) bem diferente do "Veredicto", outro de seus contos terríveis. E o próprio médico reconhece que se "sentiria mal no estreito mundo do velho" (p. 12).

O narrador fala de um ponto de vista elevado, de alguém que "esteve em todos os quartos de doentes"; o que estranha é não falar de um absurdo apocalíptico: ao contrário, fala de uma possibilidade que se sobrepõe ao absurdo, ao dizer que a ferida não é assim tão má. Sente-se com o tom da frase justamente um sentido forte de experiência – diga-se de passagem, a mesma experiência funda da vida que está na voz do narrador de vários contos de Kafka. De mais a mais, as imagens que o médico utiliza para convencer o jovem possuem uma força enigmática que não falseiam a "verdade poética": falam em tom de sabedoria cifrada.

Sendo assim, cria-se um problema para o leitor, pois uma passagem aparentemente contradiz a outra. A opinião do rapaz sobre si próprio confirma a do médico pelas palavras quase idênticas: ele pertence à grande família humana cuja herança é "uma bela ferida". Com certeza Kafka não pensava somente nas feridas do corpo, mas necessariamente naquelas da alma, pois o médico ao invés de medicar o outro, aconselha-o, dizendo-lhe que sua ferida não é tão grave. A mesma mobilidade insólita da representação, oscilando entre o realismo e o fantástico quanto à lógica dos acontecimentos, mostra-se também na situação grave do jovem: seu mal é horrível e não é tão mau assim[7].

---

7. Deve-se observar que o médico ratifica sua opinião em três momentos distintos do conto: a) antes de descobrir o rapaz: "Confirma-se o que sei: o rapaz está são" (p. 12); b) durante o diálogo (p. 15); e c) no final, ao falar que havia sido um "alarme falso" (p. 16).

Se a leitura estiver correta, digo que se cria pela contradição uma fresta na negatividade kafkiana, uma possibilidade de o real não ser visto pela negação absoluta. Ao que parece, o narrador inverte a lacônica sentença do avô de "A Próxima Aldeia": nesse pequeno conto, o neto apodera-se da experiência do avô, e cria para si a impossibilidade da vida. Ou seja, por mais que a experiência diga que é impossível chegar-se à próxima aldeia durante a vida, nem por isso os netos – os jovens – deixarão de tentar, o que sempre implicará a possibilidade. O laconismo da pequena história sugere o drama de um neto de quem a experiência do avô se apoderou e imobilizou. Arrisco a dizer que a frase do médico rural inverte a situação do ancião do outro conto, e fala nessa possibilidade, aliada inegavelmente à juventude. Ou seja, se a situação dos jovens nos dois contos é a mesma, de recusa, a dos velhos alterou-se, ao menos quanto ao conselho. Essa possibilidade está no fato de o conselho afastar-se das relações de poder, e falar de situações da esfera privada. Se é certo que esta é atingida pela esfera do público, é certo também que não são exatamente as mesmas.

Há na obra de Kafka certa modulação que faz com que repontem aqui e ali determinadas alternativas, não de salvação do homem, mas de possibilidades que também são reais: "E descubro que, para mim, as coisas curiosamente não estão tão mal quanto muitas vezes acreditei e na certa vou acreditar quando descer à minha morada". Essas palavras do animal-narrador de "A Construção"[8] mostram as modulações mencionadas: o real, ao menos em alguns contos e novelas, surge como o campo do possível, não se esgotando na absoluta negatividade. Tome-se uma frase de Kafka: "Há muita esperança, mas não para nós"[9]: cons-

---

8. *Op. cit.*, p. 74.
9. *Apud* Modesto Carone, *op. cit.*, p. 75.

truções antitéticas como essa – de Kafka ou sobre ele –, e que são lapidares para a compreensão do autor, pressupõem sempre um polo positivo de onde, por certo, o sujeito está alijado, mas para onde olha incessantemente.

O desconcertante é que frases como a do médico ou do animal-narrador nem sempre são apenas preparação para o desenlace catastrófico: ficam soando soltas durante todo o conto como pequenas ilhas de alternância em relação à situação geral, sem se sujeitar à negatividade última. Ou seja, não servem apenas como contraste ao desastre final; são uma alternativa necessária a uma representação que se quer absolutamente negativa. Uma das dualidades da obra de Kafka é a situação de espera ou desejo que nunca é alcançado; mas observe-se que a catástrofe muitas vezes também não chega.

Se um estado de perigo é a imagem melhor da consciência plena – citando outra das frases centrais do autor – a frase não diz que necessariamente o perigo deva levar ao medo ou à imobilidade. Há momentos em que a consciência descobre que se o medo é uma das faces da realidade, não é a única. Talvez isso explique as imagens cifradas que o médico receita ao paciente: "Muitos oferecem o flanco e quase não ouvem o machado na mata, muito menos que ele se aproxima". São imagens que recordam o vai e vem do pensamento neurótico do texugo, sempre às voltas com o inimigo mortal (o bicho, o machado na floresta), mas que pode não vir. O próprio narrador de "A Construção" lembra-se de que melhor era a vida de perigos indiferenciados.

O caso de Odradek é exemplar, pois ele possui uma plenitude, ainda que feita do precário, que é necessariamente uma alternativa ao universo sufocado do pai de família. E o que é mais importante: ele não aponta simplesmente para uma outra ordem, *mas vive uma outra ordem*, contrapondo-se ao animal de "A Construção", este corroído pelo medo. Ao final dessa novela, o animal está velho e o grande inimigo que se aproxima é a morte, momento da revelação da experiência, que já não serve mais, como sabemos, porque vem fora de hora. Mas nem por isso deixa de ser iluminadora: "Como é que, durante tanto tempo, tudo correu calmo e feliz? [...] O que eram, diante deste, os pequenos perigos sobre os quais passei o tempo pensando?"[10]. E note-se que ao final da novela tudo "continuou inalterado". É certo que aqui estamos longe de uma leitura alegórica (o inimigo como o nazismo) e próximos da experiência do sujeito que, em Kafka, pela reificação, está quase que liquidada: talvez não totalmente.

O Médico e o Cavalariço

Entretanto, se há alguma possibilidade para o jovem de "Um Médico Rural" – caso acredite que seu mal não é tão grave assim – o médico decrépito por seu lado está irremediavelmente perdido, pois ao voltar vagaroso cumpre a impossibilidade de chegar do avô de "A Próxima Aldeia".

Há ambiguidades não somente entre os ambientes, mas em cada um deles: quando o cavalariço bate a porta sobre o médico, numa cena de efeito cinematográfico, a porta que se fecha é conhecida do leitor, pois é a mesma de "Diante da Lei", em que o poder a fecha sobre o decrépito camponês, como a tampa do ataúde. No nosso conto, a invasão do cavalariço possui o mesmo significado virtual, o de ser também a consumação de uma porta que se fecha sobre a impotência do decrépito médico camponês. Rosenfeld refere-se à presença "quase obsessiva" das portas em Kafka, "esses limiares entre a intimidade e o mundo"[11].

10. *Op. cit.*, p. 100.
11. "Kafka e Kafkianos", p. 237.

Há algo de quixotesco na tentativa do médico em salvar a honra de Rosa, montado num cavalo que não o obedece nem na ida nem na volta. Enquanto este vai à aldeia vizinha entrar na intimidade de um estranho paciente, um impaciente estranho penetra sua intimidade e toma seu lugar: a saúde do médico opõe-se à situação do doente, assim como a virilidade do cavalariço opõe-se flagrantemente à decrepitude do médico. Há uma forma de descentramento do mundo em que o narrador, que vai visitar a vítima, é ele também uma vítima, um doente visitando outro doente.

O modo como é escorraçado pela aldeia lembra o grotesco da cena do romântico alemão Achim von Arnim, em "Os Morgados", lá igualmente a de um médico escorraçado:

> Sentada à boleia está a morte, a fome e a dor se acham entre os cavalos, espíritos pernetas e manetas voam ao redor do coche e exigem do atroz indivíduo, que as observa com apetites canibais, a devolução de braços e pernas. Seus acusadores correm, gritando, atrás dela: são as almas que arrebatou do mundo antes do tempo...[12]

São cenas, como diz Kayser, de um "mundo de ponta a ponta podre, caduco, corrupto e criminoso, anterior à irrupção do caos revolucionário"[13]. Ou como diz o médico de nosso conto, cenas "desta época desafortunada", em que "uma vez atendido o alarme falso da sineta noturna não há mais o que remediar, nunca mais" (pp. 15 e 16).

No caso deste último, o precário de sua autoridade fica claro no fato de ficar sem roupa, expondo a um tempo (pela zombaria

---

12. A citação e interpretação do conto de Arnim estão em Wolfgang Kayser, "Achim von Arnim", *O Grotesco. Configuração na Pintura e na Literatura*, trad. J. Guinsburg, São Paulo, Perspectiva, 1986, pp. 78-80.
13. *O Grotesco*, p. 79.

das crianças) a indigência moral, e (pela sugestão do frio rigoroso de inverno) a indigência do corpo, "o mais esquecido dos países estrangeiros", como diz Walter Benjamin, lendo o escritor tcheco[14]. O encontro com o jovem é o encontro com sua juventude perdida, a impossibilidade de romper o círculo da impotência e da morte. É curioso que ao tratar com o rapaz, que lhe pedira para deixá-lo morrer, ele pense: "Tenho ainda de cuidar de Rosa, além disso o jovem pode estar com a razão e também eu quero morrer" (p. 12). A contiguidade entre a intenção de cuidar de Rosa e o desejo de morrer não é gratuita: é, num conto tão conciso e cheio de transferências, a expressão de amor e morte. Essa preocupação subterrânea vem um pouco mais à tona, ao dizer que, se os cavalos fossem rápidos, ele saltaria da cama do inválido para sua cama, onde estaria naquela hora a moça sendo deflorada (p. 15). E fica explícita a preocupação amorosa ao referir-se a Rosa: "Essa bela moça que durante anos viveu na minha casa quase sem que eu a percebesse" (p. 13).

Mas a volta dos cavalos é já sem qualquer energia, pois parece a derradeira viagem de volta a casa, o médico irremediavelmente envelhecido: "Devagar como homens velhos trilhamos o deserto de neve" (p. 15). A aproximação entre homens e cavalos esclarece a dualidade fundamental do conto: por um lado, o médico e os cavalos estão sujeitos ao mundo administrado e estéril (o deserto de neve), assim como o cavalo do primeiro conto do livro, Bucéfalo, que se tornou advogado, e o símio do último, transformado

14. Walter Benjamin, "Franz Kafka", *Magia e Técnica, Arte e Política*, trad. Sergio Paulo Rouanet, São Paulo, Brasiliense, 1985, p. 158. Deve-se notar que, ao ser deitado ao lado do rapaz, sem roupa, o médico duplica ironicamente a cena da outra casa; para ele e para o jovem doente, o estranho cavalariço que aparece e desaparece do conto vem do "mais esquecido dos países estrangeiros".

num pacato burguês. A noção fundamental em Kafka do homem-
-profissão repete-se aqui com esse médico preocupado com seu
"próspero consultório" (p. 15). Por outro lado, tal situação opõe-se
flagrantemente ao início, em que o "cavalariço" (cuja falta de nome
lhe atribui algo de animalesco) chamava aos cavalos de irmão e
irmã (p. 10), e possuía uma vitalidade próxima à dos animais. Da
mesma forma que ele dera vigor aos cavalos como um instrumento de seu poder, os cavalos perdem a energia por influência do
celibatário estéril.

O médico (o artista) transita entre os quartos dos doentes,
enquanto seu quarto é invadido para mostrar sua indigência física. Assim como certas inversões que ocorrem em outros casos
de Kafka, aqui também o grande doente é aquele que perdeu a
vida tentando curar os outros, sem perceber a esterilidade de sua
condição. A experiência mais uma vez está ausente do mundo de
Kafka, e justamente na voz de um "médico experiente"; mais uma
vez a profissão é a pena que seu personagem cumpre, o que faz
dele não um charlatão, mas uma vítima. Talvez haja salvação para
o jovem, não para ele.

[1993]

MÍNIMA MEMÓRIA

DESCOBERTA DO TEATRO

Breve Memória do Teatro Amador

Não há dúvida de que um dos momentos mais criativos (se não o mais) do teatro brasileiro ocorreu nos anos 60. Não conheci de perto esse momento, pois na época era ainda criança e a única descoberta que fiz (além das descobertas escolares), quando morei em São Paulo por alguns anos, foi a paixão pelo Santos de Pelé, onde sonhava jogar vinte e quatro horas por dia. Aquele uniforme todo branco (ou listrado de preto e branco) com seu distintivo, sua coreografia mágica, era para mim a mais cara imagem da Terra, hoje tão conspurcada pela "modernidade" do futebol. A descoberta do teatro mesmo veio na segunda metade da década seguinte, um momento que também me marcou.

Em 1976, vim para São Paulo (de Bauru, no interior paulista) fazer o curso de Letras na USP e ficar em definitivo na cidade. O desejo de cursar Letras tinha sido uma descoberta que ocorrera nos anos do secundário, quando fazia o curso de Técnico em Laboratório Químico; ao terminar o curso já havia decidido que faria Letras e esse era meu caminho. Assim, entrei na Faculdade em 76, indo morar num pequeno apartamento em Pinheiros;

dividia um quarto sublocado com mais dois colegas, um deles estudante de Economia da Universidade, e que estava formando um grupo de teatro amador em São Bernardo do Campo. O colega se chamava Luiz Carlos Berbel e, o grupo, Gruta L (Grupo de Teatro Amador Livre). Mas isso não foi de imediato: já estava no segundo ano do curso de Letras, quando decidi ir a São Bernardo e me engajar no grupo. Os primeiros semestres foram o período de adaptação à cidade, onde já tinha vivido quando criança, como disse, de adaptação à vida universitária (algo muito novo), e a aprendizagem de conciliação entre minha individualidade sempre arredia e a participação no movimento estudantil. Berbel era da corrente Liberdade e Luta (a conhecida Libelu), e sobretudo com essa convivência entendi melhor em que país eu estava e, de algum modo, quem eu era. Quanto ao teatro, era um vazio como o da política em minha vida anterior: lembro-me de uma peça assistida nos anos de ginásio, feita por um grupo amador de minha cidade, e depois algumas encenações para a tevê, quando esta ainda respeitava o teatro, nos seus primeiros tempos, até lhe saquear vários de seus bens e, nos piores momentos, tentar transformá-lo numa extensão de suas novelas. Desse modo, política e teatro eram duas coisas novas para mim. E as duas vieram juntas com o grupo de São Bernardo.

Íamos para a cidade operária na sexta-feira à noite, às vezes sábado de manhã, e trabalhávamos com o grupo durante o fim de semana todo, voltando apenas no domingo já bem tarde. No início, os trabalhos e ensaios eram feitos na garagem de alguma casa à mão, mas depois acabamos construindo um barracão no fundo do quintal da casa de Seu Luiz e Dona Cida, pais de Berbel, que nos acolhiam com muita simpatia e generosidade. Foi nesse período que o grupo deslanchou decisivamente, cujos componentes eram, além do próprio Luiz Carlos, Marcelo, Eduardo, Márcia (irmã de Berbel), Elisabete, Brandão, Tide, Sônia, Isidro e outros que transitaram pelo grupo, nomes que me vêm à memória dentre as pessoas todas que frequentaram o local.

    Quando cheguei ao grupo, a primeira peça já estava na fase dos ensaios finais. Era o texto de Gianfrancesco Guarnieri *Um Grito Parado no Ar* – cuja montagem original havia ocorrido em 1973 pela companhia de Othon Bastos – e que havia sido uma escolha muito feliz. A peça conta a história do ensaio de um grupo formado pelo diretor (Fernando), sua mulher e atriz (Amanda), o ator central (Augusto) e uma dupla de atrizes (Flora e Nara), além do faz-tudo da equipe (Euzébio). Durante as atividades de preparação da peça, os problemas internos do grupo vão aparecendo – os ressentimentos, as divergências –, o que transforma os laboratórios em revelações pessoais. Isso serve para dificultar ainda mais o andamento dos trabalhos, pois além dos problemas de relacionamento, Euzébio entra e sai do palco o tempo todo trazendo e tentando resolver os problemas práticos do grupo, que não consegue cobrir as despesas da montagem, de tal maneira que o ensaio, com o palco já sem luz, termine no escuro, com o grito do título (dis)parado no ar, não sem antes ocorrer uma revelação de amor no grupo entre Augusto e Nara e todos reafirmarem um pacto de confiança e luta.

    Visto à distância, o texto mostra o caráter óbvio de resistência, de um teatro reduzido à máxima pobreza material e despojado de tudo (a linguagem menos que prosaica é traço disso), e tentando sobreviver ao massacre da televisão, censura e miséria. Mas naquele momento (nos dois momentos, da montagem original e da nossa, além de outras certamente) era algo muito vivo: a resistência do teatro e pelo teatro, e que em muito era a mesma resistência que ocorria fora dele.

    Quando cheguei, juntei-me ao pessoal que fazia o trabalho de apoio à peça (sonoplastia etc.), mas logo depois um dos atores, que fazia o papel de Euzébio, resolveu sair do grupo e me convidaram a ocupar seu lugar. E passei a atuar nos ensaios até que logo depois começamos a apresentar a peça. Não me lembro agora de quando e onde se deu a estreia; lembro-me que fizemos muitas apresentações pelo ABCD paulista, indo à capital e interior do estado, e tendo nosso "momento de glória" num fim de semana em São Bernardo mesmo, quando fizemos duas apresentações no Teatro Cacilda Becker completamente lotado. Nessas idas e vindas, participamos de muitas conversas e encontros com outros grupos amadores da região, assistindo também a suas montagens – Brecht, é claro, era o autor preferido, um Brecht à moda da casa. Nesses encontros discutia-se a situação do teatro e a situação política, que andavam juntas de uma maneira quase inseparável e muito fértil. E havia um clima de medo e insegurança espalhado no ar que, certa vez, um ator de outro grupo resumiu de maneira feliz e jocosa: afinal, disse ele, se um grande artista fosse cair nas mãos da ditadura, podia fugir pra Paris, ao passo que um grupo de Santo André o máximo que conseguiria fazer era fugir pra São Caetano...

Mas antes de estrear, tivemos de fazer uma apresentação para a censura. Nesse dia combinamos que não falaríamos palavrões na peça – que eram muitos e um ato político, quase uma segunda linguagem do período – e assim fizemos. A censora que decidiria sobre nosso destino era uma dona de casa alçada à condição de defensora da moral e bons costumes no ABCD. Com um ar de quem deixava as crianças irem brincar, ela disse que dava para aprovar a peça; digo isso porque a essa altura ela já devia estar nos vendo como filhos. Era uma dona de casa e, como boa dona de casa, gostava de conversar. E foi nos falando sobre como trabalhava a censura a fim de destruir uma peça e inviabilizar sua montagem. Lembro-me de Berbel ter dito "pena que a gente não tinha um gravador aqui" (era o tempo dos gravadores), e de fato teríamos registrado as pérolas que ela contava do que se passava na censura local. Mas alguns procedimentos ficaram conhecidos de todos: cortavam aqui, cortavam ali, sempre em pontos estratégicos, até que o sentido se destruía e o grupo ou o autor desistia de montar ou publicar etc.

Outro fato que vale a pena relembrar era a relação com a música popular. À noite, na sala da casa de Seu Luiz e Dona Cida, ouvíamos muita música e conversávamos bastante. Um dos componentes do grupo tocava e cantava muito bem (ele e uma das garotas estudavam música) e vinham outras pessoas que também cantavam, de tal modo que se criou naquela sala um espaço de convívio dos mais felizes. Sempre que algum cantor da resistência ao regime lançava um novo elepê, aparecia alguém com o disco e o ouvíamos sem parar, como numa espécie de ritual, coisa muito incomum num tempo em que a fragmentação da vida chegou ao dígito. Cada ambiguidade de verso, cada sugestão da letra era uma espécie de mensagem cifrada para nós, dizendo-nos que tínhamos que continuar e que as coisas passariam. Claro que Chico Buarque era presença constante nessas reuniões, além de outros cantores e compositores na mesma linha, e alguns latino-americanos como o belo grupo Tarancón e a "portentosa" Mercedes Sosa, que ouvimos muito. Mas um dos que mais nos encantavam, confundindo-se quase que a um líder espiritual, era Milton Nascimento. No interior (e na idade em que estava) mal ouvira falar de seu nome, apenas de longe a antológica "Nada Será como Antes". Quando conheci mais intensamente sua música, especialmente a partir do disco *Milagre dos Peixes*, gravado no Municipal de São Paulo, ele se tornou para mim uma espécie de figura sagrada pelos vários discos afora, falando da infância brasileira de um Brasil cada vez mais perdido na memória, numa linguagem e melodia telúricas e, ao mesmo tempo, da vida urbana na sua dimensão de voz trágica. "Morte, vela/ sentinela sou/ do corpo desse meu irmão/ que já se vai": e todos sabiam quem era esse irmão, como e por que tinha morrido. Mas com Milton descobríamos também que as coisas mudam e que tudo é pequeno nas asas da Panair...

    Depois de *Um Grito Parado no Ar*, resolvemos montar outra peça. Dessa vez seria *O Pagador de Promessas* de Dias Gomes, cuja montagem original havia sido em 1960 no TBC, transformando-se posteriormente no aclamado filme de Anselmo Duarte. O enredo é simples: Zé-do-Burro, lavrador crédulo, acompanhado de sua esposa Rosa decide pagar uma promessa feita em intenção ao burro Nicolau que havia se ferido. Como o animal sarara, ele se põe a caminho de uma igreja de Salvador carregando uma cruz tão pesada como a de Cristo; mas não pode entrar na igreja, pois o pároco considera sacrilégio a promessa que, além de ser feita em intenção de um animal, fora feita num terreiro de candomblé. Em frente à igreja, enquanto o personagem espera permissão para entrar, ocorrem várias cenas que mostram a degradação social imposta pelo dinheiro e poder, até que depois de um tumulto o simplório personagem é morto e carregado como Cristo na cruz. A peça claramente nega uma visão religiosa do assunto e dá uma interpretação política ao caso.

    Como a anterior, esta também era de grande apelo popular (seu autor era mestre nisso) e a escolha havia sido mais uma vez muito feliz. A peça foi lida pelo grupo e muito discutida a fim de compreendermos o sentido que dirigiria nossa montagem. Disse lá duas ou três coisas sobre ela e fui convidado por isso a fazer o papel principal; mas ponderei que minhas observações sobre o sentido da peça não me tornavam o ator mais indicado e adequado para o papel, e decidimos por um outro colega que parecia ser, este sim, o ator indicado. O fato, além da pertinência do argumento, era que eu não tinha tanta vontade de atuar, ou seja, sentia que minha relação com o teatro era mais de concepção do que atuação. Mas me dispus a fazer também dessa vez um papel secundário para compor o elenco, agora muito maior (no texto, são quase vinte personagens), e auxiliar na direção da peça, direção que ficaria a cargo de Berbel, que não participaria como ator. Começamos os ensaios com um desafio em mente, depois de uma discussão acerca da seguinte questão: teríamos de provar que não éramos grupo de uma peça só. De fato, com a primeira havíamos conseguido um grande retorno em se tratando de grupo amador. Lembro-me de que muitos anos depois, indo um dia ao Teatro da USP assistir a uma peça da qual me foge o nome, veio um desconhecido falar entusiasmado de como ficara impressionado com nossa montagem do texto de Guarnieri, a que ele havia assistido vários anos antes, reação que deixou também impressionado o colega que me acompanhava. E, de fato, recebíamos elogios e éramos muito bem recebidos por diferentes públicos, inclusive por outros grupos.

Sendo assim, a nova montagem iria exigir um passo além, e a condição de grupo amador começava a pesar, pois estávamos naquele ponto em que seria preciso dar o salto e arriscar fazer uma carreira mais séria. Ao mesmo tempo, sabíamos que era difícil, pois todos dependiam de seu trabalho, além do que havia outros interesses fora o teatro. Vendo agora, fica claro que aquela peça seria decisiva.

Já tínhamos começado a confeccionar as roupas, as coisas caminhavam tão bem quanto antes (ou melhor) e aí aconteceu um fato inusitado. Descobrimos, se não me falha a memória pela SBAT (Sociedade Brasileira de Autores Teatrais), que às vezes eu visitava para comprar os cadernos que eles publicavam, que a peça que iríamos montar estava com os direitos adquiridos por um ator.

Na primeira peça, havíamos falado com Guarnieri, que liberara a montagem, salvo engano, com alguma restrição. Agora, uns dois ou três colegas do grupo foram também falar com o ator, depois de uma peça que ele estava representando. Não me recordo dos detalhes (se os houve), mas o fato é que a montagem não foi autorizada. O resultado dessa história, que não se resumiu a uma frase como está aqui, foi ter levado o grupo a interromper os ensaios e desistir da montagem, pois havia a expectativa de que ela poderia nos levar mais longe do que a anterior.

Decidimos pela montagem de *Frei Caneca*, drama de Carlos Queiroz Telles encenado originalmente em 1972, que conta a vida trágica do revolucionário pernambucano. A peça havia tido grande importância no momento de sua montagem original por resgatar uma figura historicamente renegada, assim como outras peças e filmes também o fariam no período. No momento de nossa montagem, significava uma escolha na direção das intenções políticas explícitas, trazendo a peça à tona com seu caráter ainda de grande atualidade; a adequação política visível da escolha foi reconhecida também por colegas de fora do grupo.

O esquema era o mesmo da anterior, que havíamos deixado de lado. Também dessa vez eu faria um papel secundário e trabalharia junto à direção; de diferente, foi a escolha de uma atriz para viver o papel principal, escolha que se mostrou acertada não só pelo efeito de estranhamento (hoje rotinizado), mas sobretudo pela força de atuação e presença da atriz. Estudávamos também história brasileira nas reuniões de sábado, e íamos contextualizando a peça aos poucos, enquanto encontrávamos as soluções de palco. Tudo parecia caminhar e, no entanto, aos poucos, as coisas foram se perdendo. Confesso não sei explicar exatamente por que, mas o fato é que a montagem acabou naufragando; começava a dispersão do grupo, as discordâncias já eram maiores, a peça, a rigor, não empolgava como a anterior, e acabou mesmo não saindo. Ao menos à distância, parece que da mesma forma que tudo nasceu de maneira espontânea, espontaneamente terminou. Lembro-me bem de um comentário feito por Berbel durante uma conversa que tivemos sobre o fato algum tempo depois, em que ele dizia que nosso erro enquanto grupo foi não ter levado adiante a peça de Dias Gomes, pela qual todos estavam entusiasmados, enfrentando os problemas que aparecessem, fossem quais fossem. De fato, ali se deu nosso grande erro.

Éramos sempre muito unidos no grupo, e um fato curioso e pontual dessa união se dava quando um dos atores esquecia o texto (era bem raro) e o outro, percebendo, supria sua fala, sem qualquer quebra (estive nos dois lados dessa situação). Mas, como disse acima, não faltaram discussões e desentendimentos entre o grupo em todo esse período, pois havia laços de sentimento e parentesco, diferenças de temperamento, de posições, de interesses etc. Uma discordância que ocorria se dava entre a prática propriamente teatral e a dimensão política do grupo, o que às vezes era um ponto de atrito entre mim e Berbel, este muitíssimo mais politizado do que todos nós – na verdade, o que eu sabia de política havia aprendido com ele, que tinha uma visão também politizada do grupo e do trabalho. Quanto à condução do grupo, possuía e demonstrava uma maturidade que só hoje, ao escrever estas páginas, reconheço com a devida justiça.

Na verdade, era ainda um conflito que estava em mim entre o discurso político e o meu temperamento arredio. O discurso político estava em toda parte, não só dentro do grupo: lembro-me de um domingo em que assistimos ao programa *Vox Populi* da TV Cultura, em que o entrevistado era um general do Exército tentando explicar e defender o regime que já estava em sua curva descendente (com as denúncias cada vez maiores das torturas), dizendo entre outras pérolas algo como "trabalhador honrado não faz greve" – "Sofre calado", completou irônica Dona Cida. Depois de tanta conversa durante o dia e após o programa, tanta discussão sobre o momento que o País vivia, voltei para a casa onde ocupava um quarto; na sala, o inquilino que me sublocava o quarto assistia a um programa esportivo na TV Globo em que discutiam futebol, e no qual um dos canastrões bradava que "hoje no Brasil o 'carrinho' é um problema grave". Quando inconscientemente aproximei as duas salas, as duas TVs, os dois programas, as duas falas, tive a lição cara para mim de que "alienação", palavra que ouvia sem parar, não era só um lugar-comum entre outros, mas que de fato havia duas realidades no País.

Se menciono esse fato, não é para dar a ele um peso maior do que teve, ainda que à distância e com um irrefreável vezo ficcional possa ser encarado como algo simbólico. Não menciono, por exemplo, fatos do movimento estudantil da época, nem de manifestações da situação repressiva que havia nas ruas, e que foram mais importantes como revelação do que ele. Menciono porque se não fosse para o grupo de teatro, se não houvesse aquele outro ambiente que criava um compromisso entre todos (como extensão privilegiada da vida universitária), talvez estivesse naquele dia ouvindo as mesmas baboseiras naquela sala, ou melhor, somente elas. Entretanto, o grupo de teatro criava aquele ambiente alternativo, sem desvincular-se da vida social mais ampla.

No grupo, por exemplo, muitos gostavam de futebol e o futebol estava sempre presente em nossa vida. No meu caso, assistia a uma espécie de renascimento do Santos – depois do adeus de Pelé – com o advento da primeira geração dos Meninos da Vila (Pita, Juari, João Paulo entre outros), ainda que o clube já tivesse revelado grandes jogadores em sua base e que a geração dos grandes mestres tivesse iniciado a carreira, em muitos casos, ainda "meninos", como Coutinho que estreara entre os profissionais com quinze anos incompletos, sem falar de Pelé, Edu e outros mais. O time que renascia era comandado por um meia-esquerda mais experiente chamado Ailton Lira, um dos jogadores mais elegantes e habilidosos do futebol brasileiro e um exímio cobrador de faltas: quando Ailton Lira ia bater uma falta, como bem disse um jornalista, o mundo inteiro parava.

Alguns de nós jogávamos também muito bilhar nas noites e madrugadas, às vezes em bares suspeitos, antes de esse jogo tornar-se moda entre os jovens de classe média. Lembro-me do filme de Maurice Capovilla *O Jogo da Vida*, baseado no conto "Malagueta, Perus e Bacanaço" de João Antônio, a que assistimos com especial interesse... Assim, não havia no grupo um maniqueísmo que às vezes me incomodava em colegas do movimento estudantil, que podiam ter vocação para a política, mas nenhuma para outras dimensões da vida social. E, no entanto, o grupo criava um espaço que nos propiciava e alimentava aquele compromisso referido um pouco antes.

Falo dessas diferenças e divergências para tentar compreender a difícil relação que ali também se dava entre a prática artística e o discurso político. Berbel fazia Economia e tinha uma prática política bastante intensa, como disse ligado à Libelu, da qual me aproximei participando de algumas reuniões. E o teatro amador na época era a prática política de muitos que não faziam política propriamente dita; no grupo, havia quem tivesse uma atividade mais política e outros ligados propriamente à atividade artística, ainda que o interesse de todos fosse, na verdade, o teatro. Berbel tinha também uma prática anterior ligada ao teatro, gostava muito de literatura e certa vez me mostrou as primeiras páginas de um romance que estava tentando escrever (foi a primeira pessoa que me falou num crítico chamado Roberto Schwarz). Sendo assim, o discurso político constante no grupo e fora dele, que estava em toda parte como disse, não se impunha nunca como a atividade política mencionada, fazendo do teatro um pretexto (como vi em outros grupos). A poesia se faz com palavras, sabemos, e no nosso grupo era também com elas que fazíamos nossa poesia, mas esse era o ponto: a dimensão política (seja lá como se entenda essa palavra) é que fazia tudo acontecer. Pensava nessa questão quando via um grupo profissional e reconhecido interpretar Brecht. Estavam ali, antes de tudo, porque amavam o teatro, mas o compromisso com a vida social, que naquele momento era tão intenso, dava um sentido ao trabalho que, sem ele, aquele teatro não teria a força que tinha. É essa justiça que quero fazer, pois no grupo a dimensão política fosse qual fosse nunca se sobrepôs ao prazer que sentíamos em criar no nosso precário palco um mundo ficcional; e, no entanto, era o discurso político que dava sentido a tudo.

Na verdade, a questão para mim era a relação mal resolvida entre o teatro e o curso de Letras. Ao mesmo tempo que buscava aproximar as duas áreas, sentia uma impossibilidade de conciliação, dada a presença secundária do teatro no curso, por um lado, e a ausência dos demais gêneros, da análise de texto, da prosa de ficção, por outro. Quanto às leituras, frequentava a biblioteca da ECA e assistia às peças que os alunos montavam; no meu curso, fiz duas disciplinas de teatro em Literatura Brasileira, uma com Flávio Aguiar e outra com Décio de Almeida Prado. Mas havia a distância.

E aqui chego ao ponto que mais me interessa mencionar. Apesar de tudo de bom e importante que possa ter havido, o que talvez de mais memorável tenha ocorrido, e que em muito é a razão de ser deste texto, foi algo simples e mágico: eu fui ao teatro.

Sem ordem nenhuma, sem me lembrar de datas, misturando montagens e remontagens históricas com trabalhos de grupos obscuros, além de algumas mais "populares", puxo pela memória peças e leituras que me tocaram por esse tempo: *Volpone* de Ben Jonson; *Dona Rosita, a Solteira* de Garcia Lorca; *Gata em Teto de Zinco Quente* de Tennessee Williams; *Mahagonny, Galileu Galilei* e outras de Brecht; *Dois Perdidos numa Noite Suja, Barrela* e a indefectível *Noel Rosa, o Poeta da Vila* de Plínio Marcos; *Álbum de Família* e várias outras de Nelson Rodrigues; *Bodas de Papel* de Maria Adelaide Amaral; *El Dia que me Quieras* de José Ignácio Cabrujas; *Pedreira das Almas* de Jorge Andrade (com Rildo Gonçalves!); *Victor ou As Crianças no Poder* de Roger Vitrac; *Palhaços* de Timochenco Wehbi; *Woyzeck* de Georg Büchner; *Divinas Palavras* de Valle-Inclán (a que assisti ao mesmo tempo que conhecia o ensaio de Davi Arrigucci sobre a peça); *Seis Personagens à Procura de um Autor, Esta Noite Se Improvisa* e outras de Pirandello; *Pequenos Burgueses* de Górki; os *Autos* de Anchieta, Gil Vicente e João Cabral; *Arena Conta Tiradentes* (recontado); *Bella Ciao* de Luís Alberto de Abreu; *Castro Alves Pede Passagem* e *Ponto de Partida* de Guarnieri; *Senhorita Júlia* de August Strindberg; *A Visita da Velha Senhora* de Dürrenmatt; *Diário de um Louco* de Gógol; *Rasga Coração* de Vianinha (grande interpretação de Raul Cortez); *Gota d'Água* da dupla Chico e Paulo Pontes; *Papa Highirte* de Vianinha; *Apareceu a Margarida* de Roberto Athayde; *Piquenique no Front* de Fernando Arrabal; *Trate-me Leão* do grupo Asdrúbal Trouxe o Trombone (era uma nova época de grupos) e outras mais.

Um fato curioso é que a situação política estava presente de algum modo em todas as peças, não só naquelas que tematizavam a ditadura militar e que às vezes contavam com manifestação do público, mas também nas demais, como se todas tivessem uma dimensão alegórica e estivessem falando dos últimos acontecimentos de Brasília, enquanto centro do poder, ou da situação de opressão que estava em toda parte.

Aconteceu certa vez de o grupo ser novo e estar num teatro de bairro, e eu atravessei a cidade para assistir à apresentação, que foi cancelada, e alguém veio explicar ao único espectador que uma das atrizes ficara doente; eu compreendia (companheira!), voltaria em outra data, não havia problema. A certa altura dessa história, estava bastante interessado em criar algo diferente no grupo como diretor para não repetir o que havíamos feito (Berbel, nesse momento, já não estava no grupo) e numa dessas idas ao teatro, dessa vez um espetáculo festejado, fui assistir à adaptação para o palco da obra-prima de Mário de Andrade, feita por Antunes Filho. E o modo tão simples como ele recriou as peripécias de Macunaíma no palco, com tão poucos recursos de cena, com tamanha vivacidade, uma reflexão sobre o País ao mesmo tempo que renovando a linguagem cênica, eu saí do teatro com a certeza de que aquilo que eu estava procurando sem saber o que era, sem saber como fazer, havia visto naquela noite memorável.

No grupo, estávamos numa segunda etapa, sem muitos da formação original. Mas alguns quiseram continuar e, depois de uma curta interrupção, voltamos a nos reunir e retomar os trabalhos. Não podíamos repetir o que fizéramos, pois de fato era outro o momento dentro do grupo e, ao mesmo tempo, não sabíamos o que fazer. Depois de várias reuniões, leituras e trabalhos de palco, começou a nascer a ideia de escrever um espetáculo a várias mãos, que seria mesmo expressão desse momento de busca em que nos encontrávamos. E, de fato, ao final de algum tempo que não sei precisar, surgiu um texto que levamos ao palco, um misto de poesia e prosa reflexiva sobre as dúvidas que nos acometiam, chamado *Mais Uma Linha de Verso* (título tirado de um poema), algo ainda de resistência, mas que não apontava para uma solução interna do grupo, nem estava em sintonia com os caminhos que se abriam lá fora. Montamos o espetáculo e o apresentamos primeiro numa sessão interna, para alguns ex-companheiros do grupo e convidados; depois, num teatro menor de São Bernardo, com uma presença muito boa de público, grande parte levada ao teatro por relações de amizade com o grupo (e claro que havia parentes...). Mas a peça não foi bem recebida, ou seja, era expressão do que vivíamos, mas que não se transformou em algo autônomo a ponto de ir a público. Digamos que agora sobrava "sentimento", mas faltava a palavra justa e rigorosa à nossa poesia, ou melhor dizendo, faltava à nossa palavra uma certeira dimensão política.

Ao mesmo tempo, outras atividades começavam a exigir aos componentes do grupo maior compromisso, de tal modo era visível que já não tínhamos força para retomar o rumo que havíamos trilhado. Sentíamos que o momento havia passado, fosse lá o que fosse de importante que acontecera, em algum momento, mas era coisa do passado, aliando-se a isso problemas de ordem prática, como lugar para ensaio, disponibilidade de horário (por alto, lembro-me que um estava ligado ao jornalismo sindical, outros dois ao trabalho com música, um terceiro querendo sair da cidade para estudar e trabalhar, outro querendo tentar a EAD etc.). E o fato é que mesmo fora do grupo e em sentido mais amplo, as coisas estavam mudando, o que exigia uma nova perspectiva de atuação, uma nova compreensão política e estética do momento; afinal, o casco da ditadura fazia água por todos os lados, com o retorno dos exilados e a presença cada vez mais viva do fantasma dos desaparecidos políticos. De minha parte, sentia necessidade de concluir o curso na Faculdade, começar a vida de professor, e pensava também em escrever um trabalho sobre os contos de Rubem Fonseca, autor que tinha conhecido havia algum tempo na antologia muito lida de Alfredo Bosi, e que me deixara impressionado. De sorte que também eu sentia que era o momento de parar, situação que acabou levando à decisão de todos de encerrar o grupo.

Não sei se depois de escrever uma página de memória, deva buscar algum sentido para a experiência (ainda que precária) vivida naqueles anos, ou se o sentido se resume exatamente ao que está nas linhas escritas. O convívio com as pessoas (do grupo e fora dele), a participação na vida presente, o prazer do trabalho, a transformação pelo trabalho, qualquer coisa assim poderia justificar o fato de aquele trecho da vida ter ficado na memória e exigido vir à tona, mesmo com tudo que possa ter havido de inacabado, o caminho que podia ter sido etc.

Finda a experiência, algum caminho tomaria e, de fato, voltei a São Paulo, concluí meu curso e, depois de algum tempo apenas estudando para a pós-graduação, graças a um dinheiro que havia guardado com o emprego que tinha na época, senti necessidade de entrar para a docência, além do que o (pouco) dinheiro havia acabado e eu precisava comprar a vida de cada dia. Muni-me de uma pasta com várias cópias de currículo e voltei a cruzar a cidade, desta vez deixando uma cópia dele em cada escola de que tinha notícia. Numa dessas andanças, fui convidado a fazer um teste num colégio supletivo da Praça do Correio, que se tornou meu primeiro emprego fixo de professor, dando aulas de gramática, redação e literatura para inúmeras turmas, que me ocupavam a semana toda. A situação salarial que encontrei não foi propriamente novidade, e sim as histórias carregadas de vida que foram aparecendo durante as aulas, tocantes muitas, deploráveis outras. Se por um lado, a prática do palco me ajudava a enfrentar o estrado da sala e a situação de aula, por outro, as histórias que ouvia me traziam a revelação de uma nova realidade, de tal modo que os papéis agora se invertiam e era o público, a plateia, que apresentava a um único espectador o seu teatro vivo. Mas essa, como se diz, já era outra história.

[2011]

UM CORAÇÃO SIMPLES

> *Eu o estudo desde longe*
> *Porque somos diferentes*
> *Ele cresceu com os tempos*
> *Do respeito e dos mais crentes*
> Altemar Dutra, "Meu Velho"

Tal qual o menino do cronista que entrava no céu assobiando, ele deve ter entrado no mesmo céu, em que tanto acreditava, lépido e de bom humor, cumprimentando a todos. Ainda que nos últimos tempos sofresse muito com o joelho ruim e a velhice que o fazia vacilar, quase cair, cair, amparar-se em bengala e parede, e dizer com uma feição sofrida: "Eu estou no fim, filho".

*

Mas o fim demorou noventa anos (incompletos) para chegar, e ele não o apressou, uma de suas maiores sabedorias. Até lá, perambulou pra cima e pra baixo, para os quatro cantos da cidade interiorana que tanto amava, pois andar era um de seus dons, e dizia: "É sempre melhor andar à toa do que estar à toa". E nunca estava à toa.

*

Sofreu o que os pobres de classe média sofrem neste país, mas ao lado da esposa conseguiu dar uma vida digna aos filhos. O mais alto grau de opressão que conhecia estava no gerente do banco ("Aleija a gente"); e não sabia que por trás do gerente havia outro gerente, e mais outro...

*

Tinha prazer no trabalho e trabalhou a vida toda, até o dia em que cansou e resolveu viver da aposentadoria. Dois enganos: não conseguia viver sem trabalhar, nem da aposentadoria.

*

Quando esta começou a minguar, entrou na justiça para revisá-la junto com tantos outros pobres aposentados, num processo infindo. E começaram as idas e vindas aos advogados, na esperança de um pagamento que fosse digno como digno havia sido seu trabalho.

*

E se um dia se surpreendera com o filho que dizia votar no partido de oposição ("Mas isso é contra o governo!"), agora começavam os aborrecimentos, as decepções, as manifestações de revolta (pacífica) diante das mentiras da televisão, a "consciência" do descaso do Estado para com os aposentados – governo é governo! Numa das vezes, saiu do escritório do advogado grosseiro desesperançado, com os olhos aflitos. Quando o reajuste veio, depois de incontáveis anos, estava próximo do fim e o valor não era o que esperava – e merecia.

*

Tinha um grande amor pelos objetos e uma grande habilidade nas mãos. Se as coisas tinham dois lados errados, ele mostrava o terceiro; se os três eram errados, um deles tinha algo de bom. Com as pessoas era o mesmo, sobretudo com as pessoas.

*

Como bom caipira, era ao mesmo tempo astuto e ingênuo. Como bom comerciante, discutia o preço com o freguês. Como "bon vivant", gostava de cerveja, que tomou a vida toda, e das boas coisas que estão em torno da cerveja.

*

Era a cordialidade em pessoa, o que chegava a ser jocoso: se dois fregueses de sua loja ofereciam carona, explicava a cada um que não poderia aceitar porque tinha de passar em tal lugar, tudo para que nenhum deles ficasse melindrado. E acabava andando quilômetros a pé.

*

Costumava sempre dizer: "Se Deus quiser! E Ele quer!". Católico convicto mas discreto, nunca inconveniente, e que acreditava em milagres. Numa viagem a trabalho, longe de casa, sem dinheiro e com dor no joelho, entrou na grande igreja de Salvador e pediu fervorosamente que a dor passasse e pudesse continuar trabalhando.

*

Gostava de anedotas – católico que gostava de anedotas de santo. E brincalhão: de um (bom) pintor conhecido na cidade (e muito seu amigo), que gostava de cachaça e tinha predileção pelos motivos do fogo e da água em suas paisagens, dizia que quando ele estava de fogo, pintava água; quando estava na água, pintava fogo.

*

Gostava da música de rádio – entre tantos, de Orlando Silva, Gilberto Alves, Altemar Dutra ("Meu Velho"), Nelson Gonçalves ("Naquela Mesa"); depois, de Agnaldo Timóteo, Martinho da Vila (de quem ouvia "Mulheres" muito tocado); e depois ainda, se encantando com alguma canção de Chico Buarque ou Caetano Veloso.

*

Sempre se lembrava de um faroeste brasileiro assistido na tevê ao lado do filho, numa noite perdida no tempo; e de Mazzaropi, é claro, de quem ia adquirindo a fisionomia.

*

Escrevia e lia o suficiente para sua vida. Mas sobretudo sabia conversar, num tempo em que o comércio das palavras era também uma arte. Sobretudo, mesmo, sabia ouvir.

*

Não era votado aos livros e à literatura, ainda que em certo momento da vida trabalhasse como vendedor de livros, tendo de vender, como dizia de forma bem-humorada, "livro de psicologia pra crente".

*

Mas não era indiferente à beleza das palavras e da poesia: muito pelo contrário. Numa noite longínqua, levantou-se da mesa onde jantava sozinho e veio até a sala impressionado, compenetrado, ficando de pé para ouvir as frases poderosas que Walmor Chagas dizia no programa de tevê: "Quem me dera ouvir de alguém a voz humana/ Que confessasse não um pecado, mas uma infâmia;/ Que contasse, não uma violência, mas uma covardia!...".

*

Tinha um modo suave e elegante de assinar o nome, cheio de voltas, afeito a caneta-tinteiro, e uma vocação natural para a fotografia. Nas fotos da juventude, mostrava um jeito de Clark Gable, mas nada sabia de Narciso, ainda que trabalhasse com espelhos; e como nada soubesse de Narciso, não trazia dentro de si o inimigo. Tinha na verdade a transparência e franqueza dos vidros, que foram sempre sua profissão.

*

Almoçava sempre em silêncio e feliz o almoço que a esposa preparara com esmero, como se nada de melhor ou mais importante houvesse na vida, sem pressa, como um boi na planície, ruminando e descobrindo, a cada instante, os doces segredos do feno.

*

Ao filho (melancólico) que perdia a hora e dizia que seria ator de teatro, retrucava que "os atores também cumprem horário". Ao filho que perguntava sobre a carreira militar, dizia peremptório: "Fuja de farda!". Ao filho que chegava constrangido por ter sido reprovado no exame do ginásio, se mostrava generoso e solidário, pois ele também naquele dia não conseguira o emprego que buscava.

*

Muito urbanizado, mesmo com a pouca instrução formal que a infância no campo lhe oferecera. Mas trazia a urbanidade na alma, nunca sendo grosseiro ou inconveniente, e com a intuição natural de nunca querer parecer – entre o que se mostrava e o que era, não havia distância alguma: sua roupa, sua alma.

*

Nos últimos anos, dependia cada vez mais da esposa, ao lado de quem vivera por 65 anos, e a quem pedia desculpas; amoroso com a filha, amado por familiares, sobrinhos, vizinhos, conhecidos e desconhecidos.

*

Já próximo do fim, mesmo de dia tinha medo de ir sozinho aos fundos da pequena casa. E perguntava insistentemente, mas de modo sereno como sempre vivera, onde ficava a rua tal (justamente aquela em que morava); quando ia voltar para sua casa (na qual sempre habitara); quando voltaria a ver sua mãe (tantos anos havia morrido). E começava a fazer distâncias, a frequentar a terceira margem, ele, para quem um dos maiores prazeres desta vida era estar nas duas margens do rio, pescando.

*

Nos últimos dias, já na cama do hospital e distante de tudo e todos, ligado à vida somente pelo derradeiro ato de respirar, com enorme dificuldade (seu último e mais sofrido trabalho), tinha adquirido como que por encanto as feições exatas e perfeitas de seu velho pai italiano, a quem o neto aprendera a chamar de Nono.

*

    Partiu poucos dias depois numa tarde de inverno, ensolarada como foram as tardes da sua vida. Talvez em homenagem ao santo católico, talvez porque fosse a pedra mestra do mundo que construíra, chamava-se Pedro.

[2016]

SOBRE OS TEXTOS

"Atando as Pontas da Vida" [1986]. Ensaio apresentado aos cursos de pós-graduação "Teoria dos Gêneros: Modos e Formas da Narrativa em Graciliano Ramos", ministrado pelo professor João Luiz Lafetá; e "Literatura Brasileira: Presença de Graciliano Ramos", ministrado pelo professor Zenir Campos Reis, ambos no 1º semestre de 1986 (FFLCH-USP). Publicado na *Revista do Instituto de Estudos Brasileiros*, n. 35, pp. 9-18, São Paulo, 1993.

"Leitura Comparativa" [1992]. Ensaio apresentado ao curso de pós--graduação "Literatura Comparada (História, Teorias e Ensaios Críticos)", ministrado pela professora Sandra Nitrini no 2º semestre de 1991 (FFLCH-USP). Publicado na *Revista USP*, n. 52, pp. 159-170, São Paulo, dez.-fev. 2001-2002.

"Um Conto Exemplar" [2008]. Ensaio apresentado em palestra no Programa de pós-graduação da UFMS. Campo Grande, 12 de março de 2013. Publicado na revista *Língua e Literatura*, n. 30, pp. 331-340, São Paulo, 2010-2012 [2013].

"O Lirismo de Marques Rebelo" [2011]. Ensaio apresentado ao I Congresso Internacional e XII Seminário de Estudos Literários "Riscos das Fronteiras", na Unesp, São José do Rio Preto, 25 a 27 de outubro de 2011. Publicado nos *Anais* do evento, pp. 61-73.

"Dois Romances do Cacau" [2012]. Ensaio publicado em dossiê sobre Jorge Amado na *Revista USP*, n. 95, pp. 84-99, São Paulo, set.-nov. 2012.

"Sobre 'Campo Geral'" [1992]. Ensaio inédito.

"Leitura de 'Os Irmãos Dagobé'" [2012]. Ensaio apresentado ao Colóquio Internacional Crimes, Delitos e Transgressões, na UFMG. Belo Horizonte, 3 a 5 de outubro de 2012. Publicado nos *Anais* do evento, pp. 63-72.

"Uma Festa Absurda e Brasileira" [2011]. Ensaio apresentado ao III Encontro Regional "O Insólito como Questão na Narrativa Ficcional": Re-memorando Murilo Rubião – 20 Anos de sua Morte, na UERJ, 16 a 18 de novembro de 2011. Publicado nos *Anais* do evento, Rio de Janeiro, Dialogarts, 2013, pp. 23-30.

"A Prosa de Luiz Vilela" [2018]. Artigo publicado no *Jornal da USP*, São Paulo, 26 mar. 2018. Junto a "Luiz Vilela, Conto e Lirismo", republicado na revista *Literatura e Sociedade*. São Paulo, 2019, vol. 24, n. 29, pp. 150-165, no dossiê do Simpósio América Latina entre os Anos 60 e 70: Novos Olhares. São Paulo, 12 e 13 de abril de 2018.

"Luiz Vilela, Conto e Lirismo" [2017]. Além da publicação citada, publicado na coletânea dedicada ao autor, *Luiz Vilela*. Org. de Rauer Ribeiro Rodrigues, Eunice Prudenciano de Souza, Ronaldo Vinagre Franjotti. Uberlândia, Pangeia, 2019, pp. 72-89.

"Um Ensaio na Sala de Aula" [2018]. Ensaio publicado em dossiê sobre Antonio Candido na revista *Todas as Musas*, ano 10, n. 1, pp. 16-30, São Paulo, jul.-dez. 2018.

"Duas Narrativas de Kafka" [1993]. Ensaio escrito por ocasião do curso de pós-graduação "A Ficção de Franz Kafka", ministrado pelo professor Modesto Carone no 2º semestre de 1992 (FFLCH-USP). Publicado na *Revista USP*, n. 66, pp. 163-166, São Paulo, jun.-ago. 2005.

"Sobre um Conto de Kafka" [1993]. Ensaio apresentado ao curso de pós-graduação "A Ficção de Franz Kafka", ministrado pelo professor Modesto Carone no 2º semestre de 1992 (FFLCH-USP). Publicado na *Revista Magma*, n. 1, pp. 51-57, São Paulo, out. 1994.

"Descoberta do Teatro" [2011]. Ensaio de memória inédito.

"Um Coração Simples" [2016]. Versão revista de crônica em memória de Pedro Vidal. Publicada no *Jornal da USP*, 12 set. 2016.

BIBLIOGRAFIA

Ficção Citada

AMADO, Jorge. *Cacau*. 32. ed. Rio de Janeiro, Record, 1978.
_____. *Terras do Sem-fim*. 50. ed. Rio de Janeiro, Record, 1983.
ANDRADE, Carlos Drummond de. *Antologia Poética*. 19. ed. Rio de Janeiro, Record, 1985.
ANDRADE, Mário de. *Macunaíma*. 8. ed. São Paulo, Martins, 1973.
ANJOS, Cyro dos. *O Amanuense Belmiro*. 7. ed. Rio de Janeiro, José Olympio, 1971.
ANTÔNIO, João. *Malagueta, Perus e Bacanaço*. 5. ed. Rio de Janeiro, Civilização Brasileira, 1977.
ASSIS, Machado de. *Esaú e Jacob*. 2. ed. Rio de Janeiro, Civilização Brasileira, 1977.
_____. *Histórias sem Data*. 2. ed. Rio de Janeiro, Civilização Brasileira, 1977.
_____. *Memórias Póstumas de Brás Cubas*. 2. ed. Rio de Janeiro, Civilização Brasileira, 1977.
_____. *Seus 30 Melhores Contos*. 3. ed. Rio de Janeiro, Nova Fronteira, 1987.
_____. *Várias Histórias*. 2. ed. Rio de Janeiro, Civilização Brasileira, 1977.
BANDEIRA, Manuel. *Estrela da Vida Inteira*. 2. ed. Rio de Janeiro, José Olympio, 1970.
BECKETT, Samuel. *Esperando Godot*. Trad. Flávio Rangel. São Paulo, Abril Cultural, 1976.

Braga, Rubem. *200 Crônicas Escolhidas*. 2. ed. Rio de Janeiro, Record, 1978.

Campos, Paulo Mendes. *Os Bares Morrem numa Quarta-feira*. São Paulo, Ática, 1980.

Camus, Albert. *O Estrangeiro*. Trad. Antônio Quadros. São Paulo, Abril Cultural, 1972.

Faulkner, William. *Absalão, Absalão*. Trad. Sônia Régis. São Paulo, Círculo do Livro [s.d.].

_____. *Absalom, Absalom!* Nova York, Random House, 1951.

Flaubert, Gustave. *Três Contos*. Trad. Carlos Chaves. São Paulo, Edições Melhoramentos [s.d.].

Fonseca, Rubem. *Lúcia McCartney*. 5. ed. Rio de Janeiro, Francisco Alves, 1987.

_____. *Os Prisioneiros*. 3. ed. Rio de Janeiro, Codecri, 1978.

Gomes, Alfredo Dias. *O Pagador de Promessas*. 21. ed. Rio de Janeiro, Edições de Ouro [s.d.].

Guarnieri, Gianfrancesco. *Um Grito Parado no Ar/Botequim*. São Paulo, Monções, 1973.

Hemingway, Ernest. *As Aventuras de Nick Adams*. Trad. Hélio Pólvora. Rio de Janeiro, Artenova, 1973.

Kafka, Franz. *A Metamorfose*. Trad. Modesto Carone. 5. ed. São Paulo, Brasiliense, 1987.

_____. *O Veredicto & Na Colônia Penal*. Trad. Modesto Carone. 3. ed. São Paulo, Brasiliense, 1991.

_____. *Um Artista da Fome e A Construção*. Trad. Modesto Carone. São Paulo, Brasiliense, 1984.

_____. *Um Médico Rural*. Trad. Modesto Carone. 2. ed. São Paulo, Brasiliense, 1991.

Lispector, Clarice. *Laços de Família*. 12. ed. Rio de Janeiro, José Olympio, 1982.

Meireles, Cecília. *Romanceiro da Inconfidência*. Rio de Janeiro, Civilização Brasileira, 1972.

Pessoa, Fernando. *Obra Poética*. Org. Maria Aliete Galhoz. 3. ed. Rio de Janeiro, Nova Aguilar, 1992.

POE, Edgar Allan. *Histórias Extraordinárias*. Trad. Breno Silveira e outros. São Paulo, Abril Cultural, 1978.
QUEIROZ, Eça de. *A Relíquia*. Rio de Janeiro, Edições de Ouro [s.d.].
RADIGUET, Raymond. *O Diabo no Corpo*. Trad. Paulo Cesar Souza. São Paulo, Brasiliense, 1985.
RAMOS, Graciliano. *Angústia*. 33. ed. Rio de Janeiro, Record, 1987.
_____. *Infância*. 13. ed. Rio de Janeiro, Record, 1978.
_____. *São Bernardo*. 34. ed. Rio de Janeiro, Record, 1979.
_____. *Vidas Secas*. 18. ed. São Paulo, Martins, 1967.
REBELO, Marques. *A Estrela Sobe*. 9. ed. Rio de Janeiro, Nova Fronteira, 1986.
_____. *Cenas da Vida Brasileira*. Rio de Janeiro, Edições de Ouro [s.d.].
_____. *Contos Reunidos*. Rio de Janeiro, José Olympio, 1977.
_____. *O Espelho Partido*. 2. ed. Rio de Janeiro, Nova Fronteira, 1984, 3 vols.
_____ (org.). *Antologia Escolar Portuguesa*. Rio de Janeiro, Fundação Nacional de Material Escolar, 1970.
REGO, José Lins do. *Fogo Morto*. 21. ed. Rio de Janeiro, José Olympio, 1982.
ROSA, Guimarães. *Grande Sertão: Veredas*. 13. ed. Rio de Janeiro, José Olympio, 1979.
_____. *Manuelzão e Miguilim*. 7. ed. Rio de Janeiro, José Olympio, 1977.
_____. *Primeiras Estórias*. 10. ed. Rio de Janeiro, José Olympio, 1977.
_____. *Tutaméia*. 3. ed. Rio de Janeiro, José Olympio, 1969.
RUBIÃO, Murilo. *A Casa do Girassol Vermelho e Outros Contos*. Org. Humberto Werneck. São Paulo, Companhia das Letras, 2006.
_____. *Contos Reunidos*. São Paulo, Ática, 1998.
_____. *O Homem do Boné Cinzento e Outros Contos*. Org. Humberto Werneck. São Paulo, Companhia das Letras, 2007.
_____. *O Pirotécnico Zacarias e Outros Contos*. Org. Humberto Werneck. São Paulo, Companhia das Letras, 2006.
SABINO, Fernando. *O Encontro Marcado*. 14. ed. Rio de Janeiro, Record [1975].

TELLES, Carlos Queiroz. *Frei Caneca*. Revista de Teatro da SBAT. Rio de Janeiro, 1973, n. 396.

VEIGA, José J. *A Hora dos Ruminantes*. 22. ed. São Paulo, Bertrand Brasil, 1989.

VILELA, Luiz. *Lindas Pernas*. São Paulo, Livraria Cultura Editora, 1979.

_____. *O Inferno É Aqui Mesmo*. São Paulo, Ática, 1979.

_____. *Os Novos*. 2. ed. Rio de Janeiro, Nova Fronteira, 1984.

_____. *Tarde da Noite*. São Paulo, Vertente Editora, 1970.

_____. *Tremor de Terra*. 5. ed. São Paulo, Ática, 1977.

Ensaios Citados

ADORNO, Theodor W. "Posição do Narrador no Romance Contemporâneo". *Notas de Literatura I*. Trad. Jorge de Almeida. São Paulo, Duas Cidades/Editora 34, 2003.

ALMEIDA, Paulo Mendes de. "Nota Explicativa" a *Oscarina*. São Paulo, Clube do Livro, 1973.

ANDERS, Günter. *Kafka: Pró e Contra*. Trad. Modesto Carone. 2. impr. São Paulo, Perspectiva, 1993.

ANDRADE, Mário de. "A Estrela Sobe". *O Empalhador de Passarinho*. 3. ed. São Paulo, Martins, 1972.

_____. "Fogo Morto". *Fogo Morto*, ed. cit.

_____. "Oscarina". *Táxi e Crônicas no Diário Nacional*. Org. Telê Porto Ancona Lopes. São Paulo, Duas Cidades, 1976.

ANGELIDES, Sophia. *A.P. Tchékhov: Cartas para uma Poética*. São Paulo, Edusp, 1995.

ARISTÓTELES. *Poética*. In ARISTÓTELES, HORÁCIO, LONGINO. *A Poética Clássica*. Trad. Jaime Bruna. 3. ed. São Paulo, Cultrix, 1988.

_____. *Poética*. Trad. introd. e notas Paulo Pinheiro. 2. ed. São Paulo, Editora 34, 2017.

ARRIGUCCI JR., Davi. "A Teia de Deus e do Diabo". *Achados e Perdidos*. São Paulo, Polis, 1979. Também em *Outros Achados e Perdidos*. São Paulo, Companhia das Letras, 1999.

_____. "Gabeira em Dois Tempos". *Enigma e Comentário*. São Paulo, Companhia das Letras, 1987.

_____. "Jornal, Realismo, Alegoria: O Romance Brasileiro Recente". *Achados e Perdidos*, ed. cit. Também em *Outros Achados e Perdidos*, ed. cit.

_____. "Minas, Assombros e Anedotas (Os Contos Fantásticos de Murilo Rubião)". *Enigma e Comentário*, ed. cit.

AUERBACH, Erich. "A Meia Marrom". *Mimesis*. Trad. George Bernard Sperber. 2. ed. São Paulo, Perspectiva, 1976.

BASTOS, Hermenegildo José. *Literatura e Colonialismo*. Brasília, Editora da UnB/Plano Editora, 2001.

BENJAMIN, Walter. "Franz Kafka". *Magia e Técnica, Arte e Política*. Trad. Sergio Paulo Rouanet. 5. ed. São Paulo, Brasiliense, 1993.

_____. "O Narrador". *Magia e Técnica, Arte e Política*, ed. cit.

_____. "Sobre Alguns Temas em Baudelaire". *Charles Baudelaire: Um Lírico no Auge do Capitalismo*. Trad. José Carlos M. Barbosa e Hemerson A. Baptista. 2. ed. São Paulo, Brasiliense, 1991.

BOSI, Alfredo. "A Interpretação da Obra Literária". *Céu, Inferno*. São Paulo, Ática, 1988.

_____. "Céu, Inferno". *Céu, Inferno*, ed. cit.

_____. "Situação e Formas do Conto Brasileiro Contemporâneo". *O Conto Brasileiro Contemporâneo*. 2. ed. São Paulo, Cultrix, 1977.

_____. *História Concisa da Literatura Brasileira*. 3. ed. São Paulo, Cultrix, 1991.

BUENO, Luís. "Os Três Tempos do Romance de 30". *Teresa*, n. 3, São Paulo, 2002.

CAMPOS, Paulo Mendes & FRANCIS, Paulo. "Perfil de Marques Rebelo" [fragmentos de duas entrevistas]. *Seleta de Marques Rebelo*. Org. Ivan Cavalcanti Proença. Rio de Janeiro, José Olympio, 1974.

CANDIDO, Antonio. "A Nova Narrativa". *A Educação pela Noite e Outros Ensaios*. São Paulo, Ática, 1987.

_____. "A Personagem do Romance". *A Personagem de Ficção*. 9. ed. São Paulo, Perspectiva, 1992.

_____. "Crítica e Sociologia". *Literatura e Sociedade*. 7. ed. São Paulo, Companhia Editora Nacional, 1985.

_____. "Degradação do Espaço". *O Discurso e a Cidade*. São Paulo, Duas Cidades, 1993.

_____. "Esquema de Machado de Assis". *Vários Escritos*. 2. ed. São Paulo, Duas Cidades, 1977.

_____. "Literatura e Cultura de 1900 a 1945". *Literatura e Sociedade*, ed. cit.

_____. "Poesia, Documento e História". *Brigada Ligeira e Outros Escritos*. São Paulo, Editora Unesp, 1992.

_____. Carta a Murilo Rubião [25 de fev. 1967]. *In Murilo Rubião*. Org. Jorge Schwartz. São Paulo, Abril Educação, 1982. Republicada, com texto corrigido, nos três volumes da obra do autor pela Companhia das Letras.

_____. *O Estudo Analítico do Poema*. 4. ed. São Paulo, Humanitas, 2004.

_____. Prefácio a *O Discurso e a Cidade*, ed. cit.

CARONE, Modesto. "As 'Pequenas Narrativas' de Kafka". Posfácio a *Um Médico Rural*, ed. cit.

CARPEAUX, Otto Maria. "O Brasileiríssimo José Lins do Rego". Prefácio a *Fogo Morto*, ed. cit.

_____. "Visão de Graciliano Ramos". Posfácio a *Angústia*, ed. cit.

CHKLÓVSKI, Viktor. "A Construção da Novela e do Romance". *In Teoria da Literatura: Formalistas Russos*. Org. Dionísio de Oliveira Toledo; trad. Regina Zilberman *et al*. Porto Alegre, Globo, 1971.

CORTÁZAR, Julio. "Alguns Aspectos do Conto". *Valise de Cronópio*. Trad. Davi Arrigucci Jr. e João Alexandre Barbosa. 2. ed. São Paulo, Perspectiva, 1993.

CROLL, Morris. "O Estilo Barroco na Prosa". *In:* SPINA, Segismundo & CROLL, Morris W. *Introdução ao Maneirismo e à Prosa Barroca*. Trad. Ivan Prado Teixeira. São Paulo, Ática, 1990.

EIKHENBAUM, Boris. "Sobre a Teoria da Prosa". *Teoria da Literatura: Formalistas Russos*, ed. cit.

FORSTER, E.M. *Aspectos do Romance*. Trad. Maria Helena Martins. Porto Alegre, Globo, 1969.

FRIEDMAN, Norman. "O Ponto de Vista na Ficção". Trad. Fábio Fonseca de Melo. *Revista USP*, n. 53, São Paulo, mar.-maio 2002.
GAGNEBIN, Jeanne Marie. "Walter Benjamin ou A História Aberta". Prefácio a *Magia e Técnica, Arte e Política*, ed. cit.
GALVÃO, Walnice Nogueira. "Do Lado de Cá". *Mitológica Rosiana*. São Paulo, Ática, 1978.
GOMES, Heloísa Toller. *O Poder Rural na Ficção*. São Paulo, Ática, 1981.
GOMES, Renato Cordeiro. "Marques Rebelo, Cronista de uma Cidade". Prefácio a *Melhores Crônicas de Marques Rebelo*. São Paulo, Global, 2004.
GRIECO, Agrippino. "Conto". *Evolução da Prosa Brasileira*. 2. ed. Rio de Janeiro, José Olympio, 1947.
HEGEL, G.W.F. "A Épica como Totalidade Plena de Unidade". *Cursos de Estética*. Trad. Marco Aurélio Werle e Oliver Tolle. São Paulo, Edusp, 2004, vol. IV.
KAYSER, Wolfgang. "A Estrutura do Gênero". *Análise e Interpretação da Obra Literária*. Trad. Paulo Quintela. 7. ed. Coimbra, Arménio Amado, 1985.
_____. "Achim von Arnim". *O Grotesco*. Trad. J. Guinsburg. São Paulo, Perspectiva, 1986.
LEITE, Ligia Chiappini M. *O Foco Narrativo*. 6. ed. São Paulo, Ática, 1993.
LOWE, Elizabeth. "Entrevista com Murilo Rubião". *Escrita*, n. 29, São Paulo, 1979. Disponível no site oficial do escritor.
LUKÁCS, Georg. "Introdução aos Escritos Estéticos de Marx e Engels". *Ensaios sobre Literatura*. Coord. e trad. Leandro Konder *et al.* 2. ed. Rio de Janeiro, Civilização Brasileira, 1968.
_____. "O Romantismo da Desilusão". *A Teoria do Romance*. Trad. José Marcos M. de Macedo. São Paulo, Duas Cidades/Editora 34, 2000.
MAGALHÃES JR., R. *A Arte do Conto*. Rio de Janeiro, Edições Bloch, 1972.
MARTINS, José de Souza. "O Marxismo nas Roças de Cacau". Posfácio a *Cacau*. São Paulo, Companhia das Letras, 2010.
MOURÃO, Rui. "Angústia". *Estruturas*. 2. ed. Rio de Janeiro, Arquivo Editora, 1971.
OLIVEIRA, Acauam Silvério de. *Os Descaminhos do Mito*. São Paulo, FFLCH-USP, 2009. Dissertação de mestrado.

PACHECO, Ana Paula. "Anedotário Político – A Violência e seus Meandros". *Lugar do Mito*. São Paulo, Nankin, 2006.

POE, Edgar Allan. "Nathaniel Hawthorne". *Ensaístas Americanos*. Trad. Sarmento de Beires e José Duarte. Rio de Janeiro, W. M. Jackson, 1965 (Clássicos Jackson, vol. 33).

REGO, José Lins do. "Coisas de Romance". *Dias Idos e Vividos*. Org. Ivan Junqueira. Rio de Janeiro, Nova Fronteira, 1981.

_____. "O Quixote de Unamuno". *Dias Idos e Vividos*, ed. cit.

ROSENFELD, Anatol. "A Teoria dos Gêneros". *O Teatro Épico*. [2. ed.] São Paulo, Perspectiva, 1985.

_____. "Kafka e Kafkianos". *Texto/Contexto*. 2. ed. São Paulo, Perspectiva, 1973.

_____. "Reflexões sobre o Romance Moderno". *Texto/Contexto*, ed. cit.

SÁ, Olga de. "O Termo e o Conceito de Epifania em Joyce". *A Escritura de Clarice Lispector*. Petrópolis, Vozes, 1979.

SAMPAIO, Newton. "Caminhos do Espírito no Brasil de Hoje: De Marques Rebelo". *Uma Visão Literária dos Anos 30*. Curitiba, Fundação Cultural de Curitiba, 1979.

SANTOS, Nedilson César Rodrigues dos. *Adequação e Impasses de uma Narrativa*. São Paulo, FFLCH-USP, 2008. Dissertação de mestrado.

SARTRE, Jean-Paul. "Explicação de *O Estrangeiro*". *Situações I*. Trad. Cristina Prado. São Paulo, Cosac Naify, 2005.

SCHWARTZ, Jorge. "A Personagem Erotizada". *Murilo Rubião: A Poética do Uroboro*. São Paulo, Ática, 1981.

SCHWARZ, Roberto. "A Importação do Romance e suas Contradições em Alencar". *Ao Vencedor as Batatas*. São Paulo, Duas Cidades, 1977.

_____. "Iaiá Garcia". *Ao Vencedor as Batatas*, ed. cit.

STAIGER, Emil. "Estilo Lírico: A Recordação". *Conceitos Fundamentais da Poética*. Trad. Celeste Aída Galeão. Rio de Janeiro, Tempo Brasileiro, 1975.

TRIGO, Luciano. *Marques Rebelo: Mosaico de um Escritor*. Rio de Janeiro, Relume-Dumará, 1996.

UTÉZA, Francis. "Certo Sertão: Estórias". *Scripta*, vol. 5, n. 10. Belo Horizonte, 1º sem. 2002.

WISNIK, José Miguel. "O Famigerado". *Scripta*, vol. 5, n. 10. Belo Horizonte, 1º sem. 2002.

Título	Atando as Pontas da Vida
Autor	Ariovaldo Vidal
Editor	Plinio Martins Filho
Produção editorial	Aline Sato
Capa	Camyle Cosentino (projeto)
	freepik.com.br (imagem)
Editoração eletrônica	Camyle Cosentino
Revisão	Ariovaldo Vidal
Formato	14 x 21 cm
Tipologia	Adobe Caslon Pro
Papel	Cartão Supremo 250 g/m^2 (capa)
	Chambril Avena 80 g/m^2 (miolo)
Número de páginas	272
Impressão e acabamento	Lis Gráfica